KB053140

동행, 그리움 되다

동행, 그리움 되다

글·그림 권영순

리북

소나무 50F oil on canvas 2011

거실에 13년째 마치 집의 일부처럼 걸려 있는 그림. 이 소나무 그림은 남편 소유이다. 2011년 8월 이 그림을 화실에서 집으로 가져오던 날, 남편이 말한다. "너무 좋은데, 내가 살게." 소파에 앉아 있는 날이 많아지는 나날, 마치 소나무 숲속에 앉아 있는 느낌이었을까? 사진을 찍어도, 재이와 영상통화할 때에도 항상 소나무 숲이 배경이 되어 주곤 하였다. 이제 많은 분에게 이 그림을 소개해도 될 때가 되지 않았을까?

2024. 1. 30.

이 책은 남편이 고관절을 다친 2020년 8월 12일부터 2023년 1월 5일 돌아가시고 그 후 15일까지의 일기와 100일 후 4월 15일에 돌아가신 박종인 신부님에 대한 10여일 간의 기록을 발췌한 것이다. 매일매일 새벽에 깨어 전날 일어난 일을 기록하고 기도하며 하루하루 살아갈 힘을 얻고는 했다.

그동안 돌이켜 보면 남편과 나는 함께 살지만 정말 함께 지내는 시간은 별로 없었다. 퇴직 전에는 전대로, 퇴직 후에는 각자의 취미생활과 만남으로 저녁에서 그 이튿날 아침까지가 함께하는 시간이었다. 그러나 한 사람이 아프고 한 사람은 보살피느라 정말 함께 생활하는 보석 같은 시간이 주어졌다.

고관절 수술 후 집에 왔을 때 약속했다. 이제 우리 둘이 조용히 마지막 여정을 함께하자고. 그 후 감염으로 잠깐 입원했지만 2년 5개월 동안 휠체어 타고 산책한 것 외에는 병원 한번 가지 않았다. 그대로 받아들이는 감사한 시간의 흐름이었다.

그중에도 낮잠 주무실 때 틈틈이 그림 그리는 홀로의 시간이 감사했고 잠깐 화실 다녀오는 시간이 조마조마했지만 쉼과 만남의 시간이었다. '함께 그리고 홀로'의 여정이었다.

이 모든 여정이 지난 후 슬픔이 밀려왔다. 2023년 1월 30일의 일기를 옮겨본다.

새벽에 정호승 시인의 《슬픔이 택배로 왔다》를 읽는다. 눈시울이 뜨겁다. 흐르는 눈물은 그대로 흐르게 놓아둔다.

택배

슬픔이 택배로 왔다
누가 보냈는지 모른다
…
포장된 슬픔은 나를 슬프게 한다
살아갈 날보다 죽어갈 날이 더 많은 나에게
택배로 온 슬픔이여
…
마지막 한 방울 눈물이 남을 때까지
얼어붙은 슬픔을 택배로 보내고
누가 저 눈길 위에서 울고 있는지
그를 찾아 눈길을 걸어가야 한다

슬픔, 택배. 그를 찾아 눈길을 걸어가는 나를 본다. "호주머니에 손을 넣고 고개를 숙이고 걷지마." 하는 남편의 소리가 들린다.

'바람에 툭툭 눈뭉치 떨어지는 소리를 들으며 흰 눈을 떨치고 새가 날아간 방향으로 걸어가야 한다.', '죽어갈 날이 더 많을지라도 씩씩하게 새가 날아간 방향으로 걸어가야 한다.', '기다림의 사랑은 남아 있다.', '사람은 지는 꽃을 따를 때 가장 아름답다.'

감사하며 사랑하며 오늘 '하루를 일생처럼' 살자.

_2023년 1월 30일 일기 중에서

몸을 추스르며, 그리움을 달래며 벚꽃 피는 3월에 전시를 했다. 김영남 다미아노 신부님과 갈멜 박종인 신부님이 개막미사를 해 주셨다. 그런데 남편 돌아가시고 100일 후 갈멜 신부님이 돌아가셨다. 다시 휘청거렸다. 이때 붙들어 준 손길에 감사한다. 어느 정도 회복되어 일기를 다시 뒤적거린다. 그림이 어우러진다. 후배 충미 씨와 제자 미영이가 함께한다. 아들이 사진을 찍는다. 리북의 실장님이 애써주신 덕분에 소박하지만 나에게는 소중한 기록들이 책으로 나오게 되었다. 이 모든 일에 감사를 드리며 함께 그리고 홀로 하루 또 하루를 산다.

■ 차례

1

두 번의 입원과 퇴원

2020년 8월 13일 ~ 2020년 9월 24일

고관절을 다치심

아침에 일어나 책상 위를 보니 '경기구급센터' 명함이 놓여 있다. 어제 일들이 필름처럼 돌아간다.

어제는 오랫동안의 장마가 소강상태를 보이며 유난히 맑은 날씨 속에 언뜻언뜻 보이던 해가 '힘내라'고 응원을 해 준다. 그동안 코로나와 장마 피해로 우울했던 분위기가 걷히는 것 같았다.

또 날씨가 궂을까 싶어 햇빛 받은 빨래를 걷었다. 남편의 속옷들을 한쪽으로 놓고 내 내복을 개고 있었다. 그런데 쿵 소리에 놀라 바라보니 남편이 의자 앞쪽에 엉덩방아를 찧고 넘어져 있었다. 간신히 의자에 앉히고 평소 넘어질 때같이 가벼운 통증이려니 하고 "파스 사올까?" 하고 묻는다. 긍정도 부정도 하지 않으니 사오라는 표시로 알아듣고 '행복약국'으로 향한다.

요사이 치과 치료로 기력이 많이 떨어진데다 항생제가 너무 강한지 식사를 잘 못하신다. 약사님은 치과의사와의 상담을 권유해 주고 치과의사는 당분간 치과 치료를 중단하고 좀 약한 통증치료약을 처방해 줘서 약을 받아 집으로 돌아왔다.

그런데 남편이 아무래도 일산병원 응급실에 가야 할 것 같다고 하신다. 처음으로 119를 타고 가 여러 수속을 거쳐 엑스레이를 찍어 보니 고관절이 부러졌다고 한다. 수술을 하거나 아니면 자연 치유인데 어떤 방법을 선택하든 결국 휠체어를 타야 한다고 한다. 의논 끝에 집에서의 치유를 결정하고 퇴원 수속 후 구급차로 집에 오니 밤 12시 5분이다. 파킨슨에서 또 다른 단계로 넘어왔음을 느끼고 받아들인다.

오늘은 아침 식사 후 소파에 앉아 있을 시간인데도 자리에 그대로 누워 계신다. 오른쪽 고관절 손상 때문에 자유롭게 움직이기도 힘들고 일어나려는 시도도 무리가 되었다. 애를 써서 오른쪽으로, 왼쪽으로 돌아누울 수 있으니 다행이고 감사할 뿐이다.

헤르만 헤세는 '단계'라는 시에서 말한다. "모든 시작에는 이상한 힘이 깃들어 있어 우리를 지켜주고 살아가도록 도와준다." 그래, 이 새로운 단계에서 우리 두 사람에게 주어진 역할이 있고 또 의미가 있을 것이다. 그리고 하느님께 가는 이 여정을 살아 나갈 수 있도록 힘을 주실 것이다. 또 다른 방법의 돌봄이 아직은 어색하지만 받아들이는 마음에 깊은 울림이 흐른다.

컵

9시에 옆으로 누워 아침 식사를 하신다. 쟁반에 잘게 썬 팥빵과 보기 좋게 자른 인절미와 함께 재이의 플라스틱 노란 컵에 청국장가루를 탄 우유를 담아 빨대를 꽂아 드린다. 빵과 떡을 입에 넣고 오물거리고 우유를 빨아 드신다. 끓여서 부드러워진 복숭아 조각은 후식! 파킨슨약과 치과 진통제는 입에 넣고 빨대로 노란 컵에 담긴 물을 빨아서 오물오물 넘기신다. 다음으로 이어지는 칫솔질은 전동칫솔에 치약을 조금 묻혀 닦고 입을 세 번 헹군다. 수건은 물에 적셔 얼굴과 손발을 닦아 드린다.

이렇게 고관절을 다치신 후의 첫날 아침 의식이 끝났다. 설 수도 없고 움직이면 아프다고 하시지만 다행히 큰 통증은 없으신 듯하다. 언제 회복되어 거실에 나가 소파에 앉기도 하고 다시 손잡고 산책을 나갈 수 있을까? 낯설지만 새로운 감사의 하루하루가 흘러갈 것이다.

2020.8.15.

성모승천대축일

성모님의 보호에 의탁하며 하루를 TV 미사로 시작한다. 고관절 다침이 어떻게 진행될지 어떤 힘듦이 있을지 걱정하지 않고 이 하루를 잘 지낼 수 있도록, 오늘이 남은 여정의 전부인 듯 지내고자 한다.

어제 퇴근한 정환이와 며느리가 의료용 침대를 주문하고 변기와 오줌통, 관장액과 주사기를 사 가지고 왔다. 며느리는 아버님 손을 잡고 앉아 있고 아들은 그 옆에 머문다. "아무 걱정하지 말고 너희들 생활을 해라. 너희들이 결혼을 하고 나는 아무 여한도 없으니 그냥 받아들인다."고 말하는 남편의 밝은 얼굴에 기쁨이 어린다. 아들 내외 간 후 저녁 의식을 한다. 죽과 복숭아절임을 잘 드셨다. 약, 칫솔질, 수건으로 얼굴과 손 닦아 드리기. 이렇게 하루를 마무리한다.

어제 점심 후 큰 의식이 있었다. 3일 동안 밀린 큰 의식이다. 큰애가 어렸을 때 변비가 있어 할머니께서 안타까워하셨는데 똥 누면 그렇게 기뻐하시던 생각이 난다. 이제 남편은 아기가 되어 밥을 받아먹고 나는 오줌통을 대 주고 대변 잘 나오도록 해 주어 해결했을 때 기뻐하며 치운다. 결국 우리 모두는 다시 아기가 되어 하느님께 가는 여정을 밟는다. 오늘도 같은 과정을 밟으며 지낼 것이다. 변수가 생길 수도 있고, 그것이 주는 의미도 있겠지!

2020.8.16.

예수성심

남편의 코고는 숨소리가 반가운 새벽입니다. TV 미사 하기 전 잠시 어머님께 말씀을 드립니다. 이날들을 함께해 주시면 두려울 것이 없고 힘듦과 언뜻언뜻 주시는 작은 기쁨에 감사하며 하늘로 돌아가는 여정을 즐거이 받아들이겠습니다.

자그마한 일들에, 미소에 아기를 돌보는 마음이 흐릅니다. 간절한 믿음으로 "강아지들도 주인의 상에서 떨어지는 부스러기는 먹습니다."(마태 15,27)라고 청하는 여인의 마음으로 하루하루 지내게 해 주소서. 지금까지의 머릿속 믿음이 가슴속 행동으로 옮겨지게 하소서. 아주 작은 행동, 말, 미소 속에 당신을 살게 하소서. 성녀 마들렌 소피바라의 "상처받으신 예수 성심 안에는 모든 이를 위한 자리가 있습니다." 말씀처럼 예수님의 성심 안에 저희 부부의 자리도 만들어 주소서. 이 여정에 함께하는 저희 아이들의 길도 준비해 주시옵소서.

코고는 소리, 음식을 받아먹는 아름다운 모습, 지나온 세월의 이야기를 어눌한 말로 들려주는 다정한 모습, 아픔을 받아들이는 그 겸손한 모습에 어머니시여 함께해 주소서!

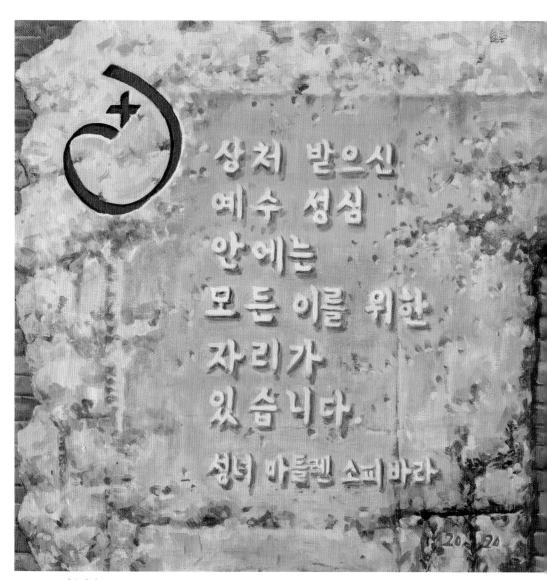

예수성심 8S oil on canvas 2020

2020.8.18.

좋아, 좋아

요즘 가장 많이 하고 많이 듣는 말.
"좋아, 좋아. 잘했어요."
"수고했어요. 고마워."

2020.8.19.

의료용 침대

어제는 전기기사가 와 불이 안 들어오는 콘센트 차단기를 교체해 주고 배달된 의료용 침대를 마루로 옮겨 주었다. 큰아들이 퇴근한 명희와 와서 침대를 조립했다. 남편을 침대로 옮겨 드리다 시트가 찢겨져 침대 모서리에 머리가 부딪칠까 놀래기도 했지만 아무 상처가 없어서 감사하고 손잡이를 돌려 침대 상체를 위로 올리게 할 수 있어 좋다. 의자에 앉아 식사를 하실 수 있으니 또 감사하다.

　그런데 40여 년을 방바닥에서 나란히 누워 잤는데 갑자기 남편은 침대에서, 나는 뭐가 필요한지도 모른 채 홀로 방바닥 이불에서 자게 되니 안정이 안 되는 것 같다. 임시로 사용하는 통으로 오줌을 혼자 누셔서 시트가 젖었다. 오늘부터는 식사하는 것이 좀 쉬워지겠지. 앉아서 할 수 있으니까.

침대

침대를 올려 상체를 편하게 하다 보니 몸이 자꾸 아래쪽으로 내려간다. 그래서 식사할 때 불편하다. 정환이가 점심에 들러 어깨를 잡아 당겨 위로 올려 드린다. 나는 힘이 딸려 못한다. 아들 덕분에 혼자서 떠 잡수시고 물도 마시며 제대로 편하게 점심 식사를 하셨다.

그런데 저녁에 보니 몸이 다시 아래로 내려가 있다. 침대를 올려도 불편하고 엉덩이가 침대의 구부러진 부분에 닿아야 하는데 미끄러져 내려와 어깨가 머물게 된다. 남편의 아이디어로 베개와 수건을 등 뒤로 밀어 넣으니 등과 허리를 받쳐 주면서 드디어 상체가 일어섰다. 그렇게 앉아 계시다가 엉덩이 쪽이 아프다고 다시 다 빼고 원위치로 돌아갔지만. 결국 비스듬히 누워 식사를 하셔야 하니 이 또한 익숙해져야 하는 상황인가 보다.

아침에 카톡을 보니 정환이가 걱정이 되는지 "두 분 다 저녁은 잘 드셨어요? 아버지 밑으로 내려가신 거 아닌가요?" 하고 묻는다. 새벽 6시 TV 미사 후의 이른 시각이라 걱정할까봐 "다시 또 내려가셨어."라고 답하지 못한다. 이렇게 또 하루를 시작한다.

2020.8.27.

입원

남편은 백병원 응급실에 누워 있고 나는 옆에 앉아 있다. 주환이가 재이와 함께 와 하루 자고 아빠 머리도 감겨 드리고 분주한 오전을 보냈다. 그런데 재이에게 점심을 주고 우리도 점심을 하려는데 정환이가 엑스레이 결과를 정형외과의와 상담했더니 수술해야 한다고 전한다. 주 선생의 말을 거역하고 보름을 집에서 지냈지만 더는 아들들의 주장을 꺾을 수가 없다.

119 타고 일산병원을 갔더니 의료진이 없다며 입원이 거절돼 다시 백병원으로 왔다. 이제 수술을 위한 여러 검사를 하고 입원실로 가기 전 기다리고 있다. 수술 때를 놓친 것 같지만 나중에 후회하지 않도록 수술을 하는 것도 좋을 것 같다는 생각이 든다. 너무 잘 참는 남편 때문에 심하게 부러진 것도 모르고 고요히 지내며 그대로 받아들이는 것이 '이상적'이라고 생각했던 게 어리석게 느껴지고 어느 선택이 옳은지 모르겠다. 일단 응급실을 통해 입원하게 되고 다음 주 중 수술하면 된다고 하니 오직 기도에 의탁할 뿐이다.

9B 956 병실에서

2020년 9월 2일
수술한 지 며칠이 지난 새벽입니다.

맑은 오줌을 비우고
코고는 남편을 바라봅니다.

오줌양을 측정하고
청결실에 쏟아 버립니다.
병실로 돌아오니
고마운 간호사님이 진통제를 답니다.

새로 호흡할 액체와
기구를 건넵니다.

잠자리를 정리하고
새벽을 깨우는 밖의 불빛

크고 붉은색
교회의 십자가를 향해 성호를 긋습니다.

묵주를 들고
자리에 앉아 새벽을 깨웁니다.

주신 하루의 시작입니다.

휠체어 시작

재활운동치료실에 가려고 준비를 한다. 20여 일 만에(8월 12일~9월 2일) 처음으로 휠체어를 타려니 장난이 아니다. 간호사의 도움을 받아 간신히 탔다. 많이 봤지만 이렇게 남편이 타게 되다니, 휠체어를 탈 수 있는 것도 기적이다. 운동치료실의 첫 과정은 70~80° 정도 세워진 재활 기구에서 20분가량 가만히 서 있는 것이다. 서는 연습의 첫 관문이다. 매일 11시 30분에 가야 한다. 무엇보다도 휠체어에서 다시 침대로 올라가는 것이 가장 큰 운동이 될 것 같다.

　간호사 말이 휠체어를 탄 김에 운동을 더 하란다. 휴게실 TV 앞에 합류하여 코로나와 태풍 뉴스를 본다. 이것도 또한 기적이다. 병실로 돌아와 침대 중간에 가로질러 눕기까지는 했는데 간호사의 도움을 받는다. 그리고 쉬었다가 점심 약, 치카치카 양치. 지금은 쉬고 계시고 나는 이렇게 일기를 쓴다.

병실에서

폭풍 후 뭉게구름은
고층 M city 위로 흘러간다

병실마다 각자의 아픔을 안고
어떻게 될지 모른 채 누워 있다

구름이 어디로 흘러가
어디서 흩어지는지 모르듯이
어느새 대지에
빗방울로 흩어져 싹을 틔우듯이

우리는 희망의 싹을 남기고
하늘로 올라갈 때

천상병 시인처럼
아름다운 소풍이었다고
말할 수 있을까?

밤중의 오케스트라

자다가 깨서 소변주머니의 오줌을 소변통에 따르고 있으려니 인간의 오케스트라를 듣는 것 같다. 남편만 코를 고는 줄 알았더니 5명 남자의 크고 작은 그리고 다양한 코골이 화음이 울린다. 누군가 주연이 되었다가 잦아들면 다른 누군가가 전면에 나선다.

　이 한밤중의 조화 속에 머물다가 간신히 잠이 든다. 잠결에 나도 단원이 되어 코골이 연주를 한 것은 아닌지?

먹을 것

크릿 시냇가에 머물던 엘리야 선지자가 생각난다.

　"까마귀들이 그에게 아침에도 빵과 고기를 날라 왔고 저녁에도 빵과 고기를 날라 왔다. 그리고 그는 시내에서 물을 마셨다."(1열왕 17,6)

　물이 필요하면 정수기 물을 받아다 마시고 식사 때가 되면 "노순창 님." 하며 식판에 음식을 날라다 주니 둘이 먹기에 충분하다. 홀로 머물던 엘리야에게 까마귀, 시냇물의 자연의 소리를 주신 것처럼 청소하시는 분들, 간호사들, 의사들, 같은 병실 식구들이 홀로 있는 나에게 전부다. 가끔 울리는 카톡 소리는 광야를 지나가는 바람 소리 같다.

　나는 이 상황에서 엘리야처럼 천사의 깃털을 찾을 수 있을까?

2020.9.7.

파킨슨약과 항생제

또 태풍이 올라오는 모양이다. 밖에는 비가 내리고 있다. 불빛을 밝히며 버스와 승용차들이 달리고 있다. 지하에서는 지하철이 어려운 시기에도 할 일을 하러 움직이고 있다. 이렇게 세상은 각자의 자리에서 할 일을 하며 살아가고 있다. 지금 우리 부부는 병실이라는 한정된 공간에서 다른 세계에 있는 듯한 일상을 살고 있다. 밖의 사람들이 마치 유령같이 움직이는 것을 바라보면서. 훗날 이 시기가 아득한 기억 속으로 사라지겠지!

그제부터 남편의 오른쪽 발과 손이 많이 떨린다. 너무 여러 가지 약을 먹는 탓일까? 내가 마치 의사인 양 파킨슨약과 항생제만 먹겠다고 간호사에게 말했다. 진통제 처방과 호흡 치료도 안 할 생각이다. 어젯밤에는 기침을 하고, 코도 심하게 골고 손을 떠는데 겁이 났다. 너무 과한 치료를 했나? 오줌도 많이 맑아졌으니 소변줄을 떼어 달라고 해야겠다. 선생 기질이 나오나보다. 내가 결정하려고 하는 걸 보니.

계속 비가 내릴 모양이다.

2020.9.9.

일산 백병원 퇴원일

시작이 있으면 마침이 있고
입원이 있으면 퇴원이 있다
그러나 퇴원은 또 다른 곳에의 입원이다
입원과 퇴원을 반복하다 하늘나라에 입원하는 것
그것이 진정한 마침이요 죽음이다

삶은 이 세상에 입원하였다가
하늘나라에 입원하는 것

이 세상 퇴원하는 날
영원한 하늘나라 입원하는 날
우리 고향으로 가는 날

시작과 마침의 반복 여정이
삶이요 죽음이다

　집으로 오니 좋다. 우리의 기운이 감도는 곳, 오랜만에 밝게 웃으신다. 큰애가 사온 죽을 드시고 작은애와 휠체어 타는 연습하시고 우리는 그동안 침대 위치를 바꾼다. 안 다친 다리로 서서 버티고 휠체어를 탈 수 있게 해 드린다.

그러다 보니 남향 창문으로 머리가 향하게 되었다. 항상 동향으로 머리를 두고 주무셨는데. 아이들 모두 가고 침대 옆 책상에 의자를 놓고 신문에서 사진작가 고태환의 '지구촌 나그네 일본 교토'라는 글을 읽어 드린다. 오랫동안 일본생활에서의 느낌이 되살아나는 모습을 보이시지만 병실에서 얻은 부작용으로 말은 더 어눌해지고 소리도 잘 안 나온다. 다친 다리가 더 떨리고, 오줌 조절도 안 된다. 집에서 편히 지내다 보면 나아지겠지.

명희와 정환이가 퇴근 후 다녀갔다. 컨디션이 안 좋다며 저녁은 안 드시고 그냥 주무신다. 저녁과 약을 생략하고 쉬시게 놔둔다. 나는 오늘을 정리한다. 먼 다른 나라에 다녀온 기분이다.

2020.9.12.

준비

밤이 지나고 새벽이 밝았다. 오늘 하루의 여명이 창문으로 비친다. 시트가 젖지는 않았지만 기저귀가 많이도 젖었다. 밤새 얼마나 눅눅했을까. 이제 낮에는 오줌 누는 전쟁, 오늘은 대변을 보실까? 눈이 떠질 때 떠오르는 생각, '물리치료사!'

큰 행사를 치르고 나니 온몸이 땀이다. 퇴원하는 날 이후 3일 만의 일이다. 며칠 동안은 잦은 오줌만 신경 쓰면 된다. 침대 옆에 앉는다. 잠지 끝이 아프단다.

남편의 말, "기운이 없고 오래 지내지 못할 것 같아.", "정환이가 준비를 해 놓았나?", "그냥 납골당으로 해.", "병원으로 가나?"

나의 말 "어머니 아버지 때와 같이 집에서 하루만 지내고 성당으로 갈까?" 다시 남편의 말 "병혁이한테는 연락해."

이렇게 담담히 고요하게 이야기는 흘러가고 삶의 남은 여정도 흐른다.

2020.9.15.

감염

오늘의 1막이 끝났다. 경기구급센터로 9시 출발해 비뇨기과로 이동한다. 정형외과에 입원할 때의 협진의사가 아니고 오상용 의사선생님이 미리 나와 면담하고 촬영하고 잔류오줌 검사를 받는다. 결론은 강하균이 침입해서 주사 치료를 위해 입원해야 한단다.

결국 내일 입원 수속하고 주사 한 대 맞고 코로나 검사하고 결과 나오는 대로 입원 예정이다. 1인실 부탁했지만 내일 가봐야 안단다. 결국 정형외과 촬영과 수술부위 재건은 입원해서 협진으로 하기로 했다.

2020.9.17.

죄

병실에서 새벽을 맞는다. 축축한 깔개기저귀를 빼내고 속기저귀를 채우고 얼음주머니를 댄다. 낮에는 오줌이 마려울 때마다 뉘어 드린다. 집에서와

같이. 새벽인데도 코를 심하게 골며 주무신다. 항생제 덕분인가? 아니면 때문인가?

오늘 독서말씀 코린토 1서 15장 3절 "그리스도께서는 성경 말씀대로 우리의 죄 때문에 돌아가시고 묻히셨으며 사흘날에 되살아나시어"에서 깊이 깨닫지 못한 말씀인 '우리의 죄 때문에'가 마음에 꽂힌다. 나는 항상 돌아온 탕자의 '작은아들'이 아니라 '큰아들' 편이 아닐까 하는 안셀름 그륀 신부님의 말씀에 공감하고 있었다. 보통 사회에서 말하는 큰 죄가 아니고 사소한 죄뿐인데라는 생각에 '죄'라는 단어가 크게 와닿지 않았고 그리스도께서 돌아가신 것이 나의 죄는 아니라고 생각하고 싶었기 때문이다. 조금은 잘난 척하며.

그런데 오늘 아침 '우리의 죄 때문에 돌아가시고'라는 말씀이 결국 우리를 올바로 살게 하시어 하느님 나라로 데려가기 위하여 돌아가신 것으로 이해되었다. 그래서 말씀과 행동으로, 안타까운 마음으로, 연민과 자비로 우리를 바라보시며 삶의 여정을 이끄시고 자유를 주신 것이다. 결국 죄는 우리가 마음에 품고 행동하며 살아가는 길이 어긋났음을 의미하지 않을까? 끊임없이 죄를 짓고 수정하고 또다시 선택하고 주님께로 나아가는 여정이 믿음의 길인 것이다.

"6.25때 난리는 난리도 아니야."는 TV드라마 속 할머니가 돌아가는 모든 일이 전쟁 난리통보다 더 심하다는 뜻으로 한 말이다. 폭우와 태풍, 코로나, 정치와 전 세계 상황이 꼭 세상 끝날 것 같이 혼란하고 힘겨운 난리통을 겪고 있다. 우리는 이 시기에 넘어져 고관절을 다쳐 나아지겠지 하며 집에서 보름을 지내다가 수술, 입원과 퇴원, 집, 재입원을 겪고 있다.

오늘은 11시까지 아무 일도 없어서 운동을 할 겸 간호사의 도움으로 휠체어 타는 연습을 한다. 7층 병동을 두 바퀴 돌고 간신히 침대에 혼자 올라가 쉬려고 하니 엑스레이 촬영하러 오란다. 끝나고 혼자 침대에 올리고 나니 대변을 누었다고 하신다. 잘했다고 말하며 치우고 간신히 점심 먹는데 전화벨이 울린다. 넷째 동생과 조카 지원이가 먼 길을 김치를 싣고 왔단다. 7층 엘리베이터 로비에서 만나 잠깐 얘기하고 집 열쇠를 주니 짐 정리하고 와서 열쇠를 돌려주기로 하고 우리 집으로 갔다.

남편은 자고 나는 이제 숨을 돌리고 넓은 간이침대에 발을 쭉 뻗고 앉아 있다. 난리통 속 잠깐의 휴식이다.

2020.9.18.

예수 오빠

어제 읽은 제주교구장 김창열 주교님의 말씀에 예수님을 '예수 형님'으로 모시고 뭐든지 여쭈어 보고 그 말씀에 따라 살려고 하신다고 한다. 신부님께 '형님'이면 우리에겐 '오빠'이시다.

'예수 오빠!' 잠자리에 누워서도 이 단어가 맴돈다. '오빠'라는 다정한 이름을 불러 보지 못하고 자란 터라 그 '오빠'도 그립지만 '예수 오빠'라니!

그래, '예수 오빠'라고 모시자. 그러면 잘 와닿지 않던 '성모 마리아'께 '엄마'라는 말도 따스하게 가슴속으로 들어오고 하느님 아버지도 '아빠'라는 말이 자연스러울 것이다. 그리고 요사이 정환이를 위해 도움을 구하고 있는 요셉 성인은 자연히 '다른 아빠'가 되신다. 갑자기 마음이 든든해져 나를 쉽게 내어 주고 매달릴 수 있을 것 같다.

예수 오빠! 당신은 다정하고 자애롭고 여동생을 사랑하는 오빠이십니다.

그리고 남편에게는 매형이시고 우리 아이들에게는 '삼촌'이십니다.

우리와 함께 머무시어 같이 아파해 주시고 사랑해 주소서. 이제야 비로소 당신이 오빠로서 우리를 얼마나 사랑하시고, 왜 우리를 위해 십자가 고통 속에 돌아가셨는지를 느낄 수 있습니다. 그리고 수난 전에 우리를 살게하시려고 빵으로 성체성사를 세우시고 또 다짐하시기 위하여 부활로 그 사랑을 확인시켜 주셨습니다. 그리고 당신의 숨결인 돌보시는 성령을 보내시어 우리를 보살피십니다.

"예수 오빠, 사랑합니다."

보호자

남편이 8월 12일 고관절을 다쳐 집에 있을 때도 나는 보호자이고 병원에 있을 때는 아예 '보호자'라는 명찰을 달고 다닌다. 이 명찰은 엘리베이터를 탈 때나 병원 출입용 프리패스의 명패이다. 평소에는 보호자를 단순히 환자를 돌보는 사람으로 여겼는데 오늘 아침 '보호자'라는 의미가 다르게 다가왔다. 단순한 가족 간병인이 아닌 사랑으로 온 정성을 다해 돌보아야 하는 사람이 보호자인 것이다. 우리가 항상 함께하시고 돌보아 주신다고 배운 '성령', '우리들의 보호자'라고 입버릇처럼 말한 그 의미가 다가왔다. 기쁜 일에 함께 기뻐해 주시고 슬픈 일에는 함께 슬퍼해 주시고 고통을 당할 때는 우리보다 더 아파하시며 힘들어 하시는 분, 성령님이 보호자이시다.

나는 성령이 하시는 일의 아주 미세한 부분만을 남편의 보호자로서 하고 있다는 생각이 든다. 가끔 힘들고 짜증도 나고 남편의 마음과 힘듦을 온전히 느끼지 못하고 한발 물러서서 돌보고 있는 건 아닐까?

이제 힘을 내자! 내 안에, 남편 마음 안에 진정한 '보호자' 성령이 함께 계신다. 이렇게 부족한 나는 우리의 삶 안에서 헤아릴 수 없는 그 크신 사랑을 조금씩 배워가며 간직하고 살아간다. 보호자의 '보호자'이신 성령이시여, 저에게 힘을 주소서!

휠체어

오후 3시 30분에 오후 연습을 한다. 휠체어 타고 산책하고 내리기이다. 병원 바깥을 조금 돌고 들어오며 소원을 말한다. "휠체어 타고 내려와 아들 승용차로 퇴원하기." 별 소원이 다 있나 싶지만 수술 결정할 때 목적이 '휠체어 탈 수 있기'이다.

오늘도 10시 재활운동 가기 위해 9시부터 준비하고 내려가 공원 좀 돌고 운동할 곳에 간다. 휠체어 고정시켜 놓고 그 앞에 있는 철봉을 붙잡고 서 있는 것이다. 20분 동안 네 번은 휠체어에 앉았다가 일어서서 붙잡고 다시 반복하는 운동이다. 아무것도 아닌 것 같은 이 동작이 지금은 조금이라도 설 수 있도록 하는 작은 희망이다. 이렇게 병원에 있는 동안 하루 두 번씩 휠체어 타기 연습을 한다. 나와 남편 둘이서 할 수 있다. 조금씩 나의 역할을 줄여 나가다 보면 혼자서 타고 내릴 수 있을 것이다. 그러니 퇴원하면 휠체어 타고 거실에 나가 잠깐이라도 TV도 보고 공원 산책을 할 수 있지 않을까 생각한다. 그래서 이 끝자락의 여정에서 나무와 새, 공원의 꽃들 그리고 놀이터에서 떠들며 놀고 있는 아이들의 즐거운 목소리를 들으며 하루하루 감사하게 지냈으면 한다. 성령이시여, 보호자시여 함께하소서. 아멘

2020.9.19.

가을

가을이
온 줄 몰랐다

아직도
8월의 어느 여름날이
계속되었으므로

무한한 하늘 아래
구름과 함께 해바라기가
자비롭게 내려다보며 웃고 있다

힘내라 젬마
웃어라 나같이
흐르는 구름처럼 자유롭게
'변덕쟁이 하느님' 언제까지입니까?
그다음에는 무엇을?

가고 싶은 곳에 가서
하고 싶은 일을 할 수 있는
일상의 행복을 살고 싶어요

어느 곳에나
존재한다, 행복은
이 가을이 모든 곳에 오듯이
새로운 일상에서도
나는 너와 함께한다

이 가을
해바라기의 미소를
너에게 보낸다

이제 가을이 왔다

2020.9.24.

퇴원

작은 한 단계를 마무리하는 날이다. 주환이 말대로 무리가 되지 않는 작은 목표가 좋다. 그래서 휠체어와 승용차를 이용해 퇴원하는 것보다 무리가 되지 않도록 다시 구급차를 불러 퇴원할 예정이다. 언젠가는 조금 더 큰 목표를 세울 수 있을 테지.

　어제 밤 샤워하고 빨래를 했다. 겨우 물에 헹구는 정도지만 병실이 건조해 젖은 바지와 상의를 옷걸이에 걸어 링거 주사 옆에 놓았다. 런닝과 팬티는 침대와 창가에 널어놓는다. 그리고 그릇에 물을 떠다 놓는다. 그러면 습기가 생겨 숨쉬기가 좀 더 편해지지 않을까? 그럴싸해서 그런지 코골이 소리가 덜 건조하고 부드러운 것 같다. 얇은 가재손수건을 적셔 코와 입 위에 올려놓아 드리기도 한다. 40여 년 들어 온 남편의 코골이 자장가 소리, 나도 조금 보탰겠지? 얼마나 더 코골이 이중합주를 할 수 있을까?

이제 익숙하고 포근하고 편안한 집에서의 생활이 시작될 것이다. 집에 간다고 하니 오랜만에 남편 얼굴에 웃음기가 돈다. 집은 좋은 곳이다. 그러나 하늘 아버지가 계시고 성모 어머니, 예수님 그리고 모든 성인 성녀와 먼저 가신 부모님들, 자매와 형부 그리고 지인들이 계신 하늘나라는 왜 아직도 익숙하지 않은 것일까?

머리로는 알지만 가슴으로 그 나라에 가고 싶은 마음이 집에 가고 싶은 마음처럼 되려면 아직 멀지 않았나 싶다. 언제 '집도 좋지만 하늘집은 더 좋다. 영원히 머물 곳이다.' 하면서 즐거이 받아들일 수 있을까?

《신부열전 1》 끝부분에 제3교구에서 은퇴하신 '김창렬 주교님 이야기'의 마지막 글이 있다. "나는 확신해요. 감사가 생활화되면 우리가 가진 모든 문제가 해결되고 모두가 평화를 누리게 되리라는 것을 말입니다."

스스로를 '감사의 사도'라고 하신 신부님 말씀대로 나도 오늘 모든 분들께 감사를 드리며 퇴원한다.

"의사선생님들과 간호사선생님들은 물론이고 깨끗하게 병실을 청소하는 분들, 침대와 휠체어를 이동해 주는 분들, 먼 곳에서 와 식은 음식을 데우며 모여서 얘기를 나누시던 조선족 간병인 여사님들에게 감사를 드립니다. 당신들은 모두 병원의 감사한 풍경입니다. 그리고 매끼 맛있는 식사를 만들어 날라다 주는 조리원분들에게 특별히 더 감사를 드립니다. 일할 수 있는 것이 감사하다며 오늘 이른 시간에 혈압을 재러 오신 간호사님은 남편을 새벽 5시에 출근시키고 아이를 돌봐주시는 도우미분과 교대하며 일하는 엄마입니다. 불편을 불편해하지 않고 감사하며 생활하시는 분들이 아름답습니다. 그리고 아침에 침대 모포를 아홉 장을 줘 집에서의 침대생활을 조금 더 편하게 할 수 있게 해 주심에 또 감사합니다.

특히 두 아들과 며느리, 잘 견뎌준 남편, 기도해 주신 수녀님들과 지인들 모두에게 감사를 드리며 오늘 퇴원합니다. 주님께도 감사드립니다.”

오후 8시에

퇴원해 집에 오니 11시다. 정환이와 침대를 정리한다. 정환이는 휠체어를 교환하고 속기저귀와 매트를 사러 왔다 갔다 하고 나는 병원 지하 2층에서 사온 삼계탕으로 점심을 준비한다. 창밖으로 가을 특유의 구름이 우리를 반긴다. 화분 꽃에 물을 주고 한숨 잔다.

4시경 침대에서 움직이시길래 “우리 휠체어 시도해 볼래요?” 하니 그러시겠단다. 그런데 침대가 병실 침대보다 높다. 지난번에 휠체어를 타려고 하다가 실패해서 누워서 정환이가 올 때까지 기다렸던지라 겁도 난다. 집 안을 둘러본다. 아빠가 충주에서 만들었던 작은 받침대가 보인다. 그 위에 있던 그림들을 옮기고 휠체어 앞에 놓고 발받침대로 쓰면 되지 않을까? 미끄러지면 어쩌지? 부엌매트 위에 올려놓아본다. 마찰이 있어서 미끄러지지 않을 것 같다.

시도해 보자. 침대 옆에 받치고 그 위에 휠체어를 고정시켜 놓고 만일의 경우를 위하여 이불을 주위에 간다. 조심조심 왼발을 그 받침대 위에 올려놓고 휠체어로 옮겨 타는데 성공! 방문턱에는 화장실 매트를 깔았더니 무사히 넘어갔다. 여기는 "당신 방.", 저기는 "주환이 방과 정환이 방." 하며 밀고 다닌다. 거실에서 창밖의 구름도 보여 드린다. 이것이 기적이다. 5시 뉴스를 본다. 42일 만에 집에서 TV를 보는 것이다. "휠체어 타고 식당에서 저녁 드실까요?" 끄덕끄덕. 기운이 없으셔서 한 숟갈 뜨시더니 먹여 달란다. 그래도 침대에서 먹는 것보다 너무너무 좋다. 이렇게 작은 기적들을 계속 겪으며 살고 있다. 침대 이동도 성공, 곤히 주무시고 나는 일기를 쓴다. 감사한 하루다!

2

새로운 일상을 살다

2020년 9월 27일 ~ 2020년 12월 31일

새벽 5시에

아침에 눈을 뜨고 코골이 음악을 들으며 누워 있다. 며칠 전 축일(23일)을 지낸 비오 신부님이 떠올랐다. 오상의 고통을 50년 동안 어떻게 견디셨을까? 아무리 예수님의 십자가의 고통을 함께하신다고 했어도 사람인데!

언젠가 그렸던 비오 신부님의 초상화를 꺼내서 십자가 밑에 놓는다. 예수님과 비오 신부님의 고통에 비하면 작은 티끌 같지만 남편과 내가 이 여정을 잘 견디고 조금이나마 두 분의 고통의 신비를 느끼고 지낼 수 있으면 하는 마음이다. 이렇게 새벽을 열며 오늘의 신비를 준비한다.

오후 2시에

똥을 치우면서 기뻐한다면 누가 믿을까? 그것도 아기 응가도 아니고 80대 노인의 그것을! 남편은 항상 변 보는 것을 힘들어했다. 변기에 앉아서도 용쓰는 것이 들리곤 했다. 그린화이바도 먹어 보고 선전하는 변비약 메이퀸도 소용이 없었다. 다치고 나서도 2, 3일에 한 번씩 누는데 어찌나 힘들어하는지. 어느 때부터인가 용변 기미가 보이면 항문에 둘코락스 좌약을 깊숙이 넣어두면 30~40분 내에 힘을 내 누곤 하였다. 이번에 퇴원하고 나서는 매일 조금씩이라도 누어서 다행이라고 생각한다.

소변 볼 때 조금 힘을 주면 함께 나오기도 한다. 오늘은 휠체어 타고 점심을 하고 침대로 올라가는 과정에서 매우 힘을 주신 모양이다. 눈짓을 한

비오 신부님 2F oil on canvas 2016

다. "똥." 하면서. 그러다 다 누었는가 싶어 정리하고 나면 또 나오고. 그렇게 속기저귀 세 개에 듬뿍 누었다. 장에 있는 모든 것이 다 나온 것 같다. "시원해?" 하니 웃는다. 나도 웃는다.

밤 9시에

이른 저녁을 간단히 먹고 다시 침대로 간다. 나는 샤워하고 침대 옆 책상에 앉아 저녁 기도를 한다. 다른 때 같으면 착 까불어져서 조용히 누워 계시는데 오늘은 어눌한 말씨로 말하신다. "내가 당신에게 좀 더 잘해 주었어야 했는데."로 시작한다. 나도 기도하다 말고 바짝 침대로 다가가 얘기를 주고받는다.

일본에서의 닭 공장 얘기부터 건설 현장에서 아르바이트하던 얘기, 나고야대학 시험보고 대학원 다니면서 영사집 아이들 가르치던 얘기, 통역 얘기 그리고 스키 탄 얘기까지. 2시간 가까이 이야기를 하신다.

나는 일부는 못 알아듣지만 맞장구를 쳐가며 듣는다. 퇴원 후 항생제 후유증인지 아니면 속이 불편해 그런지 계속 상태가 안 좋고 잠만 잤는데 오늘 속에 있는 대변을 다 쏟아 놓고 나니 편해지셨단다. 8시 30분쯤 주무시게 하고 나는 저녁 기도를 마무리하고 이 일기를 쓴다. 상태가 좋아져 휠체어 타기도 수월하고 공원에도 나가는 게 바람이다.

아직 걷는 것까지 욕심을 내지는 못한다. 순응하며 최선을 다하는 것이 우리에게 주어진 일이겠지!

오늘도 이렇게 마무리를 한다. 기적의 하루, 감사한 하루이다.

2020.9.29.

물 줘!

밤중에 "물 줘." 하시길래 침대를 올리고 컵에 물을 담고 빨대를 꽂아 드리니 한 모금 마시고 하시는 말씀, "꿈에 약을 먹으려고 하는데 물이 없어서 물 달라고 한 건데."라며 웃는다. 우리는 다시 꿈속으로 여행!

2020.9.30.

작은애가 12시경 왔다. 주문해 둔 음식으로 점심을 드리니 휠체어에 앉아 혼자 먹는 걸 시도해 보려고 하신다. 앞에 받친 키친타올 위로 흘리면서 드신다. 내가 가끔 거들어 주지만 힘이 드셨는지 작은아들의 도움을 받아 침대로 가 주무신다. 문제는 저녁 행사.

휠체어 타고 창밖을 내다보게 해 드리고 작은애가 옆에 있길래 나는 떡볶이와 야채 준비를 한다. 저녁 식사를 하려고 식탁으로 오셨는데 좀 이상하시다. 두어 숟갈 받아 잡수시더니 흘리며 의식을 잃을 듯이 어지러워하는 모습을 보이신다. 얼른 침대로 모셨는데 똥까지 싸셨다. 작은아들 말이 휠체어에서 일어났다 앉았다 운동을 하셨다는 것이다. 어제도 조금 하셨는데 오늘은 좀 심하셨나?

계속 정신이 없어하시니 '신부님께 연락드려야 하나?' 하는 생각이 든다. 다행히도 내가 옆을 지키고 있는 것을 아시고는 지금은 걱정하지 말라며 자라고 하신다. 아직 8시도 안 됐는데 이 또한 처음 겪는 일이라 어찌해야 지 하는지?

새벽 2시다. 손을 허공으로 흔들면서 소리 지르며 코를 심하게 골기에 깨서 손을 붙들고 묻는다. "여보 왜 그래?", "똥 쌌어!", "잘했어. 잘했어. 갈면 되 지." 하며 행사를 치른다.

금방 갈았던 푹 젖은 기저귀와 다시 교체한 대변 기저귀를 갖고 쓰레기 봉투에 넣으러 살살 가니 마루에서 자고 있던 작은아들이 "왜?" 하고 놀란 다. "응, 기저귀 버리러. 보통은 밤에 안 그러시는데. 자. 괜찮아." 대답하고 방에 들어온다. 남편은 입을 벌리고 다시 주무신다.

오늘은 추석맞이 위령미사가 있다. 50일 만에 새벽 미사에도 가고 신부 님도 뵙고 말씀드리려고 했는데….

새벽 3시에 "엘리베이터 눌러. 엘리베이터 눌러. 엘리베이터 눌러.", "장 농문 열고 까운 덮어." 소리에 깬다. 남편의 잠꼬대다. 남편은 꿈속 어디에 서 무엇을 하시는 걸까?

노년의 얼굴

우리에게는 얼마나 다양한 얼굴들이 있는지요. 특히 노년에, 더구나 병환 중에는 많은 얼굴이 보입니다. 나는 침대 옆 의자에 앉아 그때그때 보이는 남편의 그대로의 얼굴 표정을 봅니다.

누워서 잠자는 얼굴은 약간 입을 벌리고 코를 곱니다. 나는 코골이 소리와 그 모습이 어느 때는 '살아있음'으로 느껴져 안심을 합니다. 어느 때는 꿈을 꾸는지 손을 흔들며 무언가 중얼거립니다. 손을 잡아 드리다가 가끔은 입을 벌리고 눈을 뜨고 위를 쳐다보시는 모습에 놀라기도 합니다. 이렇게 떠나가시는 것이 아닌가 하고요. 그러다 다시 편안한 얼굴로 돌아갑니다. 그리고 침대에서 휠체어로 옮기거나 휠체어에서 침대로 올 때 힘든 고통을 참는 얼굴을 봅니다. 온몸으로 아픔과 힘듦을 견뎌내려고 입을 약간 비뚤이며 아픔을 속으로 삭히는 얼굴 표정은 가시관 쓰실 때, 채찍질을 당하실 때, 십자가를 지고 가실 때의 예수님의 표정이 아니었을까 생각합니다.

그러다가 안정이 되면 그냥 눈을 감고 주무시거나 아니면 가끔은 평화로운 표정으로 지나간 삶을 이야기합니다. 그리고 "고맙다."며 미안한 표정을 지어 보이십니다.

나는 이 모든 순간들이 소중해서 손을 잡고 들으려고 노력합니다. 말도 어눌하고 목소리는 작고 어떤 때는 표현이 안 돼 애를 쓰면서 하는 말을 일부는 알아듣고 대꾸하고 어떤 것은 알아들은 척하고 대답합니다. 둘이 만나 사는 동안 서로 곁을 가까이할 수 있는 소중한 시간입니다. 아마 이 힘든 시간이 주어지지 않았다면 이렇게 마음과 마음이 통하는 순간순간이 없었을 거라는 생각이 들어 감사한 일입니다. 이처럼 반복되는 시간들이 얼마나 주어질 수 있는지 우리는 모릅니다. 허락하신 이 공간과 시간을 감사하며 받아들일 수 있도록 나와 남편이 함께 예수님께 더 가까이 가기를 기도할 뿐입니다.

2020.10.5.

그 일이 없었다면

어느 날 남편이 병실에 누워 말한다. "그날 좀 더 조심해서 넘어지지 않았다면 이 힘든 일을 겪지 않았을 텐데…." 나는 말한다. "그동안 잘 지내왔어요. 당신이 워낙 조심성이 많아서. 그래도 그 정도가 다행이고. 그리고 수술도 잘 돼서 휠체어로 이동도 할 수 있으니 감사하죠." 우리는 수많은 '그때 그 일만 없었다면~'을 살고 있다.

추석날 새벽 7시의 일이다. 남편이 8월 12일 고관절을 다치고 그날이 10월 1일이니까 50여 일이 넘게 못 갔던 미사를 다녀오는 길이었다. 지하주차장에 가니 차들이 꽉 차 있다. 한 대가 간신히 들어갈 빈자리를 발견하고 주차를 시도한다. 평소에도 두 자리 정도는 비어 있어야 들어갔는데 기다릴 남편이 걱정돼서 주차를 하다 옆 차 왼쪽 뒷문에 내 차 앞 오른쪽이 걸려 버렸다. 몇 번 주차장 기둥에 걸려 상처 낸 적은 있었지만 다른 차에 접촉하기는 처음이다. 겁이 나서 추석이어서 집에 와 자고 있는 작은아들에게 전화를 건다.

아들이 차를 빼 주차를 했지만 옆 차의 왼쪽 뒷부분이 심하게 긁혀 있었다. 아들이 사연을 쓰고 내 번호를 붙여 놓았다. 아들이 말한다. "엄마 이제 운전 그만해. 엄마 나이에 운전하는 사람이 어디 있어." 속으로는 '여기 있지.' 하며 "성당에만 다녀오는데 뭐." 하고 대꾸한다. 그렇지만 '오늘 성당에만 안 갔더라면…', '조금 더 조심해서 했더라면…', '정말 운전 그만해야 하나?' 별별 생각을 다 하며 집으로 올라온다.

이렇게 생긴 일로 연휴가 끝나는 오늘이 바쁘게 돌아간다. 차주에게서 전화가 오고 DB손해보험사에 생전 처음 사고 접수하고 차의 손상 부위 찍어 보내고 몇 번의 전화 통화로 미안하다를 반복하며 차주와의 일이 마무리되었다. 점심 후 단골 자동차 정비 사장님에게 전화를 걸고 차를 끌고 가서 맡겼다. 사고 접수 번호를 드리고 수리를 부탁하고 걸어서 집으로 가면서도 생각한다.

'남편이 넘어지지 않았으면…'

'좀 더 조심해서 옆 차를 긁어 놓지 않았다면…'

그러나 모든 일은 이미 일어났고 지금은 해결해 나가고 있으니 해결이 될 것이다. 그리고 이렇게 생각해 본다.

'더 많이 다치지 않고 수술로 해결할 수 있어서 다행이고 감사하다. 조금씩 좋아지셔서 우리 곁에 더 머물 수 있을 거야.'

'주차장에 서 있는 차를 받았으니 망정이지, 길에서 운전하다 사고나 사람 다치지 않은 게 감사하지 뭐.'

'오랫동안 든 보험 한번 써 보는 것도 좋은 경험이지 뭐.'

이렇게 순간의 '그 일이 없었다면…'이 '그 정도이길 다행이다.'로 바뀌며 발걸음이 가벼워진다. 현관문을 열며 "다녀왔어요! 오줌은?" 하고 물으며 다시 보호자가 된다.

2020.10.6.

면도

아침 식사 후 거울을 달라 하신다. 한참 들여다보다 당신이 면도를 하시겠단다. 아들들이 전동면도기로 가끔 해 드렸는데 어느새 많이 자랐다. 적신 솔로 비누 거품을 수염 위에 바르고 구식 면도기로 깎는다. 수염이 길어져서 잘 깎이지 않지만 반복하니 어느 정도 말끔하게 된다. 턱 아래와 옆 그리고 남아 있는 것을 내가 손질해 본다. 처음이다. 안 깎아진 긴 털은 가위로 마무리한다. 면도하는 과정과 말끔해진 얼굴의 사진을 아들들에게 보낸다. "가서 해 드리려고 했는데~." 하며 박수를 친다.

   이렇게 오늘도 같은 일의 반복, 같은 일상이지만 새로운 작은 일들이 우리를 행복하게 한다. 정상적인 건강한 일상도 의미 있지만 이러한 특별한 일상에서도 작은 기쁨을 발견하는 감사한 하루를 시작한다.

2020.10.12.

휠체어 타는 연습

오늘 네 번째로 휠체어를 타신다. 이제 침대에 오래 누워 있는 것이 지루하신 모양이다. 아침 7시에 한 번, 아침과 점심 중간인 10시, 점심인 12시 그리고 네 번째 일어나신 것이다. 상태가 좋아진 것을 의미하는 것일까? 세끼 식사마다 타는 것도 감사했는데 오늘은 저녁때까지 다섯 번 타고 내리고를 반복하게 될 것이다. 운동도 되고 누워 계시는 게 덜 지루해질 것 같다.

지금 거실에 나와 있는 동안 FM 93.1에서 베토벤의 '황제'를 들으신다. 이렇게 느긋하고 여유 있게 음악을 들은 적이 언제였었나? 한낮 3시의 따스한 거실에는 평화가 흐른다.

2020.10.15.

밤 산책

산책을 하며 묵주기도를 한다. 바깥 공기를 숨 쉴 수 있는 시간이다. 남편과 함께 앉았던 놀이터 의자에 앉아 본다. 뛰놀던 아이들도 다 들어간 이 밤에 혼자 앉아서 나뭇가지들 사이로 드리워진 밤하늘을 바라본다. 무사히 감사하게 오늘 하루가 지나갔다. 이제 남편 곁, 집으로 들어가야겠다.

2020.10.16.

아이쿠, 놀래라!

아침 식사 후 TV '아침마당'을 보고 있었다. 남편은 휠체어에서 늘 앉던 안락의자로 옮겨 앉아서 보고. 한참을 보고 있자니 혼자서 휠체어로 옮겨 타려고 시도하다 미끄러져 한쪽 엉덩이를 걸친 채 애를 쓰고 있는 것이 아닌가! 놀래서 있는 힘을 다해 두 손으로 남편 어깨를 붙잡고 내 발로 더 미끄러지지 않게 남편 발을 받치고 몸을 위로 끌어 올리니 다행히 휠체어로 옮겨 앉을 수 있었다. 지금은 침대에 누워 계시다. 정말 가슴이 '쿵' 하는 일이었다.

2020.10.21.

돼지족탕

점심 후 주무시기에 나도 소파에 잠깐 자려고 누웠다. 그러나 잠은 안 오고 저녁에 무엇을 먹을까 생각하다가 시어머님이 돼지족을 잘 끓여 주시던 생각이 났다. '나를 힘들게 하면 안 된다.'는 생각에 간난히 준비할 수 있는 것만 하다 보니 새로운 것을 해 드리고 싶어졌다. 오줌을 뉘어 드리고 잠깐 나갔다 온다고 말하고 나왔다.

정육점에 들러 9,000원 주고 돼지족을 샀다. 오랜만에 큰 솥에 담가 놓고 피를 뺀다. 파와 생강을 정리해 충분히 넣고 푹푹 끓인다. 그동안 휠체어를 태워 드리고 함께 TV를 본다. 가끔 부엌으로 가 점검하며 1시간 이상을 푹 끓이니 국물은 뽀얗게 되고 살도 물러지는 것 같다. 가위로 잘라 먹어 보고 부드럽게 하려고 소금 조금 넣고 더 끓인다. 드디어 찬밥에 국물을 넣어 죽같이 끓이고 부드러워진 족의 고깃살을 가위로 잘라 넣고 새우젓과 파 마늘 식초 고추장 참깨를 첨가해 멋진 메뉴를 완성해 드리니 맛있게 드신다.

설거지 후 삶아진 족을 꺼내어 정리하고 국물과 함께 넣으니 한 솥이다. 나의 정성과 노력으로 맛있는 족탕이 준비되었다. 며칠은 맛있게 드실 것이다. 정환이도 잘 먹으니 오랜만에 주부가 된 것 같다.

2020.10.23.

이발

면도를 하시라고 준비를 해 드린다. 그런데 나보고 머리를 좀 자르라고 한다. 생전 처음 해 보는 일이다. 내 머리를 자르면서 미용사에게 물었더니 집에 와서 해 줄 수 있다고 해서 부탁해 볼까 하던 참이었다.

누구에게 잘 보일 것도 없으니 과감하게 시원하게 앞머리 뒷머리를 자른다. 그리고 중간은 빗을 대고 미용사 흉내를 내 본다. 그리고 마무리로 뒷목 잔머리는 면도기로 처리했다. 그리고 몇 달 만에 샴푸로 감겨 드리며 두피를 마사지하고 물수건으로 닦아 드렸더니 그럴듯하게 깔끔하다. 보는 사람이 이렇게 시원한데 본인은 얼마나 개운할까!

2020.10.24.

밤 1시쯤 일어나 기저귀를 바꿔드린다.

"힘들지? 고마워!"

"힘든 수술 견디고 이렇게 함께 있어 주어서 내가 감사하지."

자리에 다시 누워 옆으로 몸을 돌린다. 나도 모르게 눈물 한 방울이 한 눈에서 다른 눈으로 흘러내린다. 조용히 머물다 다시 잠들었다.

이제 새벽이다. 속기저귀를 뺀다. 하루 시작의 의식이다. 날마다 똑같을 것 같지만 다른 나날이다. 오늘도 온 마음을 다하기에는 모자라지만 어여삐 봐주시고 함께하시리라는 믿음에 감사하며 새로운 하루를 시작한다. 주님, 성모님! 저에게 힘을 주소서!

2020.10.25.

어깨 통증

엉치와 어깨에 무리가 간다. 어깨는 워낙 조금씩 아팠지만 허리 아래 엉덩이 쪽이 아프다. 소파에 앉아 있기가 어려워 일찍 잠자리에 든다. 자다가 일어나 진통제를 먹는다. 남편을 부축할 때 남편이 하도록 붙들어 주기만 하자. 내가 아프면 안 되지. 그리고 내 잠자리용 침대를 사야겠다. 자주 일어나는데 오래 걸리고 힘이 드니까. 고통도 조금씩 발전하는가 보다. 그 시작인가?

2020.10.30.

청하여라

자다 깨니 어제 큰애가 가져간 '해바라기' 그림이 생각났다. 그리고 명희의 청이 생각났다. "그림 하나 주세요. 해바라기 그림." 너무나 기쁘게 "좋지!" 하며 챙겨준다.

　그렇구나. 나는 '청하지' 않았구나. 그냥 알아서 해 주시려니 하고 그대로 받아들여야지 하며 마치 멀리 계신 듯, 기도문에 성경에 머리에만 계신 듯

해바라기 oil on canvas 2021

이 생각했을 뿐 마음 깊은 곳에는 모시지 못했구나! 내가 명희에게 기쁘게 청하는 것을 주었듯이 나도 하느님 아버지, 성모님과 예수님께 청하면 기쁘게 주시지 않을까? 그렇구나. 항상 그때의 필요한 것과 모든 상황을 말씀드리며 청할 것을 청하면 얼마나 기뻐하실까! 그러면 나 또한 얼마나 행복할까. 얼마나 그동안 교만 속에 잘난 척을 하며 살아왔고 지금도 그렇게 생각하고 있는 것은 아닐까?

그렇다. 웃을 것은 함께 웃어 주시고 울 것은 함께 아파해 달라고 청하고 말씀드리자. 주님, 성모님! 저도 이제 청하고 말씀드리니 제 마음에 늘 귀기울여 주소서.

2020.11.2.

침대

오늘 침대가 들어왔다. 방바닥에 드러누웠다가 일어나기가 버거워 정환이에게 말했더니 시몬스 침대를 주문한 것이다. 남편이 말한다.

"40년 전에 사 줬어야 했는데 미안해."

"지금이라도 사 주어서 고마워요."

이제 남편은 병원용 침대, 나는 보통 침대에서 잠을 청하니 온돌바닥에 요를 펴고 누워 이불을 덮고 함께 코골이 합창하던 시절이 지난 것이다. 침대에 누웠다가 일어나 보니 훨씬 용이하다. 그것만으로도 감사하며 OK!

2020.11.10.

꾀부리다

"여보." 하고 불러 깨어 보니 새벽 4시다. 1시경에 일어나 오줌을 뉘었으니 3시간이나 지났다. 3시간이면 2~3번은 소변을 보았어야 하는데.

담요를 걷고 만져보니 기저귀 두 개가 모두 푹 젖고 그 아래 깔은 매트와 시트까지 젖어 있다. 잠옷바지, 런닝, 위의 남방까지 일부 젖어 있다.

헛웃음만 나왔다. 좀 편하자고 그냥 기저귀에 오줌을 누라고 무뚝뚝하게 말한 것의 결과였다. 잠자리에 든 9시부터 새벽 1시까지 5, 6번은 깼다 일어났다 하던 끝에 나온 나의 말에 남편은 미안하다고 하더니 그냥 기저귀에 눈 것이다. 나는 남편이 바스락 소리를 내는데도 잠든 척, 아니 그냥 자버린 것이다. 메아 꿀빠! 내 탓이요, 내 탓이요, 내 탓입니다!

2020.11.14.

배추

배추를 보면
엄마 생각이 난다
배추를 보면
고향 뒷밭이 생각난다
올망졸망 심겨진

배추, 무, 파, 갓, 생강, 마늘, 고추나무

배추를 보면

자매들 생각이 난다

우물가 모여 300여 포기 김치를 하기 위해

떠들썩한 놀이

배추를 보면

아버지 생각이 난다

뒤뜰에 구덩이 파고

김치 항아리 묻어

정리하시는 아버지

배추를 보면

볏짚으로 삿갓 모양 만들어

항아리 위에 씌운 오막집이 생각난다

비가 오나 눈이 오나

김치를 보호하던 김장독들

배추를 보면

겨울밤이 생각난다

오순도순 이불 뒤집어쓰고

먹던 김치전

배추를 보면

엄마가 생각난다

_ 배추 그림을 보며

배추 12S oil on canvas 2013

오줌과의 전쟁

남편이 편한 대로 해 주자고 마음먹은 것이다. 그것이 비록 한밤중에 아홉 번 정도 오줌 뉘이고 통 비우고 덕분에 오줌 잦은 나도 누고 자고 또 깨고 하는 일이지만. 전에도 '왜 이렇게 해야 하지? 한두 번 속기저귀는 갈아 주고 푹 자면 되지 않을까.'라며 기저귀 사용 시도를 많이 했다. 그러나 갈 때마다 두세 번 누워 축축할 대로 축축해진 기저귀를 남편이 견딜 생각을 하니 마음이 아파 매번 깨서 뉘다가 '이것도 아닌 것 같다.'며 또 다른 방법을 모색하고.

하다못해 병원의 환자용 소변줄은 아니더라도 겉으로 비닐 관을 묶고 밑에 통을 달아 소변을 받으면 어떨까 하는 생각도 하였다. 결국 결론은 기저귀에 싸게 하고는 더 이상 잠을 깊이 잘 수 없다는 것이다. 오줌 마려울 때마다 기저귀를 만지는 부스럭 소리가 들리고 마누라를 깨워야 하나 말아야 하나 고민하는 마음이 느껴져 편히 잘 수가 없다.

밤새 일어나 오줌 뉘이고 자는 것이 훨씬 낫다는 결론. 누이 좋고 매부 좋다고 결국 두 사람이 다 좋은 방법은 매번 뉘이고 자는 것이다. 진심으로 미안해하는 남편의 마음을 받아들이며!

신비의 샘

새벽 6시, 묵주 십자가를 손에 쥐고 오늘을 엽니다.

헤르몬산에서 발원한 요르단강에서
당신은 세례자 요한에게서 세례를 받으십니다
저는 칠보산 밑 어느 바위 밑에서 시작된
이름 없는 샘내 개천에서 뛰어놉니다
온몸이 젖고 모래와 수초가 발을 간질이고
버들강아지 흔들리는 그곳에서 생명을 느낍니다

하느님께서, 마리아와 요셉께서
당신을 '사랑하는 내 아들'이라고 부르십니다
저희 아버지는 요셉, 엄마는 마리아입니다
저를 '사랑하는 내 딸'이라 부르십니다

요르단강은 흘러 흘러 사해로 향하고
당신은 하늘과 세상에서 우리와 함께 계십니다
샘내의 시냇물은 서해로 흘러가고
저는 흘러 흘러 머물다 보니
'뒷골짜기 계곡, 후곡'에서 당신을 바라보며 그리워합니다
이제 당신이 이끄시는 대로 맡깁니다

요르단강이 흐르듯이
샘내의 실개천이 흐르듯이
여정의 작은 물방울들이 지즐대며 흐릅니다

어느 때인가 희미하게 보이던
당신이 활짝 웃으시며
안아 주실 때까지 흘러가겠지요

오늘은 세례받으시던 당신의 모습을 생각하며
젬마도 몸과 마음을 씻어 당신을 만날 날을 준비합니다
남편 아오스딩과 함께 영원한 생명을 향하여

2020.11.27.

어느 밤에

저녁 7시 30분쯤 TV를 보다가 방으로 들어와 남편을 침대에 누이고 나는
책상 의자에 앉는다. 그대로 남편이 잠들면 나만의 오롯한 시간을 갖는다.
읽던 '로사리오의 묵상'을 마무리하고 하루를 되돌아보고 간단히 저녁 기
도를 하는 시간. 그런데 지금부터 주무시면 너무 긴 시간 자다 깨다를 반복
할 것 같아 "내가 책 읽어 줄까?" 하니 그러라고 한다. 내 책《그리움, 그림
이 되다》의 '감사함을 그리다' 부분을 읽기 시작한다. '구기자를 그리며'의
아버님과 어머님, 아줌마의 그리움을 담은 글에 울먹거리며 빠져든다.

2018년 가을에 그림 그리며 쓴 글을 2년 후에 내가 독자가 되어 다시 읽으니 깊은 그리움의 파동이 밀려오는 것이다. 누워서 묵묵히 듣고 있던 남편이 말한다. "팔리겠는 걸.", "칭찬이지요?"

이렇게 시작된 내 책 읽기와 대화가 2시간가량 이어진다. 남편은 표현하느라 힘을 들이고 나는 어눌한 말을 잘 못 알아들어 "뭐라고?"를 반복하며 이렇게 감사의 시간이 흐른다. 나는 작가이자 독자로서, 남편은 청취자로서 하나가 된다. 이렇게 또 다른 새로운 시간, 깨어 있는 기회를 주신다.

"이제 그만 자야지.", "고통의 신비 5단 함께 기도할까?" 하며 묵주를 드린다. '우리를 위하여 십자가 위에서 돌아가심'을 묵상하고 십자가 아래에 계시는 성모님께 성모송 기도를 바친다. 불을 끄고 잠시 베란다에 나가 찬바람을 느끼며 벅찬 마음을 진정시키고 들어와 눕는다. 이렇게 하루를 마무리한다.

2020.12.16.

모든 것이 얼었어요

추위가 계속되고 있다. 베란다 창문틀에 맺혀 있던 물방울이 얼어붙어 있는 모습이 아름답다. 다섯째 동생이 농장 비닐하우스에 도착해 거위 두 마리를 반기며 함께 노는 장면을 동영상으로 올리고 글도 올렸다. "거순이는 새침떼기라 오라고 해도 안 오는데 거돌이는 기회만 있으면 우물에서 일하고 있을 때 등 뒤에 올라가고 지금은 아주 가슴까지 올라왔다우."

제부 그리고 어떤 때는 아들과 손자들이 거위와 노는 장면이 아름답다.

코로나 때문에 힘든 시기에 함께할 곳과 함께할 무엇인가가 있다는 것은 축복이다. 그리고 덧붙여 추위에 비닐하우스에 모든 것이 얼었다고 전한다. "모든 것이 얼었어요. 농장에 오니 모든 것이 얼었어요. 싱크대 위에 트리오도 얼고 페트병 물도 얼고 가스레인지 위에 식용유도 얼고 박스에 담아 놓은 배추도 얼고 손질해 놓은 늙은 호박을 잊어버리고 냉장고에 안 넣었더니 그것도 얼었어요."

농장의 모습이 눈에 선하다. 앙상한 가지들만 남아 이 겨울을 버티고 있는 대추나무, 자두나무, 매실나무 그리고 그 아래 채소 심었던 자리에 남아 있는 자투리 잎들과 파여 있는 흙더미들. 코로나와 남편 때문에 거의 일 년을 가지 못해 못 봤지만 아기 때 입양한 거위 두 마리가 반갑다고 쫓아다니며 뛰어오르는 아름다운 모습과 그들의 비닐하우스 호텔이 눈에 선하다. 이 어려운 시기에 가서 함께할 수 있는 장소와 형제가 있다는 것이 행복하다.

2020.12.19.

하루를 산다

하루의 일과가 끝나고 책상에 앉았다. 옆 침대에는 남편이 누워 있다. 눈을 감고 조용히 계시지만 아직 잠들지 않았을 때다. 나같이 하루를 보낸 것을 생각하고 있을까? 한 공간에 하루 종일 함께 있지만 따로이다. 일도 따로이고 생각도 따로이다.

나의 하루와 함께 남편의 하루를 생각해 본다. 밤에 적게는 다섯, 여섯 번 많게는 열 번 정도 소변을 보느라 마누라를 깨우며 미안해하고 "미안해."

라고 말하기도 한다. 나는 "나의 일인데 뭐." 하고 대답한다. 여러 가지 시도 끝에 "여보, 오줌." 하면 즉각 일어난다. 선잠 때도 그리고 쭉 잠들 때도 어눌하게 하는 그 말이 어찌 그렇게 잘 들리는지! 아침 5시 30분에서 6시 사이에 일어나면 혹시 몰라서 채운 속기저귀를 빼고 만일 조금이라도 젖었으면 겉기저귀도 갈아 준다.

그럴 때마다 남편은 몸을 돌려 반쯤 돌아눕는 것이 힘들다. 그리고 누워서 마누라 아침 기도 소리를 듣고 "아멘." 하거나 유튜브로 미사하면 같이 들으며 누워 있다. '자녀를 위한 기도'와 '요셉 성인에게 드리는 기도'를 마치고 성가를 들으며 일어나면 7시 20분 전후. 마누라가 아침 준비할 때는 휠체어에 앉아 창밖을 내다보며 고개 운동이나 발 운동을 한다.

아침 준비가 끝나면 식탁으로 이동, 턱받이와 틀니를 끼워 드리고 아침 식사를 하신다. 요사이는 주로 베토벤 음악을 들으며 먹는다. 이번 주는 월요일부터 금요일까지 계속 큰아들이 와서 함께 식사했다. 큰아이 내외가 가까이 사는 것이 큰 힘이 된다. 유치원 근무하느라 며느리는 가끔 오지만 큰아이는 8시 출근 때 오거나 그렇지 않으면 좀 늦게 와 이른 점심 먹고 루멘으로 간다. 우리 둘이서 식사하는 것보다 훨씬 활기가 있고 음식도 다양해진다.

이렇게 아침 식사가 끝나면 파킨슨약을 드리고 칫솔질. 아직 익숙해지지 않고 서툰 치간 칫솔질로 이 사이에 낀 것을 빼드리고 물수건으로 얼굴, 손을 닦아 드린다. 그리고 거실로 이동, 조심조심하며 소파에 앉혀 드리고 TV를 켠다. KBS '아침마당'을 보게 해 드리고 나는 설거지, 양치 그리고 점심 준비를 한다. 특별한 일이 없으면 9시 좀 지나면 끝난다. 그리고 함께 '아침마당'을 더 보고 9시 30분 뉴스 끝나면 함께하는 모든 일이 끝난다. 남편은 더 소파에 앉아 라디오를 들으시다가 좀 피곤하면 다시 침대로 이동해 1시간 정도 누워 계신다.

나는 그 사이 책상에 앉아 책을 본다. 가끔 유튜브에서 김동길 선생이나 황창연 신부님의 강의를 틀어 보게 해 드린다. 어떤 때는 책이나 성경의 시편, 나의 책이나 원고를 읽어 드린다. 함께 공유하는 내용이어서 좋아하시며 "팔릴 것 같은데."라며 농담도 던지신다.

오늘은 누워 계시라 하고 쓰레기를 버리러 나갔다가 산책하며 묵주기도 두 단 하고 들어온다. 그런데 11시 30분경 큰애 부부가 점심하러 온다고 카톡이 와서 다시 바빠졌다. 불고기, 호박과 두부전으로 상을 차려 주니 바쁘게 점심하고 며느리는 집으로 아들은 루멘으로 떠나간다. 다시 조용해졌다.

어제 해 온 그림액자를 크리스마스 전후로 주어야 할 것 같아 후배 충미 씨와 통화한다. 월요일쯤 만나기로 한다. 드디어 다시 소파에 앉아 잠시 TV를 보다가 깜박 졸았는데 2시가 되었다. '고요한 밤 거룩한 밤', '작은 별'로 피아노 연습 잠깐 하고 소파에 앉아 있는 남편에게 피아노를 치게 해 보려고 했지만 안 하시겠단다. 무엇을 하면 시간도 잘 가고 재미도 있을까 생각해 봤지만 막막하다. 라디오 들으시다 자고 나는 잠시 붓을 든다. 여름비가 50일가량 올 때 스케치해 놓은 노아의 홍수에 무지개를 그려 본다. 두 시간이 금방 흐른다.

4시에 그림방에서 나온다. 지난 토요일 작은애가 와서 목욕시켜 드린 후 못해서 간단히 머리 감기고 대야에 따뜻한 물을 담아 발을 씻어 드린다. '발 씻김 예식'은 두 번째, 왜 미리 생각하지 못했을까. 깨끗해지고 각질도 많이 없어졌다. 그리고 따뜻한 물에 담근 발을 나의 손으로 만지며 닦아 드리는 것이 기분 좋다. 아마 남편도 그렇지 않을까? 수난을 예고하시며 베드로의 발을 씻겨 주신 예수님과 사랑 가득한 예수님의 손에 발을 맡긴 베드로의 마음이 느껴진다.

그리고 남편은 TV '동물의 왕국'을 보고 나는 간단한 저녁 준비를 한다.

베토벤의 삼중협주곡을 들으며 먹으니 맛있고 멋지다. 저녁 후 행사를 마치고 7시 뉴스 그리고 '동네 한 바퀴'를 보고 방으로 들어온다. 이렇게 지금이 밤 9시가 된 것이다. 이제 묵주기도로 마무리하고 잠자리에 들 것이다.

2020.12.22.

탄생을 기다리며

예수님의 탄생일이 다가오고 있다. 힘든 시기에도 아기 예수님은 어김없이 오신다. 오늘 복음에서 엘리사벳과 마리아가, 세례자 요한과 예수님이 만나신다. 성모님의 인사말에 엘리사벳 태중의 아기가 즐거워 뛰놀고 마리아는 "내 영혼이 주님을 찬송하고 내 마음이 나의 구원자 하느님 안에서 기뻐 뛰노니"(루가 1,46-47) 하며 노래하신다.

성모님! 캠퍼스에 만삭의 며느리를 그리며 감사와 기쁨의 노래를 부릅니다. 며느리는 성모님처럼 태중에 아기가 뛰노는 엄마입니다. 재이는 엄마 뱃속의 아기에게 인사하며 사랑을 전합니다.

그림으로 잘 표현되든 안 되든 중요한 것은 성모님을 생각하며 그리는 만삭의 며느리입니다. 아들과 며느리와 재이에게 '고맙다.'고 감사하며 붓질하는 나는 행복합니다. 이렇게 만삭의 며느리, 만삭의 성모님이 함께 겹쳐지는 오늘, 기도하며 잉태의 감사를 그립니다.

우리 모두의 어머니 성모님, 재이와 보리의 엄마 주리, 주리의 남편 요셉, 고맙고 고맙습니다.

"성모님, 보리가 태중에서 잘 자라 건강하게 태어나도록 지켜주소서. 아멘."

만삭의 며느리 8M oil on canvas 2021

보리야, 나 누나야 3S oil on canvas 2021

아기 되기

5살 재이가 묻는다.

"할아버지는 왜 밥 흘려?"

"왜 할아버지 오줌 뉘여 드려?"

"왜 할아버지는 휠체어 타고 산책해?"

내가 대답한다.

"재이 어렸을 때 엄마가 밥 먹여 주고 기저귀하고 오줌 싸고 똥 싸고 유모차에 앉아 산책했지? 이제 할아버지는 다시 아가가 되셔서 다 해 드려야 한단다."

재이가 답한다.

"응, 그렇구나. 이제 재이는 혼자서 밥 먹고 오줌 누고 걷고 뛰어다닐 수 있는데 할아버지는 재이 아기였을 때 같이 다 해 드려야 하는구나. 다시 아가가 되셨구나."

재이가 손에 들고 있는 젤리를 할아버지 입에 넣어 드리며 "이거 먹어, 맛있어." 하니 할아버지가 받아 드시며 아기같이 얼굴에 함박웃음꽃을 피우신다.

화실 방학

샘: 켜켜이 쌓인 방학 숙제가 행복을 주는 겨울방학 첫날입니다. 몰입의 에너지에 시동을 걸어 봅니다.
나: '방학'이라는 그리운 말!

　카톡으로 답장하고 생각해 본다. '방학'이 왜 그리운 말일까? 젊고 할 일이 많다는 의미가 있기 때문일까? 2010년 8월 퇴직 전까지의 삶을 돌아본다.
　대학원을 졸업하고 1971년 처음 춘천 성심으로 가서 1974년 고대 입학할 때까지 3년 동안 방학다운 방학을 보내지 않았나 싶다. 고향으로 내려가 들로 산으로 다니다가 읽으려고 잔뜩 준비한 책 읽고 밥 먹고 형제자매들과 놀고 부모님 도와 드리고. 정말이지 '방학'이었다.
　그러나 74년 고대 대학원 입학 후부터 방학은 바쁜 나날이 되어 갔다. 오로지 연구에 매달려 실험하고 결과 정리하고 도서관에서 관련 논문 보고 내 논문 쓰는 날들이었다. 졸업 후 부천 역곡 성심 캠퍼스와 대학원이 생기면서 방학은 그야말로 혼자만의 시간이 아니라 함께 '쌓인 방학 숙제'를 하는 시기였다. 대학원생과 팀을 이뤄 하루하루 연구 스케줄을 소화해 졸업하고 자립하도록 도와줘야 하기 때문이다. 이렇게 30여 년 넘게 '방학 없는 방학'을 보낸 것이다.
　그렇게 바쁘게 지내는 게 습관이 되어선지 퇴직 후에도 마치 학교에 출근하듯 일주일에 나흘을 화실에 가 레슨받으며 그림을 그렸다. 논문 쓰듯 '그림일기'도 써서 책도 출간하였다. 지나고 보니 행복한 시간이다. 샘의

'행복한 겨울방학'에 응원을 보낸다. 레슨하느라 마음대로 충분한 시간을 내지 못하다가 일주일간 몰입할 수 있는 시간을 갖게 된 것이다. 이 얼마나 행복한 여유일까 생각하며 파이팅을 보낸다.

2020.12.30.

인연

잠자리에서 눈을 뜨고 누워 있다. 오늘 하루 펼쳐질 일을 생각하면서. 매일 같은 일의 반복인 것 같지만 어제와 또 다른 유일한 오늘 하루.

갑자기 고려대 지도교수님 생각이 났다. 사모님 먼저 보내시고 돌아가시기 얼마 전부터 바닥에 요를 깔고 누워 계시던 모습. 방문하면 그 옆에 앉아 이런저런 얘기를 하다 오곤 했다. 그런데 어느 날 가니 머리맡에 녹음기와 영어 회화 테이프가 있었다. 여쭤보니 눈이 침침해 책 보기도 버겁고 힘도 들어 테이프를 들으며 영어 회화 공부를 하신단다. 미국 유학하셨던 분이 지금 회화 공부해 무엇하시려고 할까 하면서도 그 모습이 인상에 남았다.

그런데 왜 갑자기 그 생각이 났을까? 요사이 나의 고민은 남편이 시간을 어떻게 보내도록 해야 하는가이다. 책도 읽어 드리고 아이패드로 음악과 신부님 강론, 시사문제도 듣게 하지만 좀 더 의미 있고 남편이 좋아할 무언가를 찾아야지 하는 생각이 머리에 가득했다.

그렇다고 지도교수님 같이 일본어 회화를 듣게 하면 아마도 NO! 할 것 같다. 이런저런 생각을 하다 보니 박기채 선생님과의 인연이 줄줄이 올라온다.

선생님과의 만남은 71년 3월 연구조교로 성심에 가면서부터이다. '분석화학'을 가르치러 고대에서 일주일에 한 번씩 춘천 성심에 오시곤 했다. 선생님은 강의를 하시고 실험은 연구조교인 나의 몫이었다. 그렇게 3년을 2학년 분석화학 실험을 하게 되었다. 교수님과 특별히 얘기를 하거나 개인적인 친분을 쌓은 것은 아니지만 3년을 지내다 보니 공부를 더 해야겠다는 생각이 들어 의논을 드렸다. 그런데 한말씀 뿐, "토요일에 고대로 와라."

그렇게 시작된 선생님과의 인연은 4년간 박사과정을 이수하면서 이어졌다. 학기 중에는 월요일부터 목요일까지 성심에 근무하고 금, 토요일은 고대로 가서 강의 듣고 연구 실험하는 나날이 지속되었다. 그래서 방학에는 고대로 매일 가곤 하였다. 의미 있는 하루하루였다. 그때 시작한 '이온 선택성 전극' 연구 테마는 교수님도 처음 시도하는 것이다. 연세가 드셨는데도 열심히 하셨고 교수님의 첫 제자이자 건국대 화학과 교수이신 박면용 교수님도 도와주시며 함께하셨다. 전극 만들기를 위해 청계천 유리 세공소를 누비기도 했다.

연구 방향이 잡히고 졸업할 때가 되어서는 분석실 대학원생들과 같은 테마로 연구를 했다. 분석실험실은 활기가 넘치고 우정들이 쌓여 갔다. 어느 날 교수님 방에 가니 "자네는 왜 졸업 영어 시험을 두 번이나 보았나?" 하신다. "작년에 떨어져서요.", "작년에 붙었다던데. 사무실에서 둘 중 더 높은 점수로 쳐 주겠다고 하던데" 하신다. 나는 시골에서 올라와 영어 콤플렉스가 심하다. 서강대는 토플식 영어 시험으로 1반에서 16반까지 나누는데 중간 점수를 받아 8반이 되었다. 수원에서 1, 2등 다투던 수원 여고생의 영어 실력은 서울의 이화, 경기 여고생과는 비교도 할 수 없었던 것이다.

시험 본 후 춘천에 있으니까 점수 확인을 분석실의 대학원생에게 부탁했는데 "알아보니 다 떨어졌대요." 한다. 그래서 다시 영어 시험을 보게 된 것이다. 실은 대학원생들만 다 떨어진 것인데 박사코스인 나도 떨어진 것으로 전달되어 유일하게 영어 졸업 시험을 두 번 친 선례를 남겼다.

선생님과 얽힌 에피소드는 많다. 그 당시에는 신년 세배를 다녔다. 모든 교수님을 찾아다니며 세배하고 점심때 모이는 곳이 지도교수님 댁이었다. 요리 솜씨가 좋으신 사모님은 제자들 모이는 것을 좋아하셔서 우리 분석실뿐 아니라 다른 연구실에서도 점심때는 다 교수님 댁으로 모였다. 집 안 가득 모여 세배하고 식사하는 신년 모습이 그립다.

그리고 자주 교수님 댁에 갔다. 졸업 전에도, 졸업 후에도. 어느 날인가 갔더니 두 분이서 TV를 보고 계셨다. 나도 자연스럽게 앉아서 TV를 보는데 사모님께서 "공부만 가르치지 말고 권 선생 시집을 보내시오." 하신다. 그때 마침 TV에서 결혼을 위한 '짝 찾기 프로그램'을 방영하고 있었다. 선생님 말씀, "자네, 저기 나가보지." 하신다. 잊혀지지 않는 선생님의 말씀이다.

그 후 졸업하고 남편을 만나 결혼하고 신혼일 때이지 싶다. 교수님께서 부산대 총장으로 가시어 논문 의논 겸 총장 공관에서 며칠 묵은 일이 있다. 교수님 부부, 손주 그리고 나, 해변으로 나가 모래찜질하고 수영하던 일이 기억에 남는다. 사모님과 함께 시장에 갔는데 부산어묵을 잔뜩 사 주셨다. 그래서 부산어묵 맛을 알게 되었다.

총장 그만두고 다시 고대로 돌아오셔서 퇴직하신 후에도 분석실모임이 이어졌다. 그래서 세배도 가고 때로는 식사모임도 하게 되었다. 지금도 그 모임은 계속되고 있다. 지금은 막내 대학원생까지 다 퇴직한 60, 7~80대이지만 만나면 그때를 그리워하고 있다.

아침에 잠 깨서부터 돌아가시기 전까지 영어 테이프를 들으시던 교수님에 대한 기억에서 또 다른 기억으로 여행을 했다. 감사합니다, 교수님. 즐겁고 보람 있던 고대생활이 성심생활의 밑받침이 되어 저도 교수하며 제자들을 길러낼 수 있었습니다. 그리고 그때 함께했던 분석실 식구들도 감사합니다. 오늘은 추억 여행을 하며 밤 10시를 맞는다.

2020.12.30.

달력정리

매주 수요일은 재활용 분리수거일이다. 내놓기 전 달력을 바꾼다. 종이와 철사를 구분하기 위해 달력 종이는 잘라 내고 철사와 엮여 있는 나머지 종이를 떼어 쓰레기봉투에 넣는 작업을 한다. 남편이 보더니 달라고 한다. 작년 연말까지만 해도 남편이 하던 일이다. 눈도 잘 보이지 않고 손도 말을 잘 듣지 않지만 "이 일도 시간을 보내는데 도움이 될 것 같아서." 하며 갖다 드린다.

펜치를 달라 하신다. 한번에 달력 철사를 빼려고 하는 걸 가만히 본다. 속으로는 '종이를 잘라 내면 될 텐데.' 하면서. 펜치가 원하는 대로 잘 맞지 않으니 자꾸 시도하시고 그것을 지켜보다가 어떻게 하려고 하는지 알게 되어 슬쩍 그곳에 펜치가 닿도록 끼워 드린다. 그리고 자세히 보니 신기하게도 달력 철사는 한 가닥이 스프링처럼 말려 있는 모양새였다. 그것을 자세히 살펴보지 않고 가위로 중간중간을 잘라 내려고 했으니 힘들 수밖에 없었던 것이다. 그래서 도와 드리며 4, 5개의 세워놓는 달력에서 철사 줄을 빼냈다.

벽에 거는 커다란 달력도 가져오라 하지만 지난 일요일 이미 가위로 잘라 종이는 종이대로, 철사와 붙은 종이는 쓰레기봉투에 버린 뒤다. 40여 년을 남편에게 맡기던 일을 나는 이제야 처음으로 배우게 되었고 남편은 남편대로 불편하고 느리지만 일을 한다는 만족감을 느끼신 것 같다. 재활용 종이, 유리, 플라스틱을 내놓으면서 매주 수요일의 일뿐 아니라 달력 정리까지 하니 연말의 할 일을 함께한 것 같아 개운하고 뿌듯하다.

이렇게 모든 일을 나 혼자 하려고 할 것이 아니라 조금이라도 함께하다 보면 조금씩 일상의 의미를 찾아가지 않을까 생각된다. 이렇게 특별한 한 해를 보내고 있다.

2020.12.31.

한 해를 보내며

2020년의 마지막 날! 책상에 놓여 있는 달력을 넘겨 보며 간단히 한 메모들을 훑어본다.

1월 12일 6시 저녁 미사 후 노정환 요한과 고명희 미카엘라의 혼배성사가 있었다. 그리고 1월 13일 후배 충미 씨를 만났구나. 원고를 타이핑해 주기로 한 날이다.

2월 1일 결혼식 날. 벨라뎃다 집에 가서 간단히 화장하고 다니던 미용실에서 머리 손질. 'Thanks God'란 메모가 있네. 2월 6일 루멘에서 하기로 했던 독서모임을 연기. 코로나 때문에 그 후 지금까지 못하고 있었네. 15일은 스페인 신혼여행에서 돌아왔고 19일은 충미 씨를 만나 원고를 전달하기 시작했구나. 코로나로 2월 마지막 주부터 화실 방학을 해서 캔버스 36×30㎝

5개 주문하여 아크릴로 그린 것이 3월 메모에 있다.

4월 둘째 주부터 다시 화실 시작. 4월 4일 하기로 했던 막내네 준영이 결혼식 연기도 있고, 제자 결혼식에도 축하금도 보내고. 코로나로 일상생활을 하기가 버거운 나날이었다.

5월에는 담자 생일도 못하고 충미 씨와의 약속 메모가 매주 적혀 있다.

6월 5일에는 일산병원 신경과에 다녀왔고, 새벽 미사 메모도 있다. 화실 다녀온 표시도 있고,

7월 20일 남편 이발하러 다녀왔다. 그리고 7월 마지막 주중에는 주환이네가 강원도 여행, 정환이네는 부산 여행을 하였다. 그때만 해도 코로나로 여행을 못 갈 정도는 아니었나 보다.

8월에는 남편 치과 예약이 적혀 있다. 8월 3일, 6일, 10일 그리고 12일에는 11시 30분 치과 다녀온 후 5시에 엉덩방아로 고관절을 다침.

일산병원으로 119 불러 고관절 다침을 알고 집으로 퇴원, 8월 27일 백병원 입원하여 31일 수술. 이렇게 병원생활이 시작되어서 9월 9일 퇴원, 그러나 감염으로 9월 16일 비뇨기과 입원, 9월 24일 퇴원함.

10월 달력에는 大자가 14번이나 써 있다. 대변보기가 힘드셔서 기록한 것이다. 10월 17일 '재이 生', 그래서 그날은 두 아들이 요리를 하여 생일파티를 하고 맛있게 먹은 날이었다.

11월에도 14번의 大자가 있고, 11월 6일에는 용달 형제가 신도에서 쌀을 갖고 오셨다. 15일에는 주환이와 새로 산 목욕 휠체어에서 아빠가 첫 목욕한 날, 21일에는 주문한 절임배추로 백김치 담근 날이네. 그리고 11월부터는 석 달을 못 가던 화실을 잠깐씩 다섯 번을 가서 코로나 방학 때 아크릴로 그린 그림을 레슨받았다.

이렇게 해서 이 해의 마지막 달 12월이 되었다. 역시 大가 적혀 있고, 재

이가 12일 16일 왔다 가고 12월 8일에는 수원여고 후배 성은 씨가 공덕에서 호수공원 앞 오피스텔로 이사. 12월 매주 수요일 화실에 다녀오고 마지막 주 지금은 '화실 방학' 중이다. 이제 집에서 아크릴로 조금씩 그린다. 스케치한 것을 유화로 그릴 생각이다.

2020년 한 해의 중요한 일은 아들 결혼식, 코로나로 일상생활의 소중함을 알아가며 남편의 고관절 수술, 비뇨기과 입원과 퇴원, 휠체어로 이동할 수 있게 되어 거실로 이동, TV도 보고 식사도 할 수 있게 된 일이다.

날씨가 좋으면 함께 30분 정도 밖에도 나간다. 덕분에 퇴임 후 10여 년을 학교 가듯이 4일을 화실에 가는 일상이 바뀌어 남편과 집에서 보내는 시간이 많아진 것이다. 그동안 각자 바쁘게 보낸 삶을 이제야 함께하게 된 것이다. 조용히 책도 보고 얘기도 하고, 이 한정된 공간에서 지내는 여정을 주신 것이다. 이 '간병인' 삶을 순종하는 '수도자'의 여정으로 생각하고 기쁘게 익숙해져가고 있다. 나는 "좋아 좋아."로, 남편은 "고마워."로 마음을 전하며.

이 한 해 감사합니다. 새로운 한 해에도 자비를 주시고 '의탁'하는 은총을 주소서.

3

새해가 밝았다, 손주 태어나다

2021년 1월 1일 ~ 2022년 11월 20일

2021.1.1.

1이라는 숫자

1자가 가장 많은 날이다. 2011년으로 돌아갈 수는 없을 것이고, 90년 후인 2111년까지 살 수도 없을 것이다. 2021년 1월 1일은 1자가 세 번이고 아, 11월 11일이면 1자가 5번이 있는 날이구나. 왜 가까운 날을 생각도 못 하고 지난 과거와 아주 먼먼 미래를 생각했을까?

　과거가 아니고 먼 훗날도 아니고 바로 지금 그리고 가까운 날에 하느님 예수님을 바라며 사셨던 모든 성인 성녀들의 삶을 최우선 모델로 삼고 나 자신과 이웃을 사랑하라는 말씀을 마음에 새겨 실천하는 내가 되라는 표지인 것 같다. 1이라는 숫자, 내 삶에서 1위는 무엇인가 생각하는 새해 첫날이다.

　재이가 떡국을 놓고 하는 말, "왼쪽에 3명, 오른쪽에 3명, 모두가 7명, 내가 가운데네." 그렇게 일곱 식구가 새해 첫날 모여 점심을 한다. 이제 재이는 6살이란다. 그리고 동생 보리가 2월에 태어나면 여덟 식구가 된다. 큰애들은 아직 아기 소식이 없다. 나도 남편도 물어보지 않는다. 짝꿍 만난 것만도 고맙고 아기는 둘이서 알아서 하겠지. 큰아들은 재이와 놀다가 먼저 가고 작은아들과 아빠 목욕, 이제 세 번째다. 작은며느리에게 이제 보리 낳을 때까지 무리해서 오지 말고 쉬라고 한다. "네." 한다. "고맙다."

　아이들이 다 떠나고 다시 둘이 남았다. 호젓하게 간단히 저녁을 하고 TV를 본다. 그리고 9시 30분쯤 들어와 누우시고 나는 책상에 앉아 못 나눈 새해 인사 메시지를 보낸다.

　"새해에는 사랑과 감사의 한 해가 되시기를!"

2021.1.12.

눈, 설국 산책

점심 후 밖을 내다보니 눈이 펑펑 내리고 있었다. 한참을 바라다본다. 스키 타던 일, 일산에서 눈이 오면 남편이나 영숙 씨와 정발산을 오르던 일, 이제 모든 것이 기억 속에만 존재하게 되는 걸까?

　남편과 함께하지 못하고 오래 나가 있을 수도 없고 해서 잠깐 산책이라도 나갈까? 오늘 못 하면 그리고 더 이상 눈이 안 오면 내년까지 기다려야 하지 않을까? 이런저런 생각을 하다 보니 나가지 않으면 후회할 것 같았다. 영숙 씨와 통화하니 예전의 번개팅 젊음이 되살아난다.

　아빠의 오줌통을 준비해 드리고 미안한 마음으로 출발! 마치 축복같이 함박눈이 펑펑 내린다. 온 세상의 힘듦을 천사의 깃털로 쓸어 가듯 백색으로 덮어 준다. 조심조심 걷는다. 기찻길 옆 산책길로 들어선다. 마음이 차분하다. 그리고 이렇게 걸을 수 있음에 감사하고 과감히 집에서 나올 수 있게 산책 동무가 되어 준 영숙 씨에게도 감사하다. 한참을 걸어가니 맞은편 저 멀리서 영숙 씨가 반갑게 손을 흔든다.

　그래, 오랜만인 10여 개월 만에 '루멘'에 가보자. 차 한 잔 달라고 할까 하고 샌드위치를 산다. 둘이 서로 의지하며 조심조심 눈 위를 걷는다. 눈발은 좀 잦아들었다. 루멘의 불빛이 정겹다.

　우리가 오는 것을 보았는지 아들이 문을 열어 준다. 그런데 혼자가 아니다. 옛날 성당 복사단에서 같이 있었던 테니스 코치가 와 있었다. 요사이 모이지 못해 일이 없는 모양이다. 마음이 아프다. 5시에 예약 손님이 올 시간이 가까워 얼굴만 보고 나와 다시 걷기 시작했다. 공원길로 접어들어 걸으니 영숙 씨가 새로 이사한 아파트가 보인다. 못 먹은 샌드위치는 하나씩 나눠 갖고 혼자서 걷는다. 다시 눈발이 날리고 마음은 급해진다. 혼자 잘 계실까? 미끄러질까봐 걱정하시겠지? 생각보다 너무 멀리 걸어 시간이 많이 지났네.

집에 들어오니 혼자서 막 소변을 보았다 한다. 남편을 눕히고 나는 레몬차와 샌드위치를 저녁으로 먹는다. 너무 오랜만에 많이 걸어서인지 다리와 엉치가 아프다. 나아지겠지. 설국 속으로 다녀온 것이 큰 기쁨과 활력이며 눈 내리는 날의 감사이다.

2021.1.13.

눈 그림 그리기

오늘은 화실 도착하니 3시가 훨씬 넘었다. 정환이가 점심을 늦게 먹으러 왔기 때문이다. 서 교수님과 명진 씨 모두 레슨받고 샘은 작업실 안에 있다. 눈이 내렸으니 눈을 그리고 싶어 지난번 재이와 재이 아빠 눈 놀이 사진 그린 것을 들고 갔다. 아크릴로 스케치해 두세 번 손보고 유화로 한 번 더 그렸는데 아직 덜 말랐다.

샘은 눈의 어두운 부분을 칠하고 흰색으로 눈 쌓인 모습을 그려나간다. 재이 옷과 재이 아빠 바지의 어두운 부분을 손보고 배경도 눈 쌓인 숲으로 보충해 그리니 그림 속 재이와 재이 아빠 위로, 나무 위로 눈이 내린다. 이렇게 눈 그림이 완성되어 간다.

오전에 한 시간 정도 며느리 그림 배경을 바꾸었다. 실내에서 밖을 내다

재이의 눈 놀이 4F oil on canvas 2021

보는 '보리밭에 해가 떠오르는 장면'으로 선정했다. 보리가 무사히 건강하게 태어나 씩씩하게 자라길 바라는 기도가 되었다. 오후에는 남편 얼굴을 좀 수정해 눈은 좀 부드럽게 하고 이마 각도도 조절했다. 이렇게 몰입하며 행복할 수 있는 그림 그리기가 있음에 새삼 감사하는 날이다.

2021.1.16.

묵주기도

"그분 눈에는 모든 것이 벌거숭이로 드러나 있습니다."(히브 4,13)

　나는 아직도 묵주기도를 잘 드리지 못한다. 그래서 한꺼번에 30분 이상 집중하지 못하고 일어나자마자 앉아서 1단을 마치고 낮에 여기저기서 3단, 자기 전에 적당히 마지막 한 단을 드리고 마치 하루 분량을 다 드렸다고 생각한다.

　정말 성모님과 하나 되어 예수님의 삶을 묵상하고 싶은데 습관이 되지 않고 주로 걸을 때 묵주기도를 한다. 어떤 때는 주의 기도 대신 "주님 자비를 베푸소서." 그리고 성모송 대신 "어머니 저희를 위하여 빌어 주소서." 하기도 한다. 그리고 초고속으로 묵주기도 한 신비를 끝내고는 안심한다.

　오늘은 잠자리에서 깨어 누워서 손을 꼽아 본다. 보리가 2월 3일 태어날 예정이니까 그때까지 9일기도 두 번은 할 수 있을 것 같다. 며느리와 보리를 위하여 제대로 묵주기도를 해 보자. 그리고 기도해 본다.

　"성모님, 아기 예수님! 재이 엄마 로사와 열 달 동안 태안에 함께한 보리가 세상에 나올 때가 되어갑니다. 그들을 보호하시고 건강하게 태어나게 하소서. 그리고 씩씩하고 행복하게 성장하게 하소서. 아멘.”

일어나 의자에 앉아 남편에게 묵주를 쥐어 주고 9일기도 결심을 이야기한다. 함께 '환희의 신비' 5단 묵주기도를 한다. 이렇게 시작한다. “태어나는 날까지 계속, 그 후에도 지속하게 하소서. 사랑하게 하소서.”

2021.1.17.

희망

오늘도 남편이 부르는 소리를
듣고 보고 필요한 일을 하고
사랑하게 하소서

그리고 틈틈이
나만의 시간을 갖게 하소서
그 고독의 시간에
당신의 말씀을 듣고
강해지게 하소서

그리하여 당신의 생명에
참여할 희망을 갖게 하소서!

2021.1.22.

흰떡

큰아들 결혼식 장면 그림인 '우리 기쁜 날'을 마무리하러 화실 가는 길에 방앗간에서 바로 나온 흰떡을 산다. 항상 크리스마스 전후에 묵은 쌀로 흰 가래떡을 해서 나누어 먹었는데 올해는 건너뛰었다. 샘에게 떡을 드리다 보니 옛 생각이 떠올라 6학년 선생님 얘기를 한다.

6학년 5월 시골 고향 국민학교에서 수원 시내 국민학교로 전학을 가게 되었다. 언니 담임이시며 아빠의 친구가 되신 윤세중 선생님께서 내가 전학 간 세류국민학교로 먼저 전근을 가셨다. 그때 담임의 성함은 기억나지 않지만 뚱뚱하신 여선생님이셨다. 윤 선생님이 나를 이분의 반에 들어가게 하셨는데 나중에 알고 보니 '수원여중 입학 1등 제조기'란 별명을 가진 열성적인 선생님이셨기 때문이었다.

시골 학생인 내가 처음에는 말투도 그렇고 힘들던 생각이 난다. 특히 교실 자리 배치가 성적순이었다. 첫 시험보고 두 번째 줄 첫 번째 자리에 앉았던 기억이 난다. 9등 자리였다. 그러나 어느 사이에 첫 줄 첫자리에 앉게 되었다. 지금 그렇게 성적순으로 배치하면 난리가 날 것이다.

어느 때부터인가 선생님 댁에서 특별 지도를 받던 생각이 난다. 그때 엄마가 감사하다고 흰떡을 한 말 해 드렸던 기억, 아빠가 윤 선생님께 너무 공부시키는 것 아니냐고 걱정하시던 기억도 있다. 그리하여 수원여중에 1등으로 입학했다. 입학금이 면제되고 그 돈으로 수원여고 고등학생인 언니와 중학생인 내가 교복을 새로 해 입었다.

이제는 70대 후반, 샘에게 그림을 배우니 감사의 마음으로 따끈따끈한 흰

떡을 산다. 내 기억 창고에 저장되어 있는 감사한 선생님들 곁에 화실 샘도 흰떡의 기억으로 함께하게 된 것이다. 나에게는 마지막 선생님이 아닐까?

2021.1.23.

감사의 하루

오늘은 우리 부부가 간단히 먹고 쉬는 날이다. 항상 쉬지만. 정환이는 주말에 사진관 일과 명희가 쉬니까 점심 먹으러 오지 않는다. 주환이는 재이와 둘이서 올 예정이었는데 재이 엄마가 몸도 무거운데 옆에 있으라 하였더니 그렇지 않아도 움직이는 것을 너무 힘들어 해 못 오겠다고 해서 쉬라고 했다. 그리하여 이번 주말은 자유이다.

점심 후 남편이 소파에서 쉬고 계시기에 붓을 들었다. 남편 초상화에 푹 빠져서 시간 가는 줄 모르고 있었다. 어느 순간 거실을 내다보니 남편이 소파 아래 엉거주춤 앉아 계신 것이 아닌가. 놀라서 나와 붙들면서 "왜?" 하니 옆 의자로 옮겨 앉으려고 했단다. 세상에 혼자서? 다행히 탕 하고 바닥에 부딪힌 것이 아니고 발판에 손을 대고 간신히 엉거주춤 엉덩이를 들고 계셨다. 온 힘을 다해서 바지 벨트를 잡고 일으켜 휠체어에 앉혔다. 아픈 데는 없냐고 했더니 오히려 내 걱정이시다. 힘을 쓰다가 아프게 되면 어쩌냐고. 머리를 껴안고 감사한 마음으로 울먹거린다. 다행이다. 다치지 않아서. "왜 부르지 않고? 혼자서 애쓰지 말고." 아무 말도 않는다.

"머리 감겨 줄까?" 하고 휠체어를 안방 욕실로 옮긴다. 수건을 목에 두르고 턱받이도 뒤로 두르고 따뜻한 물과 샴푸로 머리를 감긴다. "시원하지?"

그런데 런닝과 겉옷이 젖었단다. "갈아입으면 되지 뭐." 하다가 '목욕까지 해 보자. 아들 올 때까지 기다리지 말고. 휠체어 받침도 다 빨면 되지.' 하는 생각에 옷을 벗기고 시원하게 비누질을 하고 샤워를 시켜 드리니 신이 났다. "당신이 시원한 것 보니 내가 더 개운하고 시원하네." 하면서. 이렇게 해 보니 혼자서도 할 수 있을 것 같다. 새 옷을 입히고 침대로 옮겨 드리고 나도 샤워하고 빨래를 돌린다. 저녁을 간단히 하고 6, 70년대 기록 노래를 켜 넣고 붓을 정리하고 빨래를 넌다. 묵주기도를 하면서.

8시 20분쯤 다시 방으로 돌아오니 남편 말대로 오른쪽 목과 양쪽 어깨가 아프다. 무리하며 힘을 쓰기는 했나 보다. 파스를 붙인다. 그래도 남편이 수술한 데를 다치지 않아서 다행이다. 이렇게 감사한 하루를 보낸다. 안녕!

2021.1.24.

1월 28일은 남편의 음력 생일(12월 16일)이기도 하고 구정에 떡국을 끓일 겸 사골과 양지를 사왔다. 큰 들통에 물을 붓고 끓여 한 번 쏟아내고 씻어서 물을 붓고 끓이기 시작, 간간히 체크하면서 적당히 졸여지면 국물을 따라 내고 물을 또 붓고 끓이고 세 번 정도 하면 된다. 그동안 뼈가 고아지면 꺼내고 사골에 붙어 있는 고기를 떼어내어 국물과 합하면 된다.

끓이는 동안 그림을 그리기 시작했다. 시간 가는 줄 모르고 그리다 보니 사골 끓이는 것을 까마득히 잊어버렸다. 남편이 소변 때문에 불러서 나오니 부엌 가스 위에 들통이 보였다. 아차, 어찌 되었지? 다행히 타지는 않았지만 진한 국물이 바닥에 조금 남아 펄펄 끓고 있었다. 얼른 불을 끄고 보니 살코기는 물렁물렁, 사골에 붙은 것도 묵처럼 물렁해졌다. 뼈를 분리시켜 물을 붓고 또 끓인다. 덕분에 저녁에 부드러운 살 부분을 먹으니 맛은 있었다. 더 끓여 모으면 내일부터 맛있는 사골국을 먹을 수 있게 되었다.

날씨가 따뜻하고 햇볕이 있어 아주 오랜만에 휠체어를 밀어서 30분 정도 산책을 한다. 어제 일로 어깨가 좀 아프지만 심하지는 않다. 그러고 보니 어떤 일을 할 때 한곳에 집중하지 않아 일어난 일이다. 어제 남편 일도 그리고 오늘 사골 끓이는 일도. 아직은 젊다고 욕심을 내서 그런가? 그러고 보니 그림이 문제구나.

2021.1.30.

아빠의 운동

지금 남편이 사용하는 소파가 앉으면 미끄러지고 비스듬히 뒤로 기대게 된다. 사실 소파의 역할은 편히 쉬는 것이다. 그런데 1인 소파가 너무 깊어 뒤에 무언가를 등받이로 대고 앉으면 나중에 앞으로 미끄러지게 된다.

오늘은 점심 후 앉혀 드리고 일을 하다 보니 간신히 엉덩이를 대고 엉거주춤. 아이고, 그래서 다시 휠체어로 옮겨 태우고 의자를 바꿔 보았다. 긴 소파와 1인 의자의 위치를 바꾼다. 긴 소파가 덜 깊기 때문에 좀 나은가 싶어서이다. 한쪽으로 앉히니 앞에 탁자를 잡고 이동을 시도하신다. 가운데쯤 간신히 이동하고는 드러누우신다. 수술한 쪽으로는 힘을 줄 수가 없고 아프니까 얼굴을 찡그리며 자꾸 시도를 하신다. 반대편으로 시도해 보고 이렇게 거의 1시간 이상 애를 쓰신다.

나는 만일의 사태에 대비해 탁자와 휠체어를 적당한 위치로 바꾸어 드리며 바라보고 이것이 수술 후 남편의 최대의 운동이 되었다. 이렇게 자꾸 시도하다 보면 3인용 긴 소파에서 자유롭게 앉고 눕고 할 수 있을까? 혼자 있을 때는 시도하지 말라고 당부한다. 이제 바람도 쐴 겸 우유 사러 나갔다 와야겠다.

2021.2.3.

보리 태어남

9시 20분쯤 애 아빠가 갓 태어난 보리를 안고 찍은 사진이 올라온다. 아기여서 그런지 재이 닮은 것 같다. 산모가 회복실에서 병실로 옮겨 가고 1시 19분에는 병실에서 산모가 보리를 옆에 누이고 찍은 사진이 왔다. 나는 화실에서 며느리 그림을 완성하고 '재이가 뱃속에 있는 보리에게 뽀뽀' 사진과 함께 보낸다. 보리 태어난 기념이 된 것이다.

아들 왈, "엄청 이쁘게 잘 그리셨네요!" 나, "배경은 보리밭으로." 아들, "아! ㅎㅎㅎ." 참으로 기쁘고 감사한 날이다.

2021.2.9.

몸살과 보리 그림

어제부터 남편 돌봄이 힘들고 몸에 열이 있는 느낌이 들었다. 해마다 이맘

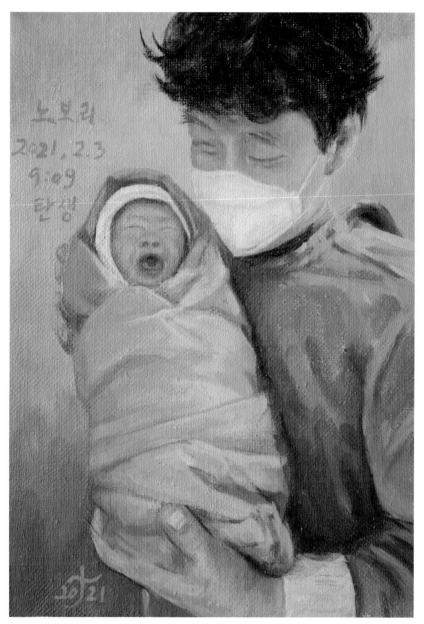

보리 태어남 2F oil on canvas 2021

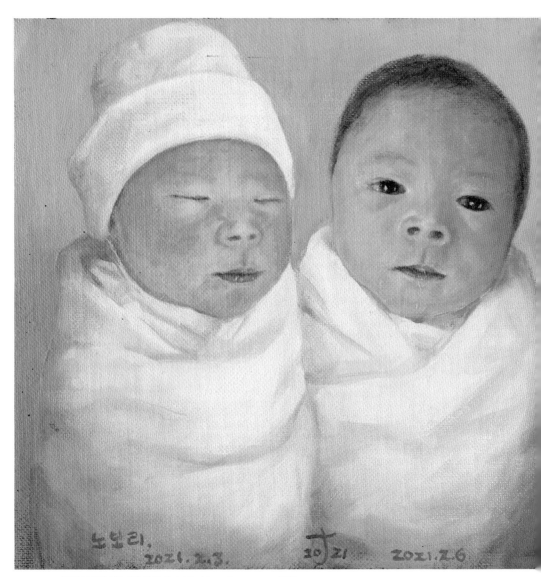

2021년 2월 3일, 6일 보리 모습 23×23㎝ oil on canvas 2021

때 느끼는 감기 기운이다. 속도 안 좋고 밥맛까지 없어졌다. 6개월 동안 잘 지내와 감사했는데 결국은 몸살이 난걸까? 어제는 쌍화탕 먹고 낮잠을 잤다. 어제 새벽과 오늘 아침은 물만 마시고 아무것도 먹지 않았다. 그동안 많이 먹었는지 배도 고프지 않고 속이 가뿐하다. 오늘도 쌍화탕을 따뜻하게 데워 마시고 생강, 도라지, 대추 넣고 차도 끓여 마셨다. 오랜만에 남편 다치기 전에 늘 끓여 마셨던 보리차도 보리와 강냉이를 넣어 끓여 마셨다.

그러면서 어제 보리 태어난 날(2월 3일)과 2월 6일 보리가 눈 뜬 모습을 한 곳에 스케치해 놓은 것을 오전, 오후 그렸다. 어느 정도 모습이 드러나 그려 놓은 보리와 교감을 한다. 그랬더니 샘이 카톡으로 보낸 위로처럼 "손자의 힘으로!" 상태가 좋아져 점심과 저녁을 제대로 먹게 되었다.

'보리야, 할머니가 너를 만나고 싶어 그림을 그리며 너와 이야기하고 건강하게 잘 자라도록 기도하고 있단다. 코로나 때문에 만나는 방법도 다양하게 변하고 있구나. 지금쯤 엄마하고 잘 지내고 있지? 사랑한다. 보리야!'

이렇게 몸살을 이겨내고 정상으로 돌아왔다. 또다시 하루하루 남편의 간병인과 아마추어 그림쟁이의 삶을 살게 된다.

2021.2.10.

10장의 화장지

아침에 눈을 뜨니 개운하다. 이틀 동안의 몸살기가 멀리 도망갔나 보다. 오랜만에 푹 자고 일어나 책상에 앉으니 새벽 5시 20분.

요사이는 자기 전 하는 일이 있다. 화장지를 세 칸씩 끊어 한 묶음씩 10

개를 만들어 책상 옆에 가지런히 놓아두고 그 옆에 플라스틱 오줌통을 놓고 잔다. 그래야 작은 목소리로 "오줌." 또는 코골이가 그치고 부시럭거리는 소리가 나면 얼른 일어나 기저귀를 내리고 오줌통을 대고 서 있는다. 다 눈 듯하거나 또는 남편의 태도를 보고 오줌통을 치우고 그 자리에 화장지를 댄다. 그러면 댄 부분이 젖어 온다. 화장실에 가 오줌을 쏟고 닦고 휴지를 휴지통에 넣고 나서 나도 오줌을 누고 다시 방으로 와서 잠자리에 든다. 그러나 요사이는 이력이 나서 2~3번씩 누고 나서 통을 닦는다.

이것이 매일 밤 하는 일이고 익숙해져 있다. 아침에 일어나 오줌을 누이고 보면 종이가 다 없어졌거나 한두 묶음 남아 있다. 코를 골고 잘 주무시는 날은 많이 남아 있고 온도나 습도, 몸 상태에 따라 변수가 있다. 그러다 보니 5시경의 새벽이 아니라 6시가 넘어야 일어나게 된다.

오늘 아침에는 다르다. 일어나 보니 5시가 거의 다 되었다. 다시 잘까 하다가 충분히 자고 몸이 개운해 일어나 앉았다. 불을 켜니 여전히 잘 주무신다는 신호로 코골이는 계속되고 있다. 물론 형광등 위로 큰 손수건을 올려놓아 눈 부분에 불빛이 약하게 하였다. 책상 끝에 놓여 있는 휴지를 세어 본다. 세상에! 7개나 남아 있다. 그러면 밤에 세 번 일어났다는 것이다. Thanks God! 잘 주무신다는 것이다. 나도 덕분에 잘 잤다는 것이다. 어느 때는 오줌을 누이고 휴지를 대고 있는데 "미안해." 하신다. "나는 감사한데." 한다.

이렇게 함께하는 것이 감사하다. 우리 둘 중 누군가 먼저 가고 혼자만 남게 되면 어떻게 될까? 생각해 보면 '지금이 꽃자리'라고 현재, 지금이 행복하고 감사하다. 같은 공간에서 코골이를 음악 삼아 잠자고 말은 느리지만 턱받이하고 잘 드시고 TV도 함께 보고 책도 읽어 드리고 묵주기도도 함께하고 아이패드로 미사도 함께한다. '함께', 얼마나 아름다운 말인가! 그러나 욕심부리지 않는다. 주시는 대로 하루하루 살고, 보시기에 예쁘게 살고 싶다. '함께'하다가 소파에서 주무시는 듯싶으면 나의 공간으로 가 그림을 그린다.

'혼자'의 행복을 누리는 시간이다. '혼자' 있으므로 '함께'도 할 수 있는 것 같다. 더구나 요사이 코로나 때문에 1년이 넘도록 힘든 시기를 보내고들 있다. 그러나 나는 자연스럽게 집콕을 하게 되어 코로나를 탓할 것이 없다.

이제 작은 일상을 사랑하고 소중히 할 나이이다. 그리고 '영원한 생명'의 세계를 친숙하게 마음으로 받아들일 것이다. 아직 실감이 나진 않지만 조금씩 익숙하게 마음으로 받아들이라고 마련하신 이 시간! '몸과 마음과 정성을 다하여' 현재에 최선을 다하고 우리를 향한 당신의 눈길을 바라는 것이 하루하루의 답이다. 오늘 하루 이렇게 새벽을 열 수 있음에 감사에 또 감사를 드린다.

2021.2.15.

지완아! 어느 때인가 읽어 보아라

2021년 2월 3일 9시 9분 탄생, 서울. 재이 아빠가 보리 이름을 노지완(盧祉岏) (복/행복 지), (산 뾰족한/높은 완)으로 하면 어떨까 하고 연락을 해 왔다. "아직 결정은 아닌데 괜찮을 것 같아요." 나는 "좋은데, 지완아!♡" 하고 답을 보냈다. 자꾸 불러 본다. 이제 이름을 등록하면 손주의 이름은 지완으로 불리게 되고 '지완'으로 삶의 여정이 진행될 것이다. 지극한 행복을 향하여 한 걸음 한 걸음 걸어 나갈 손주의 삶에 응원과 감사를 보낸다.

지완아! 이 세상에 태어나 주어서 고맙고 고맙다. 사랑하고 사랑받는 아들이 되기를!♡

2021.2.18.

녹차

요사이 아침 남편이 휠체어 타고 거실에 나가자마자 하는 일이 있다. 식탁 위 주전자에 녹차잎 넣고 뜨거운 물로 우려내 찻잔에 부어 마시는 일이다. 나에게 한 모금 마시라고 건넨다. 목에서 따스한 느낌이 내려가 깊숙이 퍼진다. "아, 따스해." 이렇게 하루가 시작된다.

이 찻주전자는 남편과 일본 여행 다닐 때 사 온 것이다. 남편이 일본에서 14년 동안 유학한 덕분에 시간될 때면 일본을 여행했다. 언젠가는 아직도 현직에 계신, 남편 유학 때 조교이셨던 교수실도 방문했다. 나고야대학을 방문하고 어느 신사에 들렀는데 학교 다닐 때 그 길을 지나쳤을 텐데 처음 들어간다고 한다. 어느 때는 기차 타고 전통적인 료칸에 들러 하룻밤 머물며 일본의 옛 생활을 엿보기도 했다. 다다미방으로 식사를 날라와 시중들던 여자분과 남편이 일본말로 어찌나 재미있게 얘기하던지 내가 일본 사람과 결혼했나 싶기도 했다. 이렇게 자주 하던 일본 여행도 이제 먼 이야기가 되었다.

참, 이 찻주전자는 어느 해 여행에서 도와다(十和田)호수를 지나가면서 만났다. 호수를 한 바퀴 돌고 기념품 가게에 들어가니 이 찻주전자가 눈에 띄었다. 아름답기도 하고 분위기도 있어 좀 거금을 주고 샀다. 남편이 좋아해 녹차는 일본 여행할 적마다 사곤 하였다.

녹차의 향 10S oil on canvas 2021

그렇게 찬장에 놓여 "나 여기 있소" 하는 것을 바라보기만 했다. 몸이 불편하니 마음의 여유가 없었던 것이다. 그런데 한 달 전쯤 한쪽 구석에서 녹차 봉지들이 보였다. 기한 지난 것도 있지만 아직 유효한 것도 있어 "녹차 드실래요?" 하니 고개를 끄덕인다. 그래서 차 봉지와 주전자, 찻잔을 꺼내 식탁에 놓으니 그때부터 매일 아침 따뜻한 향기로 몸을 감싸는 행복을 누리게 되었다.

오늘 아침에는 일본 도자기 찻잔이 있나 살펴보니 날씬하고 고급스런 부부 찻잔이 있어 꺼내 놓았다. 남편이 "지도교수인 곤도 선생님 사모님이 어느 때 보내 주신거야." 한다. 그렇구나. 한번도 사용하지 않고 자리만 차지하고 있었구나. 주전자와 잔 두 개를 놓고 사진을 찍어 본다. 내가 산 투박한 작은 막잔과는 분위기가 다르다. 투박한 찻잔은 일산시장에서 산 것인데 주전자와 어울리는 것 같아 함께 찍었다. 언젠가 그림으로 풀어내면 좋겠다. 그리면서 또 다른 향기를 느낄 수 있을 것 같다. 이렇게 삶의 단편이 그림이 된다는 것은 행복한 일이다.

2021.2.20.

첫 만남

사진 두 장이 도착했다. 집으로 온 보리를 재이가 바라보는 사진이다. 아기 같던 재이가 누나가 되어 사랑스런 동생을 바라보는 모습이 의젓하다. 보리가 아직 눈을 못 맞추니 재이는 바라보며 신기해한다. 동생이 생겼다는 이 느낌, 이 첫 만남이 평생의 남매로 이어질 것이다.

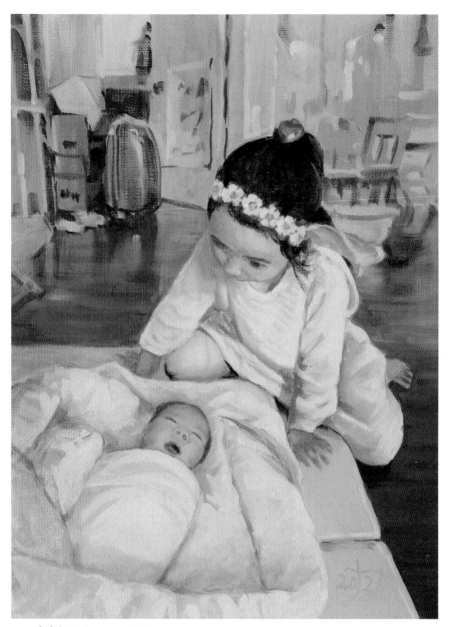

첫 만남 4F oil on canvas 2021

우유 먹이는 재이 4F oil on canvas 2021

영상통화도 한다. 보리는 자고 있고 재이는 다 큰 듯 컴퓨터 화면 보느라 정신이 없다. 며느리 얼굴이 아름답다. 엄마는 위대하고 행복하고 성스럽다. "수고했다. 그리고 고맙다." 하고 인사한다. 할아버지인 남편의 얼굴이 계속 환하다.

정환이가 6시쯤 일 끝나고 처갓집으로 저녁 먹으러 간다고 전화를 한다. 장인 생신이란다. 고맙다, 전화 주고 안부 물어 주고 바쁘게 일해 주어서. 이렇게 하루를 지낸다.

목욕용 가마솥

아침에 정호승 시인의 수필집 《외로워도 외롭지 않다》를 읽다 보니 '짜장면 아버지'란 글에서 은행 관사 목욕탕에서 목욕하는 이야기가 나온다.

"그곳엔 무쇠로 만든, 키 작은 어른 한 사람 정도 들어갈 만한 크기의 욕조가 있었다. 마치 튤립처럼 윗부분이 길쭉하게 위로 올라간 목욕용 가마솥이라고 할 수 있는데 욕조 아래 아궁이에다 장작불을 때서 물을 덥혔다."

그리운 영종 집 모습이 떠오른다. 배를 타고 가 외길로 차를 몰아 자그마한 성당과 관공서, 중고등학교가 있는 읍내를 거쳐 작은 산을 끼고 돌면 옹기종기 10여 가구가 있는 마을이 나타나고 우리 집이 보인다.

감나무 밑에 차를 세우고 며칠 묵을 짐을 들고 대문 열쇠를 연다. 오래된 문패 위 '노범룡' 시아버님의 성함과 언젠가 사서 달아 놓은 빨간 우체통이 반긴다. 마루에 짐을 놓고 부엌을 지나 뒤란으로 간다. 펌프에서 물이 나오나 확인하고 아이들 위해 아버님이 만드신 탁구대를 덮어 놓은 비닐을 벗긴다. 박대나무와 구기자, 참죽나무, 지붕 아래 쌓여 있는 땔감나무에게 인사한다. 남편이 문을 다 열어 놓고 청소를 시작하면 영종 집에서의 그리움 살기가 시작된다.

펌프 옆에는 자그마한 별채가 있다. 열고 들어가면 정호승 시인이 기억하는 무쇠로 만든 목욕용 가마솥이 나무 뚜껑에 덮인 채 놓여 있다. 오른쪽 벽에는 옷을 걸 나무못도 만들어 놓으신 것이 보인다. 앉아서 씻을 때 쓰는 작은 의자도 있다. 한바탕 씻기로 작정한 날에는 나중에는 뒷집에서 수도를 끌어다 사용했지만 펌프 물로 가마솥을 채우고 불을 때기 시작한다. 적당한 온도가 되면 들어가 앉을 수 있게 만드신 나무판을 솥 안에 놓고 무쇠솥 목욕을 한다. 나무판 위에 앉으면 목만 내놓고 온몸이 푹 잠긴다. 그 행복이란! 어머님 말씀이 목욕탕 없는 시골에서 이 무쇠 욕조에 물이 데워지면 이웃이 모두 오셔 목욕하는 날이 되었다고 하신다.

뒤뜰에 불 피워 고기 굽고 석유곤로에 밥해 먹는 특별한 식사의 즐거움, 염전 산책과 뱃터에 가서 생선 사는 즐거움, 을왕리에서 산책하고 카페에서 쉬는 즐거움. 이 그리움을 무엇으로 대신할 수 있을까? 오늘 아침 정호승 시인의 산문을 읽으며 하루를 그리움으로 시작한다.

2021.2.22.

영상통화를 하는데 지완이가 팔을 흔들며 얼굴을 찡그리며 막 운다. 어딘가 불편한가 걱정되었지만 엄마가 안으니 뚝 그친다. 엄마 말이 벌써 손을 타서 안아 달라고 그러는 모양이라고 한다. 재이가 와서 얼굴을 만지며 바라보는 모습이 아름답다.

　누나 재이가 지완이를 바라보는 모습을 그렸다. 아기를 바라보는 재이의 모습이 많은 느낌을 품고 있다. 잘 표현할 수 있을지 모르지만.

2021.3.1.

하루 종일 비가 내린다. 온 세상 만물을 축복하시는 듯하다. 땅속에서 또는 대지 위에서 겨울을 난 모든 생물들에게 봄이 온다고, 수고했다고 준비하라고 하시는 생명의 뿌려주심이다. 이제 나무에는 새싹이 움트고 땅에서는 삐죽이 새 생명들이 고개를 내밀 것이다. 우리 지완이도 엄마 뱃속에서 열 달을 준비하고 자라 우리에게 온지 한 달이 되어 간다.

　재이와 재이 아빠가 11시 30분 정도 도착했다. 그동안 한 달 이상을 오지 못하던 재이는 외할머니와 서울 집에서 그리고 광주 외할머니 댁에서 지내다가 이제 지완이가 집으로 온지 일주일 만에 누나 역할 잘하고 내일 유치원 개학하기 전 일산 할미 댁을 방문한 것이다. 재이 아빠는 5월부터 육아휴직한단다. 그러면 5월부터 며느리가 1년 학교에 근무하고 아들과 교대, 육아휴직에 들어간다. 좋은 세상이다.

　대학에 근무하는 여교수들은 아기를 낳거나 기를 때 쉴 수가 없었다. 그래서 방학 때 아이를 낳아 두세 달 쉬고 출근해야 된다. 그러고 보니 신학기에 출근하면 젖이 불어서 애를 먹던 생각이 난다. 옷이 젖기도 하고 틈틈이 짜 놓기도 한 생각이 난다. 어찌 보면 행복한 추억이다.

　재이 아빠는 오자마자 청소기를 돌린다. 내가 청소까지는 힘이 달려 못한다. 큰애가 요즘은 바빠서 청소를 못 했으니 2주 정도 그대로 살았다. 점심을 먹고 쉬다가 아빠 목욕 시간, 재이는 뽀로로를 보고 있다. 그리고 재이는 가기 전 물감 놀이, 피아노 놀이, 자기 장난감 점검, 할아버지를 위해 삼촌이 해 준 탁구 놀이를 했다. 이제 여기에 오면 하던 놀이가 재이의 기억 속에 자리 잡을 것이다. 어느새 장난감 놀이는 나의 책 속에 기록될 뿐인 날이 올 것이다. 물감 놀이와 피아노는 좀 발전해 함께할 수 있을 것이다.

비가 계속 온다. 재이는 아빠와 함께 3시 30분경 떠났다. 무사히 돌아가 지완이와 엄마와 함께 네 식구가 재미있게 지내렴. 내일부터는 다시 유치원 가겠지. 그러고 보니 내일부터는 모든 학교가 시작하는 3월 2일 이구나. 유치원, 초중고, 대학까지.

코로나로 힘든 시기를 보내고 다시 학교가 활기차기를, 대한민국과 온 세계 온 인류가 힘듦을 극복하고 일상의 소중함을 감사하며 살게 되기를 기도한다.

2021.3.3.

그림 이야기책

큰아들 정환이가 일주일 만에 아침 겸 점심을 먹으러 왔다. 요사이 사진 작업이 바빠서 못 온다 하니 못 봐서 섭섭하기도 하지만 한편으로는 자기 하는 일에 몰두할 수 있는 모습이 뿌듯하기도 하다.

그러니까 2019년 7월인가? 루멘북스라는 출판사를 등록해 노정환 대표 이름으로 그동안 모은 글과 그림을 묶어 《그리움, 그림이 되다》 책을 두 권으로 내 주었다. 그리고 9월 스튜디오를 오픈해 그림 전시와 책 나눔 행사를 가질 수 있게 해 주었다.

　이렇게 해서 나의 책이 나오게 되고 아들은 공식적으로 일을 시작하게 된 것이다. 그 일을 진행하기 전의 어느 날 여자친구가 있고 결혼할 예정이라고 말해 우리 부부의 마음을 뛰게 만들었다. 39살, 곧 40줄에 들어서고 있었다. 고마웠다. 그리하여 2020년 2월 1일 결혼식을 하게 되고 신혼의 새 삶을 일산에서 시작하게 되었다.

　신혼여행을 다녀오고 루멘북스와 동시에 루멘사진관을 등록하고 간판도 '루멘사진관'으로 바꾸어 달았다. 그리고 며느리는 사진관 근처 유치원에 근무하고 둘의 생활 리듬이 잡혀 가기 시작하였다. 그러던 중 8월 어느 날 남편이 고관절을 다치게 되어 병원을 입원했다 퇴원했다를 두 번 반복하는 사이 그리고 휠체어를 타고 거실에서 점심을 함께하는 즐거움을 누리는 어느 날 아들이 말한다. "엄마. 이번 달에는 예약 들어온 것만으로도 월세(125만원)는 나올 것 같아요."

　나는 일할 수 있는 것만으로 감사한 때에 좋아하는 사진 일을 하면서 경제적으로도 도움이 된다니 매우 기뻐하였다. 그러는 사이 나는 충미 씨와 결혼식 후 2월부터 10월까지 원고를 마무리해가고 있었다. 《그림, 삶이 되다》라는 그림 이야기책의 사진 작업과 책 내는 일을 아들에게 이야기한다. "시간 될 때 틈틈이 하며 준비해 줘, 급한 것은 아니지만."

　그러던 어느 날 "엄마, 책 급한 거 아니지? 점점 일이 많아지니까 천천히 할 게." 한다. 성질이 급해 일을 벌려 놓으면 마무리해야 하는 나의 방법에 어긋나지만 아들한테는 질 수 밖에 없었다. 그래서 눈치만 보며 넉 달이나 흘렀다. 꼭 할 일을 제쳐놓고 지내니 무언가 불편했다. 더구나 아빠를 2시간 정도 혼자 있게 해 드리고 집에서 아크릴과 유화 작업 하던 것을 화실로 갖고 가 레슨받고 마무리하니 그림은 조금씩 늘어 가고 매일 삶을 일기 형식으로 쓰다 보니 노트가 쌓여 가고 있었다.

그런데 계기가 생겼다. 서강미술가회 회장이 설립한 '다산미술가회' 전시를 6월에 서강대에서 하는데 합류해 달라고 연락해 온 것이다.

그래서 충미 씨와 함께 반승낙을 해 놓고 그때까지 책 한 권을 내면 어떨까하는 생각이 들었다. 드디어 오늘 아들과 얘기하며 6월까지 석 달 동안 책을 내 줄 수 있는가 물었다. 손이 필요하며 편집과 디자인을 전문가에게 맡기고 사진 일만 하라고. 그런데 결혼하고 경제 개념이 생긴 아들 왈, "편집, 디자인 일을 맡기면 돈이 드니까 자기가 틈틈이 해 보겠다"고 한다. "돈이 들어도 괜찮은데." 하지만 먼저 책 낼 때 하는걸 보니까 자기도 할 수 있겠단다. 하여간 "고맙다." 하며 재촉을 하게 된 것이다.

어느 날 남궁 샘이 "조교 시키는 것이 제일 쉬워요. 아들 일 시키는 것이 제일 힘들걸요." 하던 생각이 난다. 이렇게 해서 어렵게 6월 초 전시에 맞추어 책이 한 권 나오게 언질을 준 것이다. 나이 40에 경제 활동을 시작한 '루멘'의 아들에게 응원을 보내며 이 글을 쓴다.

2021.3.5.

아침에 울었다. 시작은 정호승 시인의 아버지에 대한 기억을 쓴 '못'이라는 시와 '육체는 슬프다'라는 산문을 남편에게 읽어 주고 이야기하다 터진 것이다. 영종 아버님께 잘 못 해 드린 것을 얘기하다가 또 울고 목욕시켜 드릴 때 하신 말씀을 이야기하다 계속 울게 된 것이다. 그리고 사실은 남편이 가끔 일하고 있는 나에게 말하는 "아무 도움도 되지 못해서 미안해." 그리고 밤에 자꾸 일어날 때 가끔 하는 말 "미안해."란 말 때문이다.

나는 이야기한다. 당신은 존재만으로 나에게 힘이 되어 준다고, 만일 혼자 지낸다는 것은 생각할 수 없다고, 이렇게 함께 지내고 밥 먹고 하는 것이 오직 감사하다고. 그리고 절대로 미안해하지 말고 하루하루 감사하면서 살자고 말하며 또 운다. 오랫동안 파킨슨으로 그리고 8월에 고관절을 다쳐서 돌보면서도 한번도 울어 본 적은 없다. 당연히 해야 할 일이고 또 이 기회에 하느님께 가는 여정을 경험하고 준비시켜 준 것에 감사하다고 이야기했다.

오늘 다 터지고 '이야기 할 것'은 했으니 다시 울지 않을 것이다. 그런데 가끔 정 시인의 시와 산문에 공감하며 울컥하는 것이 시발점이 된다. 이제 거의 다 읽어 드렸다. 아직 아버지, 어머니 얘기가 남아 있긴 하지만 그러나 울 수 있음에 또한 감사하다. 나에게 이런 감정의 여유가 남아 있는 증거이리라. 옆에서 고이 잠들었다는 표시인 코골이를 듣는 것도 감사하다. 언젠가 이 순간의 행복을 그리워할 것을 생각하며 마음껏 감사하며 감사하자.

2021.3.6.

기다림

나를 기다리는 누군가가 있었고 지금도 있다. 부모님, 친구, 형제자매들, 스승, 동료. 지금은 내가 마트나 화실에 가면 기다리는 남편이 있고 화실에서 나를 기다리는 샘과 화실 동무들이 있다. 그리고 고향 농장에서 일하며 나를 생각해 주고 언제 오려나 기다리는 자매들이 있다. 행복이다.

그리고 나도 기다리고 있다. 큰애가 점심 먹으러 온다는 전화를 기다리고 또 오기 전에는 문을 열어 놓고 기다린다. 멀리 살아 가끔 오는 작은아들 식구들도 기다린다. 이렇게 누군가가 나를 기다리고 나도 누군가를 기다리며 살고 있다는 것은 행복이다.

그러나 끝날까지 나를 기다리시는 하느님을 때때로 잊고 가까이 느끼지 못할 때가 있다. 다행이도 요즘은 이 황혼의 여정이 하느님께 가고 있는 그 길임을 느끼도록 일깨워 주심에 감사드리며 산다.

2021.3.13.

"뻥이요"

언젠가 오래전 재래시장 풍경 사진을 보다가 검색해 놓은 사진들이 아이패드에 들어 있다. 두 할머니가 텃밭에서 기른 야채들을 펼쳐놓고 살 사람을 기다리는 모습, 수증기 자욱한 떡방앗간에서 함박 웃으며 가래떡을 뽑는 부부, 시장길 사이를 빽빽하게 걸어가고 있는 사람들. 코로나로 고향도 재래시장도 음식점도 못 가는 요즈음, 일상의 소중함과 그리움이 물씬 풍겨 나는 사진들이다.

그중 특히 눈길을 끄는 사진이 있다. 장터에서 뻥튀기는 모습이다. "뻥이요!" 하고 소리치면 귀 막고 얼굴에 호기심과 웃음 머금고 모여 있는 사람들. 그 앞에서 뻥튀기 기계가 증기를 펑 터트리는 순간, 얼마나 아름답고 그리운 장면인가!

옛날 어렸을 때 명절 전이면 하는 행사가 있었다. 엿 고는 일이다. 시루에 밥 찌는 일부터 시작해 삭혀서 감주로 만들고 또 그 물을 짜 가마솥에서 계

뺑이요 8P oil on canvas 2021

속 끓여 조청을 만들었다. 또 더 끓여 강엿을 만들었다. 그리고 그때쯤 뻥튀기 아저씨가 동네 가운데 집 마당에 자리를 잡고 앉으면 사람들이 튀길 쌀, 콩, 옥수수 등을 그 앞에 쭉 늘어놓고 차례를 기다린다. 그리고 돌아가는 뻥튀기 기계에서 곡식이 적당히 볶아지면 아저씨는 "뻥이요!" 하고 소리친다. 주위에 있던 어른, 아이 할 것 없이 귀를 막는다. 동네 아이들 얼굴에는 웃음과 호기심이 가득하다.

뻥! 하고 요술처럼 한 됫박의 곡식이 한 자루의 뻥튀기로 불어나면 누구네 집 것인지 상관 않고 한 움큼 집어먹는다. 가볍지만 커진 뻥튀기 자루를 어깨에 메고 집으로 향한다. 그러면 엄마는 적당히 졸은 조청에 뻥튀기를 넣어 버무린다. 그리고 큰 상에 펴놓고 꾹꾹 눌러 강정을 만든다. 콩강정, 쌀강정, 깨강정!

이 맛있는 것들은 광에 보관된다. 우리 8남매는 드나드는 쥐처럼 광을 들락거리며 오물오물 그 단맛과 고소함을 느끼며 행복했다. 이 강정들이 설날 제사상에 놓여야 하는데 남아 있기는 했던 걸까?

뻥튀기 사진을 유심히 들여다본다. 구경꾼들 표정이 다양하다. 뒤에 보이는 간판이나 마당이 옛 시골장터는 아니지만 재래시장 모습은 정겹다. 연필로 위치를 스케치하고 8P캔버스에 아크릴로 형태와 색을 잡아 간다. 그림 그리는 과정에서 가장 기대되고 몰입하는 순간이다. 어느 정도 구도가 잡히면 유화 물감으로 수정하여 색칠한다. 얼마나 몰입했는지 벌써 따뜻하고 정겨운 모습이 드러난다. 과정을 남기기 위해 핸드폰으로 사진을 찍는다.

혼자 보기 아까워 샘에게 '뻥이요' 하는 제목과 함께 사진을 보낸다. 샘의 격려, "따뜻함과 정겨움, 그리움과 사랑이 담겨 있어서 특별히 다가옵니다. 색감도 좋고 뻥튀기 향기가 나네요. 행복한 추억 여행하세요." 나의 답신, "오늘의 그림 여행을 마치려고 합니다. 엄마의 가마솥에는 조청이 졸여지고 있으니 가서 강정을 만들어야 해요. 뒷산만 한 쌀튀김 자루가 가볍습니다. 덕분에 감사합니다."

이렇게 오늘 하루 그림으로, 그리운 고향집으로, 어린 시절로, 재래시장으로 여행을 다니며 행복하다.

2021.3.22.

그래도 정신은 맑아

남편의 말이 점점 더 어눌해져서 이야기 속 열 단어 중 한 단어도 알아듣기 힘들다. 그래도 열심히 이야기하시니 잘 듣고 있는 것처럼 응대한다. 그래야 자꾸 이야기하시니까. 듣는 것도 잘 안 들리는 것 같다. 눈도 잘 안 보이고. 그래도 정신은 좋으셔서 감사하다.

가끔 혈변이 나온다. 그러나 '오줌'처럼 한 단어로 의사 표시하는 것은 잘 알아듣게 된다.

2021.3.23.

갈멜 신부님과 통화

오늘 하루를 살았다. 아니, 살게 해 주셨다. 그리고 이렇게 책상에 앉아 하루를 돌아본다. 허점투성이 순간도 많지만 그냥 인정하고 받아들인다. '내가 그렇지 뭐.' 하면서도 조금씩 나아지고 있지 않느냐고 나를 다독이지만 사실 생각해 보면 나아지는 것 같지도 않고 나아진 것도 없는 것 같다. 그냥 의탁하며 사는 것이다. 오늘 하루를 주시고 이렇게 마무리하는 시간을 주심에 감사하면서.

오늘은 11시경에 박종인 신부님께 전화를 드렸다. 2월에 아들 결혼식 때 뵙고 8월에 남편 다친 것 알려 드린 후 전화를 한 번 했지만 통화를 못했다가 오늘은 마치 갈멜 수도원 응접실에서 만나 얘기하듯 그동안 일들을 말씀드린다. 필요하면 언제든 가겠으니 연락하라며 강복주시고 마무리한다. 따뜻한 힘을 주신다. 마치 예수님이 신부님을 통하여 함께하는 것 같은 느낌을 남편에게도 전하고 싶어 신부님과 통화했다고 말했는데 남편은 아무 말이 없으시다.

2021.3.25.

혈뇨

며칠 사이에 혈뇨의 색깔이 진해지고 덩어리도 나온다. 2019년 방광암 수술 후 항암치료를 안 하고 있을 때 고관절 수술 전 나오던 혈뇨가 다시 나오기 시작한다. 그런데 2020년 고관절 수술 후 감염되어 다시 비뇨기과에 입원 치료 후 오줌이 맑아져서 마음을 놓았는데 이제 반년 정도 지나니 며칠 전부터 진해졌다. 오후에 윤의원에 가서 상담하고 항생제를 일주일 치 받아 왔다. 근본적인 치료가 되는 것은 아니지만 혈뇨가 나오는 것은 호전

되지 않을까 싶다.

아무리 하루하루 감사하며 살고 주시는 대로 받아들이겠다고 서로 마음을 모았지만 나도 남편도 걱정이 된다. 크게 아프지 않길 바랄 뿐이다. 남편은 간단히 저녁을 먹고 항생제도 먹었다.

2021.3.28.

주님 수난 주간

봄비

비가 내린다
바람이 분다
봄이 깊어지고 있다
여름의 풍성함이 다가오고 있다
가을의 열매가 싹트고 있다
이렇게 겨울의 쉼이 희망을 품는다

붉음

빠알간 색은 생명이다
생명이 잉태되는 순간이다

피가 흐른다
생명이 흘러 삶이 된다

아기의 울음과 모든 사람의
기쁨이 붉은 색으로 시작된다

아기가 점점 커지고
붉음도 점점 바빠진다

삶의 단계를 아우르고
기쁨, 슬픔, 고통, 희망도 붉음이다

어느 날 기운을 잃은 붉음의 색깔이
퇴색되어 빠져나온다, 다른 친구도 덩달아

밤새도록 붉다
너를 보내며 생각한다. 답답하다
다 털어 버리고
새로운 길을 가야 할까?
붉음이 주름이 되고
하양이 되어 자유롭게

고향으로 가야 할 시간
그리운 곳으로, 영원한 곳으로

2021.3.28.

예수 고난 주일

계속 혈뇨가 나온다. 무리한 탓일까? 항생제 끊고 백병원 비뇨기과에서 퇴원할 때 준 약도 안 먹다가 다시 먹기 시작했다. 오줌 누는 간격이 길어지고 색깔도 덜 진한 것 같다.

"아무 걱정 말아. 마음 편안하니까." 남편의 말에 나도 편안하다. 그러나 어느 단계에서 고통스러워 하실까봐 걱정이 된다. 아니, 주시면 받는 거니까 걱정이 아니다. "고생시켜서 미안하다."는 말에는 고생이 아니고 할 수 있어서 기쁘고 함께 있을 수 있어 좋으니까 걱정 말라고 답해 드린다.

소파에 누워서 쉬게 하고 성당으로 간다. 성체를 영하고 교무금 내고 대성전에 머문다. 십자가에 계신 예수님 바라보며 그냥 앉아 있다. 성체조배 하고 주모경 기도하고 감사 인사도 하고 나와서 걷는다. 좀 힘들다.

고기를 드려야 할까 싶어 사서 양념을 하고 저녁에 구워 드린다. 좀 질기다. 이가 부실해 연한 부분으로 드린다. 잘 안 들리고 말이 어눌하니 짐작으로 소통해야 한다.

그래도 음식 해 드리고 이 닦아 드리고 함께 앉아 있고 그림 그릴 수 있음에 감사를 드린다. 이렇게 하루를 보내고 앉아 있다.

쿵

정환이가 점심 후 가고 의자에 앉아서 주무실 때 우유 사 갖고 온다고 말하고 산책 겸 우유 사러 나간다. 자동차가 궁금해 지하주차장으로 가서 시동을 걸어 본다. 시동 건 김에 절임배추를 사러 하나로마트 갔다 올까 하고 집으로 전화하니 안 받으신다.

그래서 하나로마트 가는 것 포기하고 시동을 걸어놔야 할 것 같아 시동 걸고 그동안 국 샘과 통화를 한다. 시동 끄고 마트 가서 우유 사 갖고 집에 와 현관에서 보니 의자에도, 휠체어에도 안 계신다. 놀라 들어와 보니 의자 밑에 누워 계신다. 발판을 베고. 휴!

잠결에 의자에서 미끄러져 바닥에 쿵 떨어지셨는데 아마 자고 있어서 모르셨던 모양이다. 크게 무리가 간 것 같지는 않다. 다행이고 감사하다. 바닥에 누워 계신 김에 나도 옆에 누웠다. 침대에 있다가 다시 바닥에 누우니 좋다. 오랫동안의 익숙한 습관이 때로는 정겹다. 내가 나갈 때에는 발걸이를 올리거나 3인용 소파에 뉘여 드려야겠다. 이렇게 하루가 지나간다.

2021.3.30.

끝나지 않는 빨래

아빠가 화장실에서 대변을 보신 김에 목욕을 시켜 드리고 나도 목욕하고 빨래를 돌린다. LE라는 표시가 나오고 돌아가지 않는다. LG서비스센터에 전화를 하다가 그만둬 버리고 다시 시도, 돌아가기 시작한다.

30여 분 남았다는 표시를 보고 시장에 다녀오니 오히려 40분이 남았다고 표시되어 있다. 돌아가고 다시 헹굼으로 가고, 다시 부분세탁에서 탈수를 눌러 보니 21분이다. 그러나 헹굼으로 다시 가 있었다. 그래서 탈수 마지막 1단계로 돌리니 7분이란다. 이번에는 되겠지 하고 보니 또다시 헹굼으로 간다.

꺼 버리고 보니 탈수가 안 되고 빨래가 질척거린다. 반년 정도 된 빨래 초보를 알아보고 놀리는 건가? 그렇지 않으면 "나 생명 다 됐어요. 바꿔주세요."라는 건가. 결국 손으로 남은 물기를 대충 짜내고 널었다. 널고 보니 물이 뚝뚝 떨어진다. 내일 햇볕이 말려 주겠지. 그리고 다시 한번 시도해 보고 세탁기를 교체해야 될까? 끝나지 않고 계속 되돌아가는 세탁기, 우리의 삶이 그렇다면 어떠할까.

어느 시에서 읽은 이야기다. 아마도 '잔인한 4월'이었나? 어느 할머니가 죽지 않게 해달라고 신께 청을 드려 허락을 받고 계속 살아가는 이야기이다. 나이가 들어 점점 쪼그라드는데 죽지는 않고. 나중에 소원은 "죽고 싶어."이다. 계속 되돌아가는 세탁기를 보면서 내가 오작동을 했거나 아니면 세탁기가 낡아서 고장이 났거나 어쨌든 끝이 나지 않는 것은 얼마나 황당한 일인가 생각이 된다. 시작이 있고, 과정이 있고, 마무리가 있는 것은 아름답다.

예수님의 눈길

경외심으로 바라보며 사랑을 바라고 사랑을 드리는 눈맞춤. 나의 마음은 제쳐놓고 예수님의 눈에 초점을 두고 그려야 하지 않을까? 성당에 걸려 있는 자비의 예수님의 강한 눈길을 감당할 수 없어 그리고 있는 자비의 예수님의 눈을 감겨 드렸다. 마음에 들지 않지만 심정은 편안하다. 나도, 예수님도 당신의 심장에서 나오는 피와 물에 눈길과 마음이 갈 수 있으니까. 새벽에 일어나 고통의 신비 묵주기도를 하고 예수님의 눈길을 묵상하며 그 안에 잠긴다.

　강생하신 아기 예수님의 눈, 목공소에서 아버지 요셉을 바라보는 눈, 세례 받으실 때 요한과 마주치는 눈, 가나의 혼인잔치에서 어머님께 말씀드릴 때의 눈빛은 모두 어떠했을까? 갈릴래아호수에서 제자들을 부르실 때 제자들이 모든 것을 버리고 따라갈 수밖에 없었던 예수님의 강한 눈빛은? 제자들에게 말씀하시며 바라보실 때는? 군중을 가르치실 때 그 사랑과 연민의 눈은? 유다를 바라볼 때의 그 아픈 눈빛은? 빌라도와 병사들 앞에서 그리고 모른다고 말하는 베드로를 바라보는 눈빛은? 십자가를 지고 가시며 넘어지실 때 어머니에게, 베로니카와 여인들에게 보내신 그 시선은?

　어떻게 이 작은 붓으로 예수님의 아픔 연민 자비의 구원 사건을 모두 표현할 수 있을까? 욕심이 과했다. 아래로 내려다보시는 눈에 모든 사랑과 나의 사랑까지 조용히, 겸손하게 담아 드리자. 책상에 놓여 있는 작은 캠퍼스에서 우리를 향해 눈을 내리뜨시고 피와 물이 흘러나오는 성심을 보이시는 예수님, 두 손을 펼쳐 당신 사랑을 드러내시며 우리를 의롭게 하시는 예수님께 의탁하며 오늘 하루를 시작한다.

　그림은 눈을 뜨시고 나를 바라보시는 모습으로 다시 그렸다.

자비의 예수님 20×40㎝ oil on canvas 2021

2021.4.4.

부활 새벽 미사 가는 길

떨어진 벚꽃 잎을 밟으며 새벽길을 걷는다
부활하신 예수님을 만나러 가는 길

파란 신호등이 어서 오라고 재촉한다
무리지어 핀 목련꽃
봉긋이 필 준비를 하는 온갖 꽃들
어느새 올라온 쑥과 온갖 푸르름

묵주알을 굴린다
성모님 당신을 사랑하게 해달라고
당신과 당신의 아들을 닮아가게 해달라고
올해 안에는 진정 그렇게 살게 해달라고
간청하며 의탁한다

다만 바라는 것은
아오스딩과 나, 당신께 가는 여정을 살펴달라고
오직 그것만이, 사랑만이 소원이라고 말씀드린다

오랜만에 당신께 인사드리며
다시 한번 당신을 닮게 해달라고 말씀드린다

TV가 아닌 당신의 성체 앞에서
우리 신부님 말씀을 들으며
함께 빛 속에 앉아 있다

당신을 모시고 앉아
당신과 함께 살아온 60 평생에 감사를 드린다
얼마나 다행인가
예수님과 함께 살 수 있었던
나의 삶의 여정 그리고 앞으로 남은
하루하루를 또 함께할 수 있음에
다시 감사를 드리며 하루를 시작한다
아니, 남은 삶을 시작한다

2021.4.5.

호수공원 벚꽃 구경

남편과 점심 먹고 쉬는데 영숙 씨에게서 전화해 달라는 메시지가 왔다. 1시 20분, 호주 사는 딸이 두고 간 낯선 차에 나를 태우고 호수공원으로 이동했다. 집 근처를 벗어난 게 1년이 훨씬 넘었다. 마치 새로운 곳에 여행 간 듯 호수공원 장미원을 지나 잔잔한 호수를 바라보며 벚꽃길로 향한다.

키가 작아진 영숙 씨와 손을 잡고 걷는다. 벚꽃이 한창 피어 있고 사람도 많다. 오랜만에 밝은 햇살 아래 걸으니 어지럽기까지 하다. 몇 컷 사진도 찍는다. 영숙 씨가 집 근처에서 쑥을 캤다고 건넨다. 거의 2시간 가까이 집을 비웠다. 집에 돌아오니 남편은 의자에 그대로 앉아 계시고 오줌통은 비어 있다.

쑥을 씻어 쑥버무리 할 것 남기고 삶는다. 씻은 생쑥에 쌀가루를 버무려 찐다. 오늘 저녁 메뉴에 쑥 향기가 온 집 안 가득하다. 먹고 나니 입과 온몸에서 쑥의 고향 향기가 배어나온다. 힘든 몸으로 운전도 하고 호수공원 벚꽃구경도 함께해 준 영숙 씨, 고마워요. 봄의 쑥 향기에 잠기게 해 주어서 또 감사해요. 언젠가 건강이 회복되면 번개팅을 하여 정발산도 올라가고 쑥과 나물 캐러갑시다. 그런 날이 어서 오기를!

2021.4.8.

책

어제 후배 충미 씨가 바오로딸에서 허규 신부님의《말씀으로 읽는 신약성경》책과 5월호《매일미사》를 사들고 집 앞 놀이터로 왔다. 그동안 지낸 얘기를 하고 한빛서점으로 간다.《외로워도 외롭지 않다》는 정호승 시인의 책을 사 주기 위해서이다.

오랜만에 들어가니 주인 부부가 반긴다. 다른 책도 살펴본다. 그런데《나는 나무처럼 살고 싶다》는 우종영 나무 의사의 책이 눈에 띈다. 어딘가 익숙한 듯 하지만 집어 든다. 충미 씨와 헤어져 집으로 돌아와 훑어본다. 책꽂이를 살펴보니 2014 사인이 들어간 같은 책이 있다. 웃음이 나왔지만 이유가 있겠지 하며 보니 10만 부 기념으로 다시 출간했다고 한다. 누군가 꼭

호수공원 벚꽃 8P oil on canvas 2021

필요한 사람이 있겠지. 선물로 주기로 한다.

　오늘 아침 기도를 마치고 무슨 책을 읽어 드릴까 하다 《나는 나무처럼 살고 싶다》를 집어 든다. 정 시인의 책을 다 읽어 드린 터라 새 책이 필요했다. 저자의 약력과 김수환 추기경의 추천사를 읽어 드리고 첫 제목 '주목나무'를 읽는다. '천 년의 사랑'이라는 제목으로 쓴 글은 정 시인의 책과 마찬가지로 나를 울먹이게 만들었다. 이제 매일 남편에게 읽어 주기로 한다. 힘이 난다. 이제 나무에게서 배우고 나무를 닮아가고 위로를 받게 되어 감사하다.

2021.4.12.

비

비가 하루 종일 온다
바람이 분다, 창틀에 부딪힌다
함께 모여 흘러내린다

각자 있는 곳에서 바라본다.
만나지 못하고, 얼싸안지 못하고
공연히 카톡 소리만 울린다

혼자 흘러내린 빗방울같이
창밖을 홀로 바라다본다

흘러내린 빗물은 땅속으로, 강물 위로
흘러내려 무엇인가와 어울려 살게 되겠지

나도 빗방울같이 어디론가
여행을 하고 있을 것이다.
님과 만나 살 때까지

2021.4.16.

동백꽃

오늘 읽은 우종영 나무 의사님의 동백꽃 부분에 다음과 같은 글이 있다.

"한겨울 붉은 꽃으로 보는 이를 숙연하게 만드는 동백꽃, 그 꽃은 꽃잎 하나 시들지 않은 채 꽃송이 그대로 툭 떨어져 생을 마감한다. 한 치의 미련 없이 그렇게 생을 마감하는 모습을 보고 있노라면 왜 그를 순교자에 비유했는지 고개가 끄덕여진다. 나는 나무처럼 살고 싶다."

오래전 남편과 제주도에 간 적이 있다. 감귤 농원에 갔는데 몇 그루 동백나무가 있었다. 나무에 핀 꽃도 예쁘지만 무리지어 통째로 떨어져 있는 동백꽃이 너무 아름다워 사진을 찍고 또 찍었다. 돌아와 그림으로 풀어내었다. 나무에 피어 있는 꽃과 떨어져 있는 꽃을 같은 캔버스에 그리기도 하고 작은 4F 캔버스에는 떨어져 있는 동백꽃만 그렸다. 그 그림은 지금 없는데 누군가에게 가서 함께하고 있겠지!

그때는 떨어진 꽃이 우종영 님의 글처럼 '순교자'의 의미를 담고 있는지 몰랐다. 다만 떨어진 꽃송이들이 붉은 아름다움과 생명을 그대로 간직한 채 놓여 있는 모습이 마음을 짠하게 만들었던 기억이 난다. 그래서 한참을 동백꽃을 그리며 마음을 쏟았었다. 제주도에서 그때 찍었던 사진도, 그림도 지금은 없다. 구글을 검색해 동백꽃 사진을 하나하나 들여다보고 저장도 한다.

성 김대건 안드레아와 최양업 토마스 신부님이 순교한지 200년이 지났다. 많은 순교 성인들을 생각하니 동백꽃 한 송이 한 송이의 의미가 소중하게 느껴졌다. 10여 점의 사진을 저장한다. 이렇게 저장해 자주 들여다보다가 어느 때인가 그림으로 풀어내는 행복하고 숙연해질 시간을 감사히 기다린다. 이렇게 삶을 통해 건드려 주시는 작은 일들이 그림으로 그려질 수 있다는 것, 이 또한 삶을 음미하며 사는 일일 것이다.

2021.4.23.

외출

집에 돌아왔다. 마치 먼 여행이라도 한 것 같았다. 남편은 내가 돌아오자마자 안심하듯이 뉘어 달라고 해 지금 곤히 잠들어 계시다. 5시간 걸려 서울 명동성당 1898갤러리에 다녀왔다. 1년 반 만의 외출이다.

나의 전시 일정을 두 번이나 연기했다가 결국 친구 용순이가 명동1898에서 전시를 하게 되었다. 꼭 가서 축하해 주고 만나야 하는데 어떻게 해야 할지 고민하다가 결국 아들에게 어렵게 부탁을 했다. 그래서 점심을 준비해 놓고 9시 30분에 화실 샘의 차를 타고 출발했다. 샘은 내년 전시 일정이 잡혀 있어 미리 가 본다고 하시지만 내가 편히 갔다 오게 하느라 차로 함께 간 것 같다. "샘, 감사합니다."

샘의 차를 타고 갈 때 집 주위를 지나 백마역을 지나 화정 근처를 가니 이 가까운 곳이 얼마 만인지 모르는 곳에 여행가고 있는 느낌이 들었다. 그래서 그런지 좀 어지럽기까지 했다. 공사도 하고 신호도 있고 막히기도 해 시골 사람 서울길이 오래 걸렸다. 특히 명동 근처를 뱅뱅 돌다가 웬 일방통행이 그리 많은지 도착해 보니 2시간이 걸렸다. 덕분에 이 얘기 저 얘기 쌓인 얘기를 풀어내기는 했지만.

갤러리에 들어서니 대학동기 명숙이가 기다리고 있다. 맑은 수채화 그림이 평화롭다. 그림도 사람을 닮는 것 같다. 용순이의 화우들을 만나 이야기 꽃도 피우고 홍 큐레이터도 반갑게 인사하고. 샘도 예약한 전시장을 둘러보고 공간 구석구석을 살펴본다.

급한 마음에 1시에 집으로 출발, 일산에 가서 점심하기로 하고 갈 때보다 쉽게 도착해 능곡의 다슬기삼계탕에서 점심을 한다. 2인분 포장을 하고.

"왔어?" 하고 반기는 남편의 목소리가 정겹게 들린다. 아들을 보내고 샤워하고 책상에 앉았다. 이제 조금 자야겠다. 오랜만에 긴 여행을 했으니까.

큰며느리와의 데이트

점심 후 정리하고 성당으로 향한다. 2시부터 3시까지인 성체 영하러. 햇빛이 따사롭다. 사거리에서 오른쪽 신호가 먼저 떨어진다. 날씨가 쌀쌀하면 기다렸다가 햇볕이 비치는 길로 가기 위해 직진했겠지만 오늘은 그늘로 가는 게 더 쾌적할 것 같아 작은 횡단보도를 건너 다시 신호를 기다렸다가 큰길을 건너 천천히 걸어간다. 그런데 앞에서 걸어오는 누군가가 보인다. 큰며느리이다. 세상에, 여기서 만나다니!

루멘에서 아들과 안녕하고 집까지 걸어가는 중이란다. 그렇게 먼 데를? 날씨도 좋고 그리 멀지 않다면서 산책 삼아 걸어가고 있단다. "나 성체 영하러 성당 가는데 같이 갈까?" 하니 그러겠다고 하며 손을 잡고 걸어간다. 이렇게 예정에 없던 며느리와의 행복한 데이트가 시작된다.

어젯밤 자기는 친구 집에서 친구들과 자고 아들은 아들 친구들과 집에서 보냈단다. 젊은이들이다. 그래서 루멘에서 만나고 집으로 가는 중이고 아들은 7시까지 루멘에 예약이 있다고 한다. 주말에 함께 있는 시간이 부족해서 좀 아쉽다는 말도 남긴다.

협력 신부님께 둘이 다 성체를 영하고 소개를 한다. 사무실에 들러 교무금을 내고 대성전으로 올라가 머문다. 내려와 집으로 걸어가다가 서점에 들러 책을 사고 우리 집에 들렀다 인사하고 간다고 집으로 향한다. 하이톤으로 아버님께 인사를 드리고 내일 출근하려면 집에 가 쉬라고 보내려고 하는데 아빠가 눈짓을 한다. 방에 가서 지갑을 가져오란 듯. 그래서 큰며느리에게 용돈을 주신다. 많은 것도 아니고 5만 원 한 장! 아름다운 장면이다.

보내고 나니 다시 우리 둘만의 고요한 시간이 된다. 당신 성체를 모시러 가는 길에 며느리를 만나 함께하게 하신 주님, "애썼다. 힘들지?" 하시며 며느리로 하여금 옆에서 손 붙잡고 걷게 해 주시는 주님, 감사합니다.

2021.4.26.

결혼기념일

아침을 맞는 오늘은 우리의 결혼기념일 40주년이다. 40여 년 여정이 필름처럼 흐르는 시간에 내가 묻는다. "40여 년을 한마디로 말하면?" 남편이 말한다. "고맙소!", "나도."

늦은 나이에 만나 각자 한 곳의 직장, 세 번의 이사, 두 아들의 부모로 사는 동안 양쪽 부모님들 하늘나라 가시고 우리는 일산에 이사와 27년을 한 집에 살고 있다. 두 아들이 짝꿍 만나 떠나고 이제 우리는 손녀와 손자의 할머니, 할아버지가 되어 고요한 하루하루를 지내고 있다. 남편은 불편한 몸을 여생의 선물로 받아들이고 나는 삶의 여정의 순간들을 그림으로 풀어낼 수 있어 감사한 나날이다.

언젠가 하느님께서 부르시면 "네." 하고 대답하고 싶다. 그런데 한 가지는 말씀드리고 싶다. "불편한 남편을 먼저 보낼 수 있게 저에게 자비를 베풀어 주십시오." 큰 소망인지, 소박한 바람인지 모르겠지만 하느님께 아이처럼 떼를 쓰고 싶다. 주님, 오늘 이 특별한 하루를 맞이하게 해 주셔서 감사합니다.

오늘 많은 일을 했다. 좀 쉬기는 했지만 아직도 이렇게 할 수 있어서 감

40주년 결혼 기념일 4F oil on canvas 2021

사하다. 11시경 정환이 차로 오랜만에 하나로마트에 갔다. 절인 배추와 무를 산다고 갔지만 이것저것 많이 샀다. 집에 와서 오전에 준비해 놓은 찹쌀풀을 넣어 백김치 두 통, 남은 배추 한 통으로 겉절이, 무 두 개로 깍두기를 했다. 그리고 흑돈 앞다리살과 쭈꾸미로 저녁에 구워먹을 불고기를 준비하고 아귀찜도 했다. 결혼 40주년 기념일 행사가 대단하다.

큰애 부부와 저녁을 맛있게 먹고 애들이 사온 치즈케이크에 큰 초 4개를 꽂고 Happy 40th Wedding Ceremony를 했다. 정환이 새 핸드폰으로 사진도 찍고! 작은애도 결혼기념일이 같은데 낮에 손주 지완이와 애 아빠와 영상통화를 했다. 며느리가 첫 출근 날이고 재이는 유치원에 있겠지.

이렇게 40주년을 바쁘게 일하고 잘 지냈다. 아이들 보내고 설거지하고 나란히 앉아 졸다 깨서 TV 보고 들어와 아빠 뉘이고 나는 샤워하고 이제 책상에 앉았다. 40주년 기념일, 가장 바쁘게 보낸 날이다.

2021.4.29.

대화

저녁 후 나란히 앉아 TV '한국인의 밥상'을 본다. 오늘은 유채꽃, 등꽃이 들어간 음식 이야기이다. 꽃 얘기를 하다가 남편이 국민학교 5학년부터 중학교 3학년까지 이천에서 지낸 이야기를 어눌한 말로 한다.

잘 들으려고 바싹 붙어서 들어도 알아듣기 힘들다. 그래도 그렇게 이야기를 풀어내는 것만도 감사해 맞장구를 쳐가니 마음이 짠하다. 그리고 씹기 힘들어서 밥맛도 없어졌다고 고생만 시키니 먼저 가는 것이 좋을 텐데 하고 늘 하던 말을 반복한다.

　옆에 있는 것만도 그리고 함께 밥 먹는 것만도 감사하다고. 그리고 못 도와준다고 하지만 이 정도는 힘도 들지 않고, 당신은 지금까지 40여 년 동안 충분히 넘치도록 해 주었다고, 이제야 처음으로 세탁기를 돌리는 거라고…. 이렇게 마음속 이야기를 어눌하게라도 풀어내려고 노력하는 시간이 있다는 것이 고맙다. 워낙 말이 없고 잘 참는 사람이 그러니 고마울 뿐이다.

　'나는 과연 잘하고 있는가?' 나도 하고 싶은 일하며 에너지를 얻는 시간이 필요하다며 화실 가는 길에 늘 머릿속을 떠나지 않는 말이다. 그리고 혼자 있는 동안 무슨 일이 일어나지 않을까? 너무 외로운 것은 아닐까? 하고 항상 되뇌이는 말! 오늘도 답 없이 끝났지만 이런 대화의 시간이 있었다는 자체가 감사하다.

2021.5. 어느 날

아카시아 꽃

오늘 하루가 끝나고 책상에 앉았다. 보통 때와 달리 향긋한 아카시아 향기가 코끝을 맴돈다. 온 집 안을 감싸고 몸속까지 스며들어 간다.

　점심 마치고 성당에서 영숙 씨와 만나 정발산에 갔다. 주차장 옆 다니던 길을 지나 숲에 들어가니 싱그런 나무, 풀 향기에 취한다. 발의 감촉이 부드럽다. 천천히 오솔길을 오르니 찔레꽃이 반긴다. 연한 순을 꺾어 입에 넣으니 독특한 맛이 그리움을 자아낸다. 어릴 적 고향의 맛이다. 애기똥풀이 반기고 은은한 아카시아 향기가 숲 냄새와 어우러져 행복하다.

영숙 씨에게 한 송이 따 주고 나는 두 송이를 입으로 훑어 먹는다. 특유의 향긋한 맛, 이 맛을 안 보고 5월을 지낼 수는 없지. 10여 송이 따서 주머니에 넣는다. 남편에게 맛보게 하고 나도 먹으려는 것이다.

예정된 시간이 훨씬 지나 집에 오니 4시가 되었다. 꽃을 흐르는 물에 씻어 털고 접시에 담으니 집 안에 향기가 퍼져 나간다. 남편에게 향기를 맡게 한다. 이 꽃송이를 어떻게 먹을까? 부침가루로 살짝 부칠까? 남은 콩죽을 데워 두 그릇에 나누고 그 위에 꽃을 따서 살포시 얹는다. '아카시아꽃 콩죽'이 된 것이다. 이 기상천외한 메뉴로 저녁을 간단히 하고 남은 꽃송이는 방으로 갖다 놓았다.

이제 5월에 해야 할 일은 다 한 것이다. 찔레순도 따먹고 아카시아꽃도 먹고 요리까지 해 먹으니 고향에 못 가고도 간 듯 행복한 5월을 보낸 것이다. 아카시아꽃 향기가 행복한 하루를 보내게 해 주었다.

2021.5.15. 스승의 날

"나 이제 죽었어"

작년까지만 해도 이맘때면 꼭 전화하는 데가 있다. 전화 받으시면서 하시는 말씀, "겁나서 전화 못 했지? 나 아직 안 죽었어."

고등학교 담임선생님, 이덕선 선생님. 60여 년을 한결같이 옆에 계시던 분이다. 이제 전화할 데가 없다. 작년 가을에 하늘나라로 돌아가신 것이다. 이제 스승의 날을 맞아 말씀하실 것이다. "영순아, 나 이제 죽었어. 나머지 삶, 잘 살다가 와 그때 만나자. 안녕!'

오늘 아침 스승의 날. 일생의 스승을 그리워한다.

*2020년 5월 1일 기록을 옮겨본다.

선생님이 가셨네요

"선생님이 가셨네요."

어제 수원여고 후배 박성은에게 보낸 메시지이다. 바로 전화가 왔다.

"우리의 기둥이 사라지셨어요."

"사라지지는 않아요. 선생님은 학창 시절 10대 때부터 서서히 커진 우리의 기둥이셨고 마음속에 그대로 계셔요."

97세의 老 스승님을 떠나보낸 70대 제자들의 대화이다. 천천히 걸어 성당으로 향한다. 띄엄띄엄 간격을 둔 자리에 앉아 마스크를 쓴 채 미사를 드린다. 오랫동안 헤어져 계신 사모님과 천상에서 행복하게 지내시라고 선생님께 말씀드리고 영면을 위한 기도를 한다.

스승님과 함께한 여고 시절 3년 동안의 기억들, 오래된 추억의 필름들이 펼쳐진다. 유난히 키가 크신 선생님의 모습이 보인다. 버스를 타시면 천장에 닿는다고 웃으시며 말씀하시는 모습, 우리 고향집에 들어서시는 모습, 소풍 장소를 우리 집 근처 육종장으로 결정하고 갔을 때 우리 엄마가 함지에 이고 온 음식들을 맛있게 드시는 담임선생님들, 그때 우리 다섯 명의 단짝들과 사진을 찍으신 젊은 모습, 우리 다섯째 여동생의 여고 합격을 알리시기 위해 자취하고 있는 세류동 집에 오신 선생님.

가정방문하실 때의 일화를 조근조근 말씀하시던 모습도 생각난다. 사진반 지도교사를 하셔서 우리 단짝들도 사진반에 들어가 촬영 갔던 장면도 떠오른다. 이 장면은 언젠가 선생님께서 주신 사진으로 남아 있다. 그리고 매일 아침 시청각반에서 음악을 틀어 주시던 모습도 추억이 되었다.

학교 앞에 선생님 댁이 있어서 사모님이 맛있게 차려 주시던 밥상과 수원고등학교 다니던 선생님의 아드님도 보인다. 그리고 어느 날 인천 가는 수인선을 타고 선생님의 부모님이 하시는 포도 농장에 갔다. 주렁주렁 열린 포도가 탐스러웠다. 정성껏 길러 딸 때가 되면 팔기 아깝다고 하시며 정말 최상급 포도송이를 담아 주시며 기차역까지 바래다 주시던 선생님.

이렇게 선생님과의 제자 관계를 뛰어넘는 인연은 깊어 갔다. 선생님은 우리 부모님과 대소사를 함께하는 친척이셨다. 후에 선생님 따님 결혼식에 갔을 때 우리 아버지가 오셨다. 내가 아버지에게 알려 드리지도 않았는데. 선생님은 아버지 육순 잔치에도 오셨다. 그때 국민학교 은사 윤 선생님도 오셨는데 서로 당신들 때문에 내가 박사됐다고 하시며 다툼 아닌 다툼을 하신 기억도 있다. 이덕선 선생님이 양보하셨다. "그래요. 국민학교가 가장 중요하죠!" 하시며.

여고 시절 끝나가고 있을 무렵 기차를 타고 나란히 앉아 서울로 가고 있었다. 선생님의 연세대학 화학과 시절, 졸업 후 6.25전쟁이 터져 대학원 진학을 못하시고 잠깐 선생님을 한다는 것이 평생의 직업이 됐다는 이야기에 이어 당신이 못다 한 공부를 해 주면 좋겠다는 말씀. 그래서 나는 서강대 화학과 학생이 되었다.

어느 날 시골내기의 서울생활 힘듦을 새기며 창문 밖을 내다보고 있었다. 화창한 날씨였다. 그런데 저 아래에서 검은 우산을 지팡이 삼아 선생님이 걸어오시고 있었다. 서울의 대학생활에 잘 적응하고 있는지 궁금하셨다고 한다.

이렇게 세월은 흘러갔다. 서울 청량리에 있는 아파트로 이사하시고 안양 어느 고등학교에 근무하고 계신다고 가끔 소식을 전해 주셨다. 그런데 사모님이 편찮으시다고 하신다. 찾아가 뵈니 아드님이 음식점을 하시게 되어 사모님도 함께 건강검진을 받으셨는데 그 과정에서 폐암 초기라는 것이 밝혀졌다고 하신다. "그냥 모르고 지냈더라면 마음 편하게 잘 지냈을 텐데…"라고 말씀하시던 사모님, 3년 투병하셨다. 선생님은 사모님을 간병하기 위해 미리 학교를 그만두셨다. 나는 미국에 있는 친구 옥로가 왔을 때 함께 방문하였다. 얼마 후 사모님은 돌아가셨다.

그 후 선생님은 영세를 받으시고 노인회장도 맡으시며 성당 일을 하셨다. 어느 날 훌쩍 사진기를 메고 전국을 여행 다니시다 돌아오곤 하시더니 아예 단양 아파트로 옮겨 가셨다. 정은이와 명숙이, 나 셋이서 방문했을 때는 직접 음식도 해 주셨다. 그런데 언제부터인가 사진기가 무겁고 여행 다니기가 버겁다고 하셨다.

개봉동 살던 시절이니 30여 년 전이다. 월미도에서 영종 가는 배를 타려고 기다리는데 선생님께서 유람선에서 내리신다. 그날 선생님은 다시 우리와 함께 배를 타고 영종 집으로 향하셨다.

선생님은 마루에 앉으시더니 거실에 걸려 있는 남편의 형님 사진을 바라보신다. 경복학교 야구복을 입은 사진이다. 남편 형님은 피란 갔다 와서 학교에 간다고 나갔는데 행방불명이 되셨다. 남편은 졸지에 외아들이 되었다. 시부모님의 가슴에 묻은, 아이들의 큰아버지인 형님. 선생님이 경복학교에 근무하던 당시 어느 영어선생님이 아이들을 학교에 오라고 하여 북으로 끌고 갔다고. 그래서 선생님이 경복학교에 근무하셨던 것도 알게 되었다.

내가 퇴직하고 그림에 몰두해 있을 무렵이다. 선생님께서 가끔 전화를 하시곤 했는데 어느 날 덕소로 이사 가셨다고 전하신다. 그리고는 경의선 타고 내리시어 이 제자를 만나러 일산으로 오시곤 하였다.

또 어느 날은 당신이 집에서 영정으로 쓰시려고 찍어 놓은 사진이 든 액자를 들고 오셔서 그려 달라고 하신다. 앨범에서 찾아낸 젊을 때의 모습도 그려서 두 초상화를 드리니 만족해하시며 가지고 가셨다. 후에 내 책《그림 이야기》를 내게 되어 선생님의 초상화가 필요하다고 말씀드렸더니 가지고 오셔서 하시는 말씀 "이 그림은 네가 가지고 있는 것이 좋을 것 같다." 하신다. 선생님이 떠나신 지금, 내가 갖고 있는 것이 참 잘했다 싶다.

어느 때부터인가 일산에 오시는 것을 못 하셨다. 2018년 5월 15일 스승의 날에 덕소에 갔다. 노인용 보행기구를 밀고 간신히 나오셨다. 부드러운 빵과 요구르트를 먹으면서 2시간 정도 담소를 나누고 돌아왔다. 그때 뵌 선생님의 모습이 마지막이었다.

그 후에는 가끔 전화만 하시었다. "나 아직 안 죽었다. 겁나서 전화 못 했지? 그저 감사하며 하루하루를 지내고 있어." 2019년 8월경 내 책 《그리움, 그림이 되다》 1, 2권을 보내 드리고 며칠이 지나도 소식이 없으셔서 '혹시 무슨 일이 있나?' 걱정이 되었다. 전화를 드리니 한참을 있다가 "여보세요?" 하시며 간신히 받으신다. 그때 하신 말씀, "내가 잘못했나 봐. 화학 공부하느라 이 재주를 썩히고 있었네.", "내가 헛살지 않았나 봐. 이런 제자를 두었으니." 이렇게 가끔 전화하시기도 하고 전화 드리며 세월이 흘렀다.

"잘 지내. 고맙다." 언젠가 전화 통화 중에 하신 인사말이 유언같이 들려 울었다. 이제 생각하니 나에게 주신 마지막 말씀이다. 선생님의 부고를 몇몇 친구에게 알린다. 선생님께서 2020년 4월 28일에 돌아가셨다고. 그리고 선생님의 휴대폰으로, 화장장에서 돌아가신 소식을 알려준 선생님의 며느님께 문자를 넣는다. "후에 어디에 선생님을 모셨는지 알려 주세요. 친구들과 뵈러 가려고요. 감사합니다." 답이 없다.

여고생 십대 때부터 70중반을 넘은 지금까지 제자들의 큰 기둥이시고 어떻게 살아야 할지 지표이셨던 춘 스승님, 이덕선 선생님께서 귀천하셨다. 제자들의 마음속에 영원한 그리움과 다 전하지 못한 감사와 아름다운 기억들을 남기시고.

"사람과 사람의 만남은 반드시 흔적을 남긴다."(엔도 슈사쿠)

2021.5.22.

1시간 동안의 외출

오늘 또 새로운 하루를 맞는다. 혈뇨의 상태가 어떤지 살피고 잔뇨를 빨아 들인 휴지를 버리고 오줌통을 씻고 제자리에 놓고 부활삼종기도로 하루를 의탁한다. 잠시 어제의 지난 하루를 되돌아본다.

  1시간 정도의 외출을 한다. 조심스럽게 운전하는 영숙 씨가 호수공원 주차장에서 나를 내려준다. 장미 향기가 반기고 커다란 조개껍질 위 여인 조각상이 시원한 분수 속에서 모든 걸 씻어 버리고 새로운 몸과 마음으로 살라고 한다. 호수에 터를 마련한 수련이 반긴다. 수련 식구가 늘어나서 그런지 옹기종기 자리를 차지하고 아름답게 피어 있다. 작은 부처님의 얼굴을 하고 단정하게 소박하게 웃는다. 서로서로 조금씩, 또는 많이 떨어져서 본인의 아름다움을 빛낸다. 작약이 화사한 아름다움을 뽐내며 씨를 머금고 잎이 뚝뚝 떨어지고 있다. 꽃술이 씨를 보호하고 있다. 그대로 아직 피어나지 않은 봉우리가 준비하고 있다.

  손을 붙잡고 천천히 걷는다. 우리가 찔레꽃 향기를 맡으며 나무다리를 건너니 수련 사이로 노니는 잉어가 빼꼼거리며 반긴다. 발길을 돌리니 작은 동물원의 공작새가 긴 깃을 접고 못 본 체한다. 작은 철새들은 모이를 쪼고 있다. 지나가는 사람들, 앉아 있거나 그네에서 여유롭게 호수를 즐기는 사람들, 각자 수많은 삶의 이야기를 담고 쉬고 있다.

  주차기계에 주차비를 내고 천천히 차를 몰아 우리 아파트 주차장에 도착, 안녕하고 헤어진다. 고마웠다고, 조심해서 운전하라고, 다시 만날 때까지 조금씩 씩씩해지라고 인사를 나누며 성호를 긋는다.

집으로 돌아오니 누워 있는 남편이 반긴다. 혼자 산책하고 들어와 미안해진다. 언제 근처 산책의 범위를 조금 더 넓힐 수 있을까? 오줌을 뉘고 목욕을 준비한다. 목욕 휠체어를 화장실로 옮기고 옷을 벗겨 드리고 나도 런닝, 팬티 차림으로 씻겨 드린다. 따뜻한 물줄기가 우리 둘의 몸과 마음을 시원하고 상쾌하게 씻어 준다.

예쁘다고 머리 빗겨 주고 옷 입히고 의자에 앉히고 나도 샤워하고 옆자리에 앉는다. 아직 좀 이른 저녁, 아이패드를 켠다. 두 분 신부님의 '최양업 신부님 따라가기'를 들으며 선조들의 신앙에 감탄하며 소소한 삶에서 행동하며 믿음을 키워나가자고 다짐하지만 쉽지 않음을 안다. 그러나 이렇게 조금씩 따라 하려는 마음을 지니고 살아 보면 쬐끔은 닮아가지 않을까 믿는다.

남은 두부찌개에 찬밥을 넣고 푹 끓인다. 달걀도 하나 넣고. 포도 몇 알과 오렌지 몇 쪽, 충분한 저녁이다. TV '6시 내고향'의 시골 풍경이 고향의 그리움을 잠재운다.

남편은 잠자리에 들고 나는 책상에 앉아 성모성월기도, 김대건 신부님과 최양업 신부님께 드리는 기도를 드린다. 그리고 하루를 마치는 기도를 드린다. "오늘 하루 베풀어 주신 모든 은혜에 감사드립니다. 자는 동안도 지켜주시어 편히 쉬게 하소서." 이렇게 하루를 마친다. 그러나 새로운 하루를 맞기까지 오줌을 뉘고 나도 시원하게 쌓인 노폐물을 뽑아내는 밤이 기다리고 있다.

2021.6.1.

깨어나라!

거의 반년 만에 자동차를 몰고 나섰다. 멀리도 아니고 성당 마당에 차를 세
운다. 코로나 방역을 위해 성당 입구에서 체온을 재고 확인을 한다. 사무실
에 가서 시부모님 연미사 신청하고 교무금을 낸다. 잠시 대성전에 올라가
예수님께 "저 왔습니다. 제가 당신을 바라봅니다. 저를 바라봐주세요. '어서
오너라' 하고 말씀해 주시고 '깨어나라' 말씀해 주소서. 그대로 이루어지리
이다." 하고 기도드린다.

성당 주차장으로 내려와 차를 몰고 아파트 앞 주차장에 세운다. 시동을
끄며 가끔 너를 타고 너도 나도 정신을 차려 깨어 있자고 말한다. 집으로
올라와 걱정하며 기다리고 있던 남편에게 보고를 한다.

성당에 가기 전에 시동 때문에 생긴 일로 웃음이 난다. "오랫동안 차를
움직여 주지 않는데 시동이 잘 걸릴까." 하고 말하니 남편이 내려가서 시
동을 걸어 보라고 한다. 지하주차장으로 내려가 자동차 열쇠의 버튼을 눌
러 보니 꿈쩍도 하지 않는다. 열쇠를 수동으로 해 문을 열고 시동을 걸어
봐도 걸리지 않는다. 열쇠의 배터리가 나갔나 싶어 집으로 올라와 얘기하
니 아파트 사무실에 가서 교환해 다시 해 보라고 한다. 사무실에 가서 얘기
하니 "자동차 열쇠 배터리는 갈아 준 적이 없는데요." 하더니 "아! 아파트
정문 차단기 버튼 배터리 생각하시는구나." 하며 웃는다. 그렇게 생각해 보
니 자동차 열쇠 배터리를 관리실에서 갈아 줄 리가 없다. 웃음이 나온다. 나
도, 남편도 이제 나이가 드니 착각을 한 것이다.

집으로 올라오자마자 남편이 하는 말 "아, 내가 착각했네." 한다. 마주 보

고 웃는다. 지갑에 동부화재 전화번호가 있으니 와서 시동 걸어 달라고 하란다. 나는 아들에게 전화하니 내일 자기가 와서 해결한다고 급하지 않으니 놔두라고 한다. 이제 아들이 우리를 보호해 주는 나이가 되었다. 그렇지만 성격 급한 나는 보험회사에 전화하니 15분 만에 출동해 시동을 걸어 준다. 그리고 1시간 동안 계속 걸어 놓으란다. 이렇게 하여 1시간의 여유를 즐긴다.

1시간이 지난 것 같아 시동을 끄고 올라와서 아들에게 경과 보고하니 할아버지 제사에 오기 힘들다고 한다. 그래서 연미사를 넣기로 하고 기도로 대신하기로 했다. 그래서 거의 반년 만에 운전을 해 성당에 간 것이다. 자동차도 신이 나고, 나도 훨씬 젊어지고 마치 옛날 출근하는 기분이 난다. 이렇게 가끔 가까운 데 운전해야지. 마치 예수님이 웃으시며 "좋으냐? 항상 깨어 있어라." 하시는 것 같다. 새롭다.

바위에 기대어 핀 흰 작약

국 샘이 찍어서 보내준 사진, 바위에 기대어 핀 흰 작약이 아름답다. 그림으로 풀어내며 시편을 찾아본다. 내가 작약이 되어 기대어 쉬는 양, 행복하다.

야훼는 나의 반석

나의 요새, 나를 구원하시는 이

나의 하느님, 내가 숨을 바위(시편 18,2)

내 바위, 내 구원자이신 야훼여,

내 생각과 내 말이

언제나 당신 마음에 들게 하소서(시편 19,14)

그분 홀로 나의 바위, 나의 구원이시며

나의 요새이시니 나는 흔들리지 아니하리라(시편 62,2)

그분은 나의 힘이신 바위,

나 하느님께 피신하리라(시편 62,7)

이 몸 의지할 바위 되시고

내 목숨 구원하는 성채 되소서.

나의 바위, 나의 성채는 당신이십니다(시편 71,3)

2021.6.4.

오늘의 두 가지 걸림돌

점심에 떡국을 끓여 먹으려고 산책 겸 방앗간으로 갔다. 부부가 열심히 주문받은 떡을 만들고 계셨다. 떡국 떡, 참깨, 들기름을 사 가지고 따스한 햇볕과 파아란 하늘, 흔들리는 나뭇잎 사이를 천천히 걸어 엘리베이터 앞에 서서 버튼을 누른다. 꿈쩍도 하지 않는다. 다시 눌러 보아도 마찬가지다. 아차, 어떻게 19층까지 걸어가지? 올라간다 해도 화실 다녀와야 하는데, 이런! 떨어진 잎들을 쓸고 계신 아저씨께 신고를 하고 심호흡을 하고 계단을

흰 작약 원형 oil on canvas 2021

오른다. 4층이다. 혹시 하고 버튼을 눌러 보니 엘리베이터가 움직이고 문이 열린다.

어찌된 일이지? 다시 시도해 보기를 얼마나 잘한 것인가. 그렇지 않으면 아픈 다리가 더 아프게 되었을 것이다. 남편에게 상황 보고하고 다시 화실 가기 위해서 내려온다. 10분 전 10시에 고마운 엘리베이터가 1층까지 데려다 준다. 그런데 내리려 1층의 버튼을 누르니 묵묵부답. 아, 버튼 문제였구나.

수리기사님이 오신다. 사정을 말씀드리고 화실로 천천히 걸음을 옮긴다. 집에 돌아와 점심 후 좀 쉬다가 남편과 함께 휠체어 산책에 나선다. 맑은 바람과 햇볕이 반긴다. 평소 하던 대로 매달리기 운동하고 건널목까지 갔다가 입구로 오니 관리실에서 휠체어가 오가는 통로를 수리하고 계셨다. 어쩌나, 바로 바른 시멘트 위로 갈 수도 없고. 일하시던 두 분이 휠체어를 양쪽에서 들고, 나는 뒤를 받치고 계단을 넘겨 주신다. 감사하다. 이틀 동안은 사용할 수 없을 거라고 하신다. 다음 월요일에는 산책할 수 있을 것이다.

아파트에 살면서 겪는 중요한 일, 전기가 나가면 엘리베이터가 정지돼 꼼짝 못하고 더구나 휠체어는 움직일 수 없다. 그리고 걸어 다닐 수 있는 사람들에게는 눈길이 잘 가지 않는 계단 옆 경사진 길이 나이 들고 다리 아프고 더구나 휠체어를 움직일 수밖에 없는 지금 우리 삶의 리듬을 바꾼 것이다.

하루하루 무사히 산다는 것은 기적이다. 무심히 지나가지만 작은 기적들이 곳곳에 존재한다.

2021.6.15.

과정

그림 한 점이 완성되기까지 거쳐야 할 과정들이 있다. 처음에는 우연 같은 필연이 시작점이 된다. 어디선가 우연히 찍은 사진, 누군가 보내준 사진 또는 어느 날 잠에서 깨어나 사로잡힌 생각들이 그림의 시작이 된다. 그런 다음 주제에 어울리는 기억이나 현재 일어나는 삶의 모습들을 돌아본다.

그림으로 그려서 기록할 만하면 연관 자료들을 검색해 보관한다. 적당한 크기의 캔버스를 준비하고 스케치한다. 자료를 조합해 그려나가고 수정하고, 다시 그리고 수정하는 과정을 연필과 아크릴로 반복한다.

그러다 어느 순간 '그래, 이렇게 진행해 보자.' 결정하고 유화로 옮겨 간다. 어느 정도 완성 단계에 들어가면 샘의 도움을 받는다. 그러면 놓쳤던 부분을 깨닫게 되고 그림의 완성도가 깊어진다. 요즘 '시작점'이 머리에 맴돌고 있는 네잎클로버 그리는 과정을 예로 들어 본다.

영숙 씨로부터 받은 네잎클로버 사진을 그림으로 풀어야 의미가 있을 것 같아 보고 또 보았다. 그러다 잔디밭에서 네잎클로버를 발견했다. 꺾어 들고 보다 '아차, 사진을 찍어 둘걸.' 하며 다시 네잎클로버가 머물던 곳에 앉아 여러 모양으로 사진을 찍었다. 꽃송이와 세잎클로버 무리, 다른 풀들이 어울려 있다. 아이패드에 저장하고 어떻게 그림으로 풀어내면 좋을까 고민하며 며칠을 들여다본다.

오늘 새벽 네잎클로버는 '행운', 세잎클로버는 '행복'을 상징함을 떠올린다. 클로버 사진을 더 검색해 저장하고 꽃말의 유래도 적어 놓는다. 클로버 동요도 있다. 이렇게 준비를 마치고 그림을 시작한다.

작은 4S캔버스를 이젤에 놓고 아이패드에 저장한 클로버 사진을 바라본다. 그중 네잎클로버가 돋보이는 사진을 기본으로 삼고 연필로 위치를 잡는다. 그림의 주인공을 '행운'인 네잎클로버로 정한 까닭은 세잎클로버보다 눈에 잘 띄지 않아 귀하다고 여기기 때문이다. 별안간 네잎클로버는 행운을 넘어 '은총'이라는 생각이 든다. 세잎클로버의 '행복'에 얹어 주시는 은총!

이제 집에서 아크릴 작업을 시작한다. 아크릴로 색감을 어느 정도 칠하고 전체적인 구도와 근접한 색깔, 입체적인 면을 생각해 유화로 옮겨 간다. 한 시간 정도 작업으로 어둠과 밝음, 중간의 밝기와 클로버들의 형태가 잡힌다. 이렇게 그리는 과정을 거치다 보면 마무리해야 하는 시점을 생각하게 된다.

그러다 멈추고 프로와 아마추어의 차이는 그림의 완성에서 드러남을 떠올린다. 샘이 아크릴로 첫 스케치 과정을 하면 내 앞에 새로운 작품 세계가 펼쳐진 듯 마음에 들고 멋져서 그 위에 다음 붓질을 하기가 아깝다. 그러나 내가 첫 스케치 과정을 하면 얼른 다음 과정으로 나아가고 싶어진다. 마음에 덜 들어도 '그래, 이 정도면 괜찮아.' 하며 자꾸 덧칠하면 나름대로 멋있고 대견하고 행복해진다. 이렇게 해서 작은 캔버스와의 첫 만남은 마무리된다.

그림의 주제보다 그림마다 나의 삶이 투영되는 것이 나에게는 더 소중하다. 나의 그림에서 나의 이야기가 펼쳐진다.

목각 성모자상

박면용 선생님께서 전화를 주셨다. 고려대 분석실의 박기채 교수님의 첫 제자시고 우리 모임의 큰 형님이시다. 이런저런 안부 인사를 하시고 별안간 질문이 있다고 하신다. 예수님상은 여러 재료로 제작되어 있는데 왜 성모님상은 석고상뿐이냐고, 나무로 된 성모상이 없어 3년을 국내외로 수소문했지만 구하지 못했다고 말하신다. 왜 구하려는지 여쭙지 못하고 제게 작은 목각 성모님이 있다고 말하니 반기시면서 줄 수 있냐고 하신다. 꽤 오랫동안 원하신 것 같아 드리겠다고 말했다.

오랜만에 목각 성모님을 목욕시켜 드리고 사진을 찍어 보내 드린다. "아주 단순한 목각 성모자상입니다."라는 메시지에 답장, "단순해서 아주 좋네요."

시간은 40년 훨씬 전으로 거슬러 올라간다. 71년 춘천 성심여자대학에 처음 근무를 시작하고 어느 때부터인지 경기도 광주에 위치한 소년원에 조교팀이 봉사를 다니게 되었다. 어느 여성 변호사님이 교도소 들어가기에는 어린 소년들을 모아 돌봐주는 곳이었다. 주말에 가면 새 아이들이 오기도 하고 또 익숙해진 얼굴들은 보이지 않기도 했다.

지금 기억에 남는 것은 그때 아이들과 함께 지내셨던 조각가다. 아이들이 간단한 나무 조각품을 만들면서 마음을 닦아 나가게 하는 것이 인상적이었다. 아이들 표정이 소년원에 왔을 때와 달리 점점 바뀌는 것을 볼 때 존경스런 마음이 들곤 했다. 우리는 식사를 준비해 주고 불문과로 기억되는 조교는 피아노 치며 아이들과 노래를 불렀다. 식사가 끝나면 공놀이하며 하루를 보람 있고 뿌듯하게 지냈던 생각이 난다.

그리고 우리가 떠날 시간이 되면 다 함께 손을 잡고 노래 부르며 버스 정류장까지 가던 기억, 떠나는 우리를 향해 손을 흔들며 섭섭한 얼굴로 다음 만남을 기다리던 얼굴들이 기억난다.

그런데 어느 날 정류장으로 가는 길이었다. 그때는 이름을 알았는데 지금은 까마득히 잊어버린 10대 후반 아이가 포장된 작은 것을 내민다. 목각 성모자상이었다. 정성껏 만들었을 생각에 가슴이 짠하다. 어느 날 그 아이는 일을 찾아 떠났다. 목공소에 취직이 되었다고 한다.

이렇게 목각 성모자상이 50여 년을 우리 집에서 지냈다. 목각 성모님께 특별히 기도를 많이 한 것은 아니지만 현관 앞에 성가족상과 외국 여행 때 사온 종들과 함께 모셔놓았다. 박 교수님의 말씀 때문에 그때 기억이 나서 정성껏 닦아 드렸다. 책상 앞에 모시고 보니 단아한 모습으로 오랫동안 내 곁을 지켜주셨구나 하는 생각에 새삼스럽게 가슴이 찡하다.

어느 날인가 결혼 후 남편과 함께 떡을 맞춰가지고 찾아간 적이 있다. 조각가 선생님은 인천에 작업실을 차리고 아이들을 데리고 떠났다고 하신다. 얼굴이 확연히 떠오르지 않지만 사랑 가득 나무를 만지며 누군가에게 작은 향기를 전하며 사시리라 믿어 의심치 않는다. 어쩌면 목각 성모상을 만들어 준 그 친구도 함께 일하리라. 어느 곳에서 성실히 살아가고 있기를 기도해 본다. 50여 년 세월이 흐른 지금 그때 인연의 전화가 또 다른 인연을 떠오르게 한다.

"성모님, 어머니의 보호에 저희 모두를 의탁합니다."

2021.6.17.

네잎클로버

수많은 소소한 행복이 있다
클로버 마을의 세잎클로버 같이

거기에 쑥 잎도 가끔

146

가녀린 씀바귀의 오므린 꽃도 피어 있다
더구나 씩씩하게 솟아오른
클로버 꽃도 피어 있다

개미도 기어가고
가끔 작은 벌도 앉아 있다 날아간다

그러나 이런 모습에 당연하듯
어디에 행운이 없나? 하고
네잎클로버만을 찾는다

숨어 있는 그러나 한 잎이 더해진
네잎클로버는 하나가 있어도 눈에 띈다
소소한 일상의 행복을 느끼지 못하고
행운의 기회만 크게 생각되고 눈에 띄듯이

보물 같이 찾아온 행운을
책갈피에 고이 간직한다
마르고 잊혀진 채 누워 있는
가끔 꺼내보고 순간 생각하기도 한다
다시 일상의 소중함, 행복함으로 돌아간다

그러나 이런 은총 같은 행운을 기다리며 일상을 산다.

2021.6.19.

기쁘지만 고단한 날

항상 즐겨 보던 '동네 한 바퀴'를 보면서 자다 깨다 한다. 남편도 나도 "안 되겠다." 하며 들어가 잔다. 8시도 안되었다. 불도 안 켜 보고 둘이서 그냥 잠자리에 누웠다.

　오늘은 둘째네 네 식구가 온 날이다. 재이와의 놀이들과 지완이 모습이 집 안 가득하다. 기어가던 지완이가 별안간 앙 하고 울면 안아 주고, 할아버지에게 안겨 드리면 방긋 웃는 손자 모습을 가슴 가득 받아들이고. 며느리와 두 끼 식사 준비하고 아들과 재이는 할아버지와 함께 휠체어 산책하고. 재이는 클로버와 망초꽃 따서 물에 담갔다가 두 개의 작은 컵에 꽂고. 재이 뻥튀기 너무 먹는다고 엄마 아빠는 잔소리하고. 그래도 신난 재이는 새로운 탁구치기 놀이하고. 유치원 장터에서 재이가 처음으로 사왔다고 입고 온 원피스와 거기서 산 지갑에 생전 처음 용돈도 주고.

　이렇게 하루의 역사를 만들고 아이들은 갔다. 다시 둘만의 세계다. 누군가 자식은 '소나기'라고 했던가? 쏟아지는 비처럼 하루에 모든 사랑과 기쁨과 힘듦과 서운함을 두고 제 보금자리로 떠나갔다. 잘 갔는지, 지완이가 차 안에서 울지는 않았는지? 그렇게 하루가 흘러가고 기쁨과 고단함을 안고 잠자리에 눕는다.

　잠 속에서 어떤 연장된 파노라마가 펼쳐질까? 아니면 "그래, 좀 쉬자." 하시며 단잠을 주실까? 꿈꿀 때 들리는 "오줌!" 소리를 들으며 잘 일어나 볼일 봐 드리고 꿈결에 다시 잠자리 들기를 반복할 일이 남아 있다. 이 또한 일상의 고마운 부분이다. 이렇게 하루를 지낸다.

2021.6.23.

화실 다녀오다

아빠가 앉아 있던 소파에 사람은 없고 입고 계시던 남방만 놓여 있다. 놀라서 부르며 찾으니 안방 화장실 변기에 앉아 계신다. 얼마나 오랫동안 애써서 거기까지 가셨을까. 놀라기도 하고 미안하기도 하고 한편으로는 혼자서 할 수 있는 기회를 준 것 같기도 하고 많은 생각이 든다. 대변을 보시고 다시 소파로 오셨으니 처음 하신 일이다. 그러나 혼자서 화장실에서 나올 수는 없었을 것이다. 제때에 왔으니 다행이다!

2021.7.16.

며느리와 손자 그리고 성모자상

지난 6월 19일 둘째네 네 식구가 왔을 때 며느리와 손자가 소파에 앉아 있는 모습을 핸드폰으로 찍었다. 박면용 교수에게 보낼 목각 성모상 때문일까 며느리가 손자를 안고 있는 모습을 그리고 싶어서였다. 사진을 보며 집에서 아크릴로 그리고 수정하기를 반복하고 유화로 느낌을 잡아 나갔다.

그러다 보니 어느 순간 오른쪽 빈 공간에 목각 성모상을 그려 넣고 있었다. 성모님과 아기 예수님, 며느리와 손자, 이렇게 함께 있는 두 모자상의 느낌이 좋았다.

수요일에 화실로 갖고 갔다. 두 번의 마무리 레슨으로 완성되어 사인을

성모자상 28×42㎝ oil on canvas 2021

한다. 나는 흐리게 목각 성모상을 그려 넣었는데 샘이 선명하게 부각시켜 또 다른 느낌으로 다가온다. 이렇게 두 모자상이 내 가슴에 사랑으로 각인된다.

2021.7.29.

"하느님께 갈 것 같아"

오후 5시경 휠체어를 타려고 한다. 소변을 보려고 해 휠체어를 미는데 침대로 가자고 한다. 퇴원 후부터 아침에 침대에서 나와 밤에 자러갈 때까지는 휠체어와 소파에 앉거나 눕지 침대로 가지는 않았다. 그런데 오늘은 침대로 가서 눕는다. 쳐다보는 나에게 말한다.

"아무래도 하느님께 갈 것 같아. 요 며칠 동안 그런 생각이 들어."

"나 혼자 어떡하라구." 눈물이 나온다.

"요 며칠 동안 더워서 지쳐서 그럴 거야. 나도 힘든데 뭐."

화장실로 가서 생각을 가다듬으며 진정을 한다. '모든 것이 우리 마음대로 되는 것이 아니야. 그리고 내가 보기에는 아직 갈 것 같지 않은데.' 하며 기분을 바꾼다.

다시 남편 곁에 앉아 퇴원 후 아이들이 납골당 준비한 얘기를 한다. 잘했다고 한다. 이런저런 대화를 나눈다. 일평생 삶 동안 하느님과 함께하는 것에 대해 확신이 부족했던 얘기, 큰고모 돌아가실 때 나타난 성령의 불 얘기, 그동안 감사한 이야기로 대화의 장을 마련하고 다시 거실로 나가 일상을 산다.

2021.8.20.

하늘에 계신 엄마에게

엄마, 하루하루가 왜 이리 빨리 지나 가는지요. 며칠 전(8.12)에는 다친 지 1
년이 되어 "언제 이렇게 지나갔지? 감사하기도 하네." 하며 기도도 드렸지
요. 환자 돌봄은 혼자 못 한다고 걱정하던 주위 분들도 이제는 기도로 대신
해 주십니다. 전화도 못 하시다가 어쩌다 내가 전화하면 반가워하며 "괜찮
아요? 노 교수님은?" 하고 염려해 주는 하루하루가 모여 1년이 되었습니다.
또 이렇게만 지내게 해 달라고 말씀드린 지도 일주일이 지나갔어요. 엄마
이신 성모님께서 함께해 주셔서 감사하고 항상 모범이 되어 주시고 일깨워
주시니 힘이 납니다.

　요사이 남편은 부쩍 어지럽다고 하네요. 2019년 방광암 수술 후 2년이
지났지요. 조금씩 혈뇨가 나오더니 이제는 아주 붉게 나올 때가 많아요. 오
줌을 뉘며 좀 맑으면 "좋아, 좋아." 하고 좀 붉으면 "괜찮아, 괜찮아.", "용케
견뎠지." 하며 "아파?", "아니.", "그러면 됐어." 하며 받아들였어요.

　그런데 얼마 전부터 어지럽다고 하네요. 워낙 잘 참는 사람이 이렇게 말
할 때 꽤 힘들구나 하면서 빈혈 영양제를 먹게 해도 나아지지 않아요. 그대
로 받아들이고 이 여정을 잘 마치자 하면서도 내심 걱정이 됩니다.

　이틀 전 예약 일로 큰애가 점심하러 못 온다면서 "별 일 없지요?" 묻기에
처음으로 "아빠가 어지러우시네. 국 샘과 통화하니 제주도에서 큰 전복을
주문해 미역국을 계속 끓여 드리라고 하네." 하였어요. 아이들이 걱정할까
봐 날마다 괜찮다고 했었거든요. 그런데 어제 살아있는 완도 전복 12마리
가 도착했어요. 큰애가 주문한 것이었어요.

국 샘이 전복 살과 미역을 참기름으로 볶다가 물 붓고 국간장으로 간하면 맛있다고 알려줬어요. 먼저 한 마리를 미역 넣고 끓였더니 맛이 좋았어요. 점심으로 맛있게 먹었어요. 아들을 아침 먹여 보내고 정리하니 그냥 있으면 낮잠을 잘 것 같아 홈플러스에 갔어요. 미역, 우유, 고기를 카트에 담아 터덜터덜 끌고 집으로 왔어요. 점심을 하고 남편과 소파에 앉아 TV를 보는지 잠을 자는지 모르게 깜빡 졸았어요. 남편 침대에서 1시간을 푹 자고 일어났어요. 잘했지요, 엄마!

요사이는 점심 후 한숨 자지 않으면 힘들어요. 그래도 걱정하지 마세요. 이 시골 사람 몸무게가 5kg 정도 빠지고 얼굴이 이제 우리 할머니 모습이 되었지만 드디어 세월의 흔적이 새겨졌으니 이 또한 좋지 않은가요? 그래도 산과 들로 돌아다니던 고향의 에너지가 남아 있어 끄떡없을 것 같아요.

남편에게 농담처럼 당신 먼저 보내고 내가 조금 늦게 하느님께 가는 것이 소원이라고 말하곤 하지요. 사실 그렇게 기도합니다. 그러고 보니 고향의 우리 엄마가 아빠 돌보시다 먼저 가셔서 마음 아팠고 아빠가 혼자 남으셔서 막막했던 생각이 나네요. 이렇게 그때의 엄마 나이를 넘어 남편을 돌보고 있습니다. 그 나이 되어야 알게 된다는 말처럼 이렇게 뒤늦게 깨닫는 것이 사람인가 봅니다.

그런데 엄마, 낮잠 자고 책 읽고 나만의 여유 조금 즐기고 남편과 유튜브 프로그램 '황창연 신부님의 성경 특강과 최양업 신부님 따라 하기'를 보고 나면 클로버 그림과 놀 시간은 없네요. 틈틈이 그림 그리는 것이 좋거든요. 마음 편히 그려 화실 샘의 도움을 받아 완성하는 재미, 정말 좋아요.

국민학교 시절 엄마가 미술 숙제를 대신해 주셔서 교실 게시판에 그 작품이 붙어 있던 생각이 납니다. 엄마 딸이건만 엄마처럼 그림 솜씨는 없어요. 그래도 무엇이든 열심히 하는 것이 몸에 익어서 그 끈기와 자부심으로 그림 그리고 그림일기도 썼지요. 그래서 엄마, 권영순의 글과 그림이 담긴 책도 출간했어요. 책 속에 엄마, 아빠, 손녀 그림도 많이 들어갔어요. 보시고 뿌듯하셨지요?

어느덧 저녁이 다가오고 퇴근한 큰애 부부가 걱정이 되었는지 "어머니, 아버지. 저희 왔어요." 하며 들어오지 않겠어요. 이 또한 우리 부부에게 큰 기쁨이지요. 지난 토요일은 작은애 네 식구가 와서 하늘을 날듯 기쁘기도 하고 힘들더니 오늘 또 귀한 두 보물이 왔네요. 점심에 남은 밥을 뚝딱 볶고 된장찌개를 했지요. 집밥이 제일 맛있다면서 잘 먹으니 좋아요. 넷째 동생이 보내준 복숭아 두 개를 후식으로 먹으니 금상첨화였어요.

큰애 부부가 집으로 가고 다시 우리 둘은 깜박 졸기도 하면서 TV 앞에 앉아 있다 침대로 옮기니 하루가 끝났어요. 지금은 불도 켜지 않고 책상 의자에 앉아 있어요. 하루를 돌아보고 '그래, 잘 지냈다.' 하며 멍 때리는 이 시간이 좋아요. 그러다가 묵주를 베개 옆에 놓고 누워요. 쉽게 잠들지는 못하고 다시 머릿속 필름이 돌아가지만 편안한 시간이에요. 엄마, 안녕히 주무시고 또 내일도 함께해 주세요.

2021.9.7.

엉덩방아

저녁 6시경 음식물쓰레기를 버리러 나갔다. 하루 종일 집에 있었으니 공원 길도 잠깐 걸으며 '예수님, 자비를 베푸소서. 어머니, 저희를 위하여 빌어주소서.' 하며 묵주기도를 하고 올라오니 남편이 소파에서 보이지 않았다.

안방으로 가보니 화장실 문턱을 넘지 못해 애를 쓰고 계셨다. 여기까지 오는 것도 힘들 텐데 대변을 보려고 했다 한다.

그런데 휠체어에서 내려 변기로 간 남편은 아래옷을 벗으려다가 엉덩방아를 찧고 말았다. 나는 방해가 되는 휠체어를 밀어 놓고 있는 중이었다. 다행이도 남편은 목욕 휠체어를 잡고 간신히 변기에 앉으셨다. 심하게 주저앉지 않았는지 아프다고 하지는 않는다. 힘들게 시도한 대변은 성공하지 못하고 소파에 앉으면서 한마디 하신다. "이제 혼자서는 움직이지 말아야지."

나는 가만히 남편의 손을 잡는다.

2021.9.8.

엄마

유튜브 미사 중 남편에게 평화의 인사를 한다. 아기 예수님이, 세상 모든 아기들이 엄마에게 온전히 의존하듯 몸이 불편한 남편에게 나는 엄마이다. 모든 것을 이 짝꿍에게 의존하면서 지낸다.

과연 나는 성모님같이, 우리 엄마같이, 재이와 지완의 엄마같이 모든 시간과 마음과 정성을 다하고 있을까? 눈시울이 뜨거워진다.

평화의 인사 후 미사를 마치고 자녀를 위한 기도, 성 요셉에게 드리는 호소의 기도와 큰애들의 새살림을 위해 기도한다.

"성모님, 저와 함께 계시어 당신에게서 힘을 받아 엄마 역할을 다할 수 있게 도와주소서."

2021.9.12.

내가 꼭 있어야 할 곳

미사 후 차를 몰고 오면서 FM을 튼다. 눈물이 난다. 학교로 출퇴근 왕복하면서 듣던 정다운 음악이 오늘따라 가슴에 와닿는다. 그러나 음악을 끄고 집으로 올라온다. 내가 꼭 있어야 할 곳, 남편이 기다리는 곳, 나의 집이다.

나의 삶이 있는
내가 있어야 할
내가 꼭 필요한 곳

작은 십자가가 있는
생명의 길이 있는
사랑으로 살라 하신 곳

내가 있을 자리이다
꽃자리이다

2021.9.27.

하모니카

메밀국수로 저녁을 간단히 하고 TV를 본다. 드라마에서 "나도 이제 취미생활을 해 보려고." 하면서 우쿨렐레를 남편에게 보여 주는 장면을 보고 나도 말한다. "당신은 음감도 있고 악기 했으면 참 좋았을 텐데."

일본 유학 시절 샀던 악기들과 하모니카 둘 다 놀고 있다. 혼자 생각해 본다. '그래, 지금이라도 늦지 않았을지 모른다. 시도하게 해 보자.'

하모니카를 입에 대어 드린다. 그런데 이게 웬일, 유창하게 분다. 야마하 하모니카 소리가 좋다. "무슨 노래할까? 뭐든지 다 할 수 있어." 하시길래 내가 '10월의 어느 멋진 날에'와 '성가 50과 471'을 흥얼거렸다. 옆에서 듣고는 하모니카를 분다. 세상에! 그래 이거야. 멍하니 눈 감고 앉아 계신 것이 늘 마음이 아팠는데 하모니카를 불게 해 드려야겠구나! 이 음치도 덩달아 노래를 하며 거의 1시간가량 이 노래 저 노래를 하모니카로 불었으니 놀랍기만 하다. 나는 악보 보고도 간단한 피아노곡 치기가 힘들다. 남편은 노래 멜로디만 듣고 그걸 악기로 소화해 낸 것이다. 오랜만에 침대로 오는 시간이 10시가 되었다.

작은 희망이 생겼다. 늦었다고 할 때가 가장 빠른 때이다. 입술 움직임이 잘 안된다고 하지만 할 수 있을 것이다. 이것이 또 다른 작은 희망이다. 재이가 올 때 할아버지가 하모니카를 불면 놀랄 생각을 하니 가슴이 떨린다.

2021.10.2.

산책길

산책길에 나섰다. 남편의 몸 상태와 날씨가 적합하고 나의 무릎이 괜찮다고 동의했기 때문이다. 엘리베이터에서 나와 계단 옆 경사길로 내려간다. 싱그런 가을바람이 좋다. 나무 사이로 보이는 하늘이 푸르다. 새소리도 정겹고 어느새 매미 소리는 들리지 않는다.

  공원길로 들어서니 울창한 가지로 터널을 이룬 나무들이 오래된 아파트에 사는 행복을 준다. 유모차를 옆에 세우고 벤치에 앉은 아기 엄마, 아기에게 "까꿍." 하니 천사의 눈망울로 방긋 웃는다. 흔들의자에서는 노부부가 우리를 바라본다. 눈인사하며 미소를 보낸다. 저만치서 지팡이를 짚은 할아버지가 할머니에게 몸을 의지한 채 불안한 움직임으로 걸어오신다. 노부부와 우리 부부는 서로 바라보며 무언의 감사 인사를 나눈다.

  공원 놀이터에서 아이들 재잘거리는 소리가 들린다. 어떤 귀여운 천사가 우리를 신기한 듯 바라본다. 내가 미소를 띠고 반기니 갑자기 "안녕하세요?" 인사를 남기고 뛰어간다. 플라스틱 딱지치기 하는 아이들도 반갑다. 그래, 우리는 종이를 접어서 놀았지. 요즘은 플라스틱 딱지구나! 한참을 바라본다. 플라스틱 딱지가 잘 돌아누울까 싶은데 탁 치면 잘 엎어지는 것이 신기하다. 남편이 휠체어에서 일어서 매달리는 운동을 하니 도와 드린다. 나는 소나무 숲속으로 들어간다. 흙의 감촉이 좋고 솔향이 마음에 스며든다.

  다시 휠체어를 밀며 중학교 옆 공원길로 들어선다. 우리가 산책할 때 앉던 찔레꽃 옆 의자가 보인다. 남편이 걸어서 산책할 수 있었을 때 신고 있던 운동화가 고마웠던 기억이 난다. 그 운동화가 멋있어서 사진 찍어 그림으로 남겼었다. 같이 손잡고 걸으며 산책했던 그때가 그립다. 그 단계가 지나 이제 나는 휠체어를 밀고 남편은 묵묵히 앉아 잘 보이지 않는 눈으로 바라보고 온갖 자연의 소리를 들으며 산책을 하는 것이다. '이것도 어느 때인가 감사하며 기억하겠지.' 하며.

그런데 저 앞에서 할머니 한 분이 오시다가 무슨 생각에 잠긴 듯이 우리를 유심히 바라본다. "안녕하세요?" 하며 인사를 하니 "영감님 생각이 나서요." 하며 이야기를 하신다. 6년을 돌보시던 할아버지가 이제는 병원에서 산소호흡기를 끼고 계신단다. "집에서 그리고 휠체어를 타고 함께 있을 때가 좋았어요." 하시며 눈물을 글썽이신다. 나도 먹먹하다. "가끔 가세요?" "가긴 가지만 자꾸 집에 가자고 하시는데 집에 오면 금방 돌아가실 것 같아서…" 하신다. 어쩔까! 할 말이 없다. 우리 셋이서 멍하니 서로 바라보다가 나는 다시 휠체어를 민다. 함께 있다는 것은 행복이구나! "할머니, 힘내세요. 저도 힘낼게요."

이렇게 하루하루가 똑같은 듯 다르게 흘러간다. 돌아와서 목욕시키는 나의 손길이 유난히 가볍다. "개운하지요?" 끄덕끄덕. 이렇게 감사한 하루가 지나간다.

2021.10.8.

오늘의 풍경

"어째서 장소는 그대로 남아있는데 풍경들만이 사라져버리는 것일까? 우리가 살았던 풍경들이 다른 풍경들에게 장소를 내주고 사라져버리는 것처럼 우리들도 언젠가

다른 사람들에게 이 세상을 물려주고 떠나야 할 것이다."《최인호의 인연》

'6시 내고향' 프로가 끝나기도 전에 졸립다며 방으로 들어가신다. 덕분에 나는 옆에서 숨소리를 들으며 호젓하게 책상에 앉아 있다. 시편과 지혜서를 읽는다. 언젠가 이 풍경도 사라지고 혼자서 TV 보고 옆의 숨소리 없이 책상에 앉아 있다가 이마저 물려주고 나도 떠날 것이다.

많은 풍경이 바뀌는 것을 보았다. 고향집이 큰 창고로 바뀌고 영종 집이 사라지고 양쪽 부모님이 돌아가시고 언젠가 우리도 떠나고 자식들이 그리고 손녀손자가 같은 변화를 보며 살아갈 것이다. 이것이 삶이다. 이 여정에서 '영원한 삶'에 대한 막연한 믿음이 점점 눈앞에 보이는 것 같다. 편안하게 그리워하며 받아들일 수 있기를 바랄 뿐이다.

2021.10.9.

아름다움

"하느님의 말씀을 듣고 지키는 이들이 오히려 행복하다."(루가 11,28)

오랜만에 재이와 지완이의 떠들썩함에 사는 것 같다. 작은애는 돈가스를, 큰애들은 초밥과 전복죽을 주문하고 나는 처음으로 반찬가게에서 산 4가지 반찬과 오징어볶음과 밥을 준비한다. 근사한 점심이다. 그리고 다음 일요일 10월 17일 재이 생일을 앞당겨 초코케이크로 생일파티를 연다.

눈물 나게 감격스런 남편의 하모니카 '생일 축하합니다' 연주 후 다 함께

앞당긴 재이 생일파티 2021년 10월 9일

노래 부르기, 할아버지가 주는 생일 축하금, 큰아빠가 아이들과 노는 모습. 모두 아름답다. 그리고 작은며느리가 "형님!" 하며 큰며느리와 대화하는 모습은 더 아름답다.

이제 우리 둘만 남아 전복죽 데워 먹고 TV 보며 어눌한 대화를 알아들으며 손잡고 앉아 있다. 이 또한 언젠가 그리울 아름다움이다. 피아노 소리, 크레용과 아크릴 물감 그림을 할머니 할아버지에게 선물한 재이의 동글동글한 눈, 지완이의 울음소리에 담긴 삶의 아름다움을 우리 둘의 가슴에 남기고 갔다. 이렇게 여덟 식구의 하모니가 만드는 아름다움으로 살아간다.

이것이 노년의 아름다움이다.

2021.10.12.

남편에게 나는 내 입장만 내세우는 율법학자요 바리사이이다. 무슨 말을 하는지 못 알아듣겠다고, 왜 그런 말을 반복하냐고 내가 알아듣게 말하라고, 아니면 그만 말하라고 큰 소리로 화를 내버렸다. 남편의 굳은 표정이 스친다. 아차! 30여 년 전 치매를 앓으신 시아버님 돌봐드릴 때하고 무엇이 달라졌나! 진심으로 받아들이지 못해 화를 낸 것이 똑같다.

남에게 보이기 위해, 잘하는 척하기 위해, 신앙인이니까 이 정도는 해야지, 예수님인 것처럼 돌봐야지 하면서 남편을 대한 것은 아닐까? 40여 년을 나한테 잘해줬으니 내가 돌보는 것이 당연하다고 생각하면서도 마음속 깊이 사랑하며 잘 해온 것일까? 마음이 쓰려온다.

"미안해, 여보! 오래 내 곁에 머물러줘요!"

2021.10.13.

엄마 기일

오늘은 수원 엄마 기일이다. 칠보산 묘소에서 11시에 제사를 모시고 다섯째 농장에서 점심을 한단다. 카톡에 막내가 이 소식을 전한 후 며칠 동안 고향으로 달려가고픈 마음에 생각이 어수선했다.

　이 방법, 저 방법 궁리해 보고 큰애한테 얘기도 했다. 그랬더니 어디 가려할 때 미리 알려 주면 주환이가 아빠와 함께 있고 큰애는 나를 차에 태워 이동하겠다고 한다. 고맙지만 그렇게까지 할 필요는 없다. 나는 하루 대중교통 타고 스쳐가는 풍경을 바라보고, 가고 싶은 곳에 가서 만나고 싶은 사람들과 떠들고 싶을 뿐이다.

　오늘 기일 얘기를 국 샘에게 했더니 무릎보호대와 한방 파스를 갖고 깜짝 만남을 위해 먼 길을 와 주었다. 고맙고 또 고맙다. 그러나 자유롭게 운신할 수 없는 날들 안에서 나의 동반자와 함께 또 다른 하루를 지내야 한다.

　아침 기도 후 눈물을 흘리고 어젯밤의 화냄을 사과했다. 우리는 일상에서 하느님을 내 삶의 중심에 모시고 하느님의 사랑을 실천하면서 살아야 한다. 기쁘게 감사하면서!

2021.10.26.

건망증

밤새도록 무슨 꿈을 꾸었는지 일어났다 화장실 갔다 다시 잠들기를 반복하며 새벽 5시 지나 깨었다. 물 한 컵 마시고 매일 하는 대로 변기 속 적외선 등을 켜고 앉았다. 목 운동, 손 운동, 장 운동을 한다. 10분 후 개운하게 가벼워져 차가운 물로 세수하고 약한 소금물로 코와 입안을 헹군다. 방으로 돌아와 남편의 소변 운동을 도와주고 있는데 '아차!' 하며 빨래를 널지 않은 생각이 났다. 무언가 할 일을 마무리 못 한 느낌의 원인을 찾았다.

뒷 베란다 불을 켜고 '빨래를 널어야지.' 하며 보니 세탁기의 빨간등이 반짝이며 웃고 있다. 53분 숫자가 보이고 비눗물이 흥건한 게 빨래 대기 상태였다. 그리고 보니 세탁기 뚜껑을 안 닫았다.

아이고! 빨래를 안 널고 잔 것이 아니라 뚜껑을 안 닫아 빨래가 진행되지 못한 것이었다. 뚜껑을 닫고 시작버튼을 누른다. '나 이제 빨래한다.'며 돌아가는 소리가 난다. '아차, 너무 이른 시간이네.' 하며 전원을 끈다. 방에 들어와 메모를 하며 생각한다.

기억력이 부족하고 잘 잊어버리는 것은 알았지만 점점 심해지는 것 같다. 그래도 다행인 것은 크게 마음 상하지 않고 '워낙 그랬었으니까.' 하며 받아들이고 '이제 나이도 먹을 만큼 먹었으니까.' 하며 당연하게 생각한다. 그래도 마음을 다잡고 하나하나 일상에 최선을 다하면 '저 이제 왔어요.' 하며 즐겁고 행복하게 주님을 뵐 날이 오겠지. 날이 밝으면 다시 전원을 켜리라!

2021.11.1.

잡초 토끼풀 생명, 이건 꽃이야

올봄과 여름은 토끼풀과 함께였다. 행운의 네잎클로버를 발견해 뽑았다가 다시 제자리에 꽂고 핸드폰 사진을 찍었다. 며칠 지나 작은 캠퍼스에 풀어낸 것을 시작으로 50호 캔버스에 '푸른 생명의 우주'인 자연의 초록빛 향연과 그림자, 행복과 행운, 삶과 생명, 이웃 사랑이 빨려 들어갔다. 보이는 듯 보이지 않는, 항상 존재하는 일상의 작은 기적 속 은총의 나날이 되었다.

그림의 주제와 느낌에 따라 소소한 하루하루가 흘러간다. 흐드러지게 피어 있어 별 관심도 받지 못하던 작은 클로버들에서 나는 일상의 잔잔함을 본다. 넘어야 하는 힘듦도 있지만 그 안에 숨어 있는 사랑 행복 행운의 의미를 찾아간다. 그렇게 거대한 초록 우주 속으로 들어간다.

2021.11.13.

토끼풀

초록의 향연
삶과 사랑의 여정

소소한 행복
거짓말 같이 내리는 행운

토끼풀 밭 50P oil on canvas 2021

작은 일상 속에
언뜻 비치는 은총

작은 보랏빛 꽃
비상하는 민들레 홀씨

응원하는 토끼풀
든든한 흙 속에 퍼지는 뿌리
줄기, 꽃 그리고 사랑이 모인 잎
뽑아내기도, 뽑아내어도
줄기차게 끈질긴
삶의 힘듦과 언뜻 느끼는 행복
그리고 은총

삶의 여정을 클로버에서 배우리

2021.11.18.

여정

1980년 4월 26일 혜화동 성당 혼배미사를 앞둔 어느 날 처음으로 영종 시댁을 방문했다. 인천에서 고기잡이 어선 같은 작은 여객선 아래 칸에 타고 영종 뱃터에 도착했다. 영종에는 하루 네 번, 배 시간에 맞춰 버스가 다녔다.

첫 방문 8P oil on canvas 2023

뱃터에서 시댁 남듸까지는 버스로 10여 분 정도 걸렸다. 면사무소, 중고 등학교, 성당, 절이 있는 작은 읍내를 지나 산모퉁이를 돌아 농기구 수리집 을 지나니 감나무와 향나무가 있는 빛바랜 푸른색 대문이 열려 있었다. 동 네 분들이 모였는지 마루에서 아주머니들이 반갑게 맞이해 주었다.

43세 총각이 신붓감을 선보인 시간은 빠르게 지나 마지막 배에 맞춰 뱃 터로 떠나야 했다. 예비 남편과 함께 버스에 올랐다. 깡 시골 사람인 나에게 도 남듸 시골 모습은 정겨웠다. 가슴이 따뜻해지며 시댁이 이렇게 생기는 구나 하는 생각이 들었다.

그런데 잘 달리던 버스가 갑자기 멈추어 섰다. 고장이 났다는 것이다. 예 비 신랑이 뱃터로 걸어가면 이미 배가 떠났을 거라고 말한다. 그리하여 둘 이서 걸어 다시 남듸로 돌아갔다. 도착하자마자 앞집 이장 댁에 가서 함께 자취하고 있던 동생들에게 전화를 걸어 상황 설명을 하고 내일 갈 거라고 말했다. 그때부터 진짜배기 동네잔치 저녁 준비가 시작되었다.

이웃들이 잡아온 해산물과 밭에서 가져온 채소로 저녁상을 차려 먹고 안 방에 모두 모여 신부 놀려먹기가 시작되었다. 시어머님과 아버님, 예비 남 편은 웃기만 하고 그 시험을 통과하는 것은 내 몫이었다. 옛날 사진첩을 꺼 내 남편의 일본 유학생 시절 미남 사진을 보여 주며 "신랑이 훨씬 잘 생겼 네!" 하며 놀려먹기도 하였다. 나는 워낙 미모에 자신이 없으니까 "그렇네 요." 하며 웃음으로 응수하고. 이렇게 무르익을 무렵 시아버님이 우리 둘의 사진을 찍으셨다. 약간 어색한 듯한데 내가 활짝 웃는 모습이다. 흔하지 않 은 나의 파안대소가 담긴 소중한 사진이다.

이렇게 동네 분들이 가시고 시아버님은 친구 댁으로 마작하러 가셔서 그 날 밤을 예비 시댁에서 지내게 되었다. 나는 건넛방에서, 시어머님과 예비 남편은 안방에서 잤다. 이렇게 첫 방문 후 2003년 영종도가 수용될 때까지

30년 가까이 사랑하는 '영종 집'이 되었다.

그 후 세월이 많이 흘러 두 아들이 결혼하고 작은아들에게서는 손자손녀가 태어났다. 작년 2020년 2월 큰애까지 결혼하니 세상 걱정거리에서 벗어나 노부부의 삶을 평온히 지내고 있다.

아, 그런데 40년 전 나의 웃는 모습 사진을 큰애가 자신의 결혼식 스냅사진에 넣어 보여 주었다. 그래서 영종 뒷뜰에서의 우리 부부, 2019년 파킨슨으로 불편한 남편과 둘이 손잡고 걸어가는 뒷모습, 학교에 근무하던 젊은 교수 모습, 칠순에 개봉동 피정의 집에서 작은 잔치를 하는 모습, 여든이 된 모습, 큰애가 결혼하고 루멘에서 찍은 우리 부부 모습 등 많은 초상화가 그려졌다. 작년 8월 넘어져 고관절 수술 후 휠체어를 타게 되었는데 그때 소파로 옮겨 앉아 있는 모습도 그렸다.

이렇게 40여 년 여정에 많은 일들이 오가고 '늙어 가는 것이 아니라 익어 가는' 우리의 모습을 많이도 그렸다. 그림을 취미로 하는 노년의 행복을 만끽하는 '덕분에' 감사하고 감사해하며 지낸다.

지난 4월 26일에는 결혼 40주년이라 케이크에 초 4개를 꽂고 큰애 부부와 작은 파티를 열었다. 촛불 켜고 우리 둘이 손잡고 바라보는 모습을 찍은 사진이 내 핸드폰에 남아 있었다. 그래서 갑자기 40년 전 영종에서의 사진과 40주년 결혼기념일의 우리 부부의 초췌한 모습을 그림에 담아 보기로 하고 열심히 스케치를 하게 된 것이다.

40여 년의 세월 동안 달라진 모습이 보인다. 후회 없는 여정이기도 하다. 이제 84세와 77세의 이 시간을 함께 지내는 것에 감사하다. 흘러간 세월에 얼굴이 초췌한 것도, 나이 들어 아플 수 있는 것도 큰 축복인 것 같다.

이 소중한 둘만의 시간이 언제까지일지 모르지만 숨소리 들으며 잘 수 있는 것, 오줌 뉘이며 바라보는 것, 함께 식사하는 것, 좋은 날이면 같이 산책하

우리 부부 3S oil on canvas 2021

소파에 앉은 모습 2F oil on canvas 2021

고 TV 보며 어눌한 목소리 들으며 알아듣는 척 이야기하는 것, 이 모든 것이 감사의 순간으로 흐르는 것이다. 우리 40여 년의 마무리 삶의 여정이다. 활짝 웃는 40년 전 그 웃음이 조용한 연민과 사랑의 미소로 마무리되고 있다.

풀잎 꽃밭

작은 풀잎 꽃밭
거기에 사랑이 있고
행복이 있구나!

민들레의 홀씨를 응원한다
날아가 새 생명을 이루라고
이름 모를 보랏빛 꽃은
이웃이 된다
위로 솟아오른 친구를 바라본다

보이지 않는 곳에
작은 개미들, 지렁이들
그리고 더 작은 생명들을
품고 있겠지

감사하며 하루하루를
어울려 산다

그 속에 은총이 내린다
작은 풀잎 꽃밭에서!

2021.12.9.

믿음

드라마 시청을 끝내고 클래식을 트니 무소르그스키의 '전람회 그림' 연주가
나온다. 이 음악이 나오면 돌체 시절의 신 화백님과 본인이 음악 속 각 장면
을 그림으로 풀어내 돌체에 전시했던 것이 생각난다. 지금은 하늘나라에 계
신다. 우리 삶은 그런 것이다. 우리도 언젠가 모든 것을 놓고 떠날 것이다. 떠
난 우리를 누군가가 인연의 정으로 기억해 준다면 이 또한 감사한 일이다.
　이 세상 여정을 어떻게 지내다 마무리할까를 생각한다. 아직 천상 식구
들과의 만남이나 천상 현존이 깊이 느껴지지 않는다. 기도의 말과 마음속
생각이 따로따로이니 언제 '믿음'이 살아 움직이게 될까?

2021.12.12.

목소리

새벽 미사 전에 삼종기도를 바친다. "주님의 천사가 마리아께 아뢰니…."
기도 시작부터 나온 나의 목소리가 점점 잦아들고 남편 목소리는 거의 알

아들을 수 없을 정도로 속으로 숨는다. 그래도 다 아는 기도문이니 끝까지 바친다. 하루를 시작하는 마음을 주님께 바치는 예식이다.

소파에 나란히 앉아 TV를 본다. 점심 먹고 30분, 저녁 후 2시간 정도이다. 남편은 TV에서 어떤 장면을 보고 떠오른 생각이나 또는 별안간 얘기하고픈 주제가 있을 때 잦아드는 목소리로, 거의 속으로 삼키는 목소리로 이야기를 시작한다. 귀를 기울여 듣거나 얼굴과 입을 쳐다보고 들어도 어떤 때는 무슨 얘기인지 전혀 감을 잡을 수 없다. 더구나 TV에서 재미있는 장면이 나오면 눈은 TV를 보며 대답만 "응? 응?" 하며 건성으로 들을 때가 있다.

그런데 어제 저녁은 TV를 꺼버리고 돌려 앉으며 "무슨 얘기인지 알아들을 수 없잖아!" 하며 정색을 하고 바라보았다. 남편은 무안한지 가만히 있다가 그 참을성 많은 성격에 약간의 회오리바람이 스쳐 간 듯한 표정을 보인다. 아니, 이 느낌은 나의 마음인지도 모르겠다.

잠시 시간이 흐른 후 힘을 들여 "요소수 말이야." 하며 요사이 TV나 라디오에 많이 나오는 화제를 꺼낸다. 아까 TV 뉴스 보며 내가 "중국에서 수출 규제를 왜 했을까?" 질문 던진 것을 지금에서야 본인이 알고 있던 지식을 전달하려는 것이다. 어쩌면 그다지 관심도 없고 지금은 그 얘기를 할 필요도 없는데 말이다. 이것이 노년의 우리 대화이다.

조금 지나서 오상한 교수가 보낸 메시지가 생각났는지 위드 코로나가 되어 12월 13일 모임 갖는다는 편지를 읽어 주고는 같이 근무했던 김 교수에게 어렵게 전화를 돌린다. 나는 설거지 중이었고 남편은 무어라고 하더니 간단히 통화를 끝낸다. 그러더니 이야기를 꺼낸다. "김 교수가 귀가 잘 안 들린데. 그래선지 말이 어눌해. 잘 나오지 않는 목소리로 그동안 잘 지냈냐고 인사하는데 나도 잘 들리지 않아." 하며 김 교수와의 통화 이야기를 하는 것이다. 아, 노년의 힘든 소통이여!

가만히 생각해 본다. 젊을 때의 이런저런 힘듦이 지나니 노년이 되어 아프고 잘 안 보이고 잘 안 들리고 말도 잦아드는 것은 너무 당연하다. 이 또한 행복한 일이 아닐까? 혹여 일찍 죽었더라면 노년의 이 과정을 겪지 못했을 것 아닌가? 새삼 지금의 이 여정이 당연하고 감사하다.

밤새 여섯 일곱 번씩 오줌 누이고, 나는 앉아서 남편은 누워서 유튜브로 아침 미사 참례하고, 뽀뽀로 평화의 인사하고, 자녀를 위한 기도하고, 7시경 휠체어 타고 거실로 나와 아파트 바깥 풍경과 밝아 오는 하늘을 바라보게 하고, 나는 아침을 준비한다. 함께 먹고 음악을 듣는 이 시간들이 아름답다. 힘든 것만 생각하면 결코 이 순간들을 여유롭게 즐기지 못할 것이다.

그동안 책 읽고 돌아다니고 이야기하고 듣는 것을 많이 했으니 조용히 지내는 이 시간도 만끽해야 하지 않을까? 그리하여 훗날 남아 있을 우리 중 하나가 이 시간을 감사하게 생각하며 후회 없이 추억할 수 있지 않을까? 오늘 이렇게 또 하루를 시작한다. 날마다 비슷하지만 그러나 오늘은 단 하루뿐이니 참 소중한 날이다.

2022.1.10.

나이 듦과 코로나

한 선생에게서 전화가 왔다. 김봉근 선생님이 전화를 했는데 2019년 돌아가신 노현희 교수 소식을 이제야 들어서 남궁 선생께 전화했는데 계속 안 받는다고 한다. 그래서 한 선생도 남궁 선생에게 전화했으나 응답이 없어 걱정스러우니 나보고 연락이 되냐고 묻는다. 10여 일 전 통화했지만 나도 염려가 돼 걸어 보니 답이 없으시다. 다행히 오후 4시경 남궁 선생님이 전화를 주셨는데 별다른 일은 없고 이 일 저 일 바쁘셨다고 한다. 휴!

며칠 전에는 홍경자 선생님이 시집을 보내 밤늦게까지 훑어보고 잠이 들었다. 그런데 이튿날 홍 선생이 전화하셔서 시집이 나왔는데 주소를 알려달라고 하신다. 둘이 한참을 웃었다. 그리고 하시는 말, 일상에서 소소한 일을 시로 써 모으고 또 조금씩 돈이 모이면 시집을 낸다고. 시와 돈이 모이면 일을 벌인다는 얘기가 너무 실감이 난다. 여러 권의 시집을 자비로 내시는구나.

그러니 나의 그림 이야기책 '권영순의 그림이야기' 《그리움, 그림이 되다》와 《그림, 삶이 되다》는 너무나 당연한 일이지 싶다. 이렇게 나이 들어서도 계속 그림 그리고 무언가 끄적거려 흔적을 남기는 것만으로도 행복한 일이다.

나의 이야기가 기억의 둥지를 털고 나와 그림 이야기책이 되고 소중한 사람들과 나눌 수 있음에 감사하고 또 감사하다.

2022.1.17.

소통

남편의 말이 어눌해져 하고 싶은 말이 목소리로 나오지 않고 나오긴 해도 무슨 말인지 이해할 수 없어 소통에 어려움을 겪는다. 그래서 볼펜으로 종이에 원하는 말을 써 보게 했지만 힘이 없어 무슨 글씨인지 모르겠다.

며칠 전 화이트보드에 부드러운 펜으로 쓰면 힘 안 들이고 쓸 수 있을 것

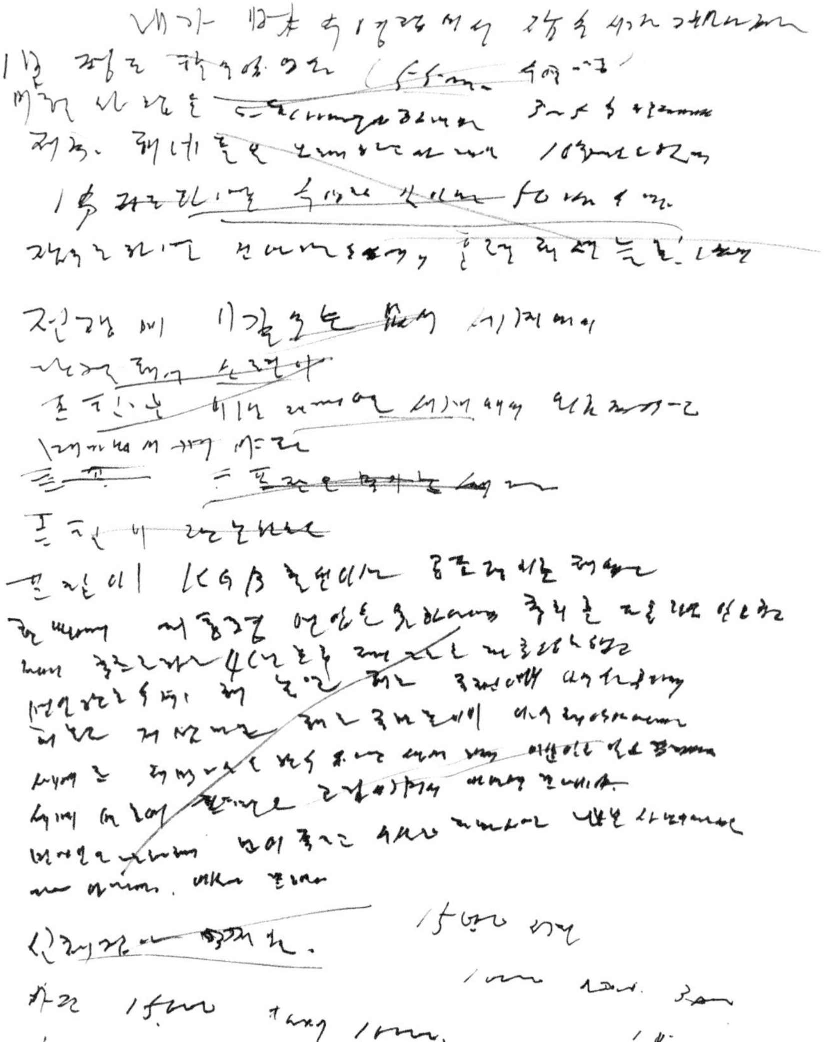

아빠 글씨 2022년 어느 날에

같아 페이펄문구에서 사왔다. 오늘 밤 애기를 열심히 하는데 못 알아들었기에 시도해 보았다. 글로 쓴 것을 못 알아보기는 마찬가지였다.

그래! 꼭 필요한 것만 서로 몸짓으로 알아들으면 됐지. 무슨 말이 그렇게 필요한가! 듣는 나도 답답하지만 내가 못 알아들으니 말하는 남편은 더 답답할 것이다. 그래도 기본적인 것은 소통하니 감사하며 그냥 받아들이자.

2022.1.19.

해바라기

요즘은 화실에서도 집에서도 해바라기를 그리고 있다. 샘이 작업실 주변에 심고 가꿔서 찍은 사진이 그림의 기본이다. 그동안 작은 해바라기 그림을 여러 장 그렸다. 모두 새 주인을 찾아갔고 '웃는 해바라기'와 '아프리카 아저씨 해바라기'만 남아 있다.

어느 날 국 샘이 4S 크기의 해바라기 그림이 좋다며 가져갔다. 그런데 베트남 가 있는 아들이 베트남 아가씨와 결혼할 예정인데 그 아가씨가 카톡에 해바라기 사진을 올릴 정도로 좋아한다는 것이다. 그래서 국 샘 아들의 신혼집에 해바라기 그림을 그려 주겠다고 약속했다.

그래서 조금 크게 12P에 해바라기를 그리고 있다. 샘의 사진 속 해바라기 모습이 자연스럽고 자유롭다. 그래서 붓질도 자유롭게 흘러간다. 이 그림이 완성되면 또 다른 나눔이 이어질 것이다.

바라기

"해바라기야, 해 바라기야
 너만 해 바라기냐? 나도 해 바라기다"
호박꽃이 말했다.
키 큰 노란 엄마 꽃도 말했다
"나도"
주위의 모든 꽃들, 노란 민들레
토끼풀, 나팔꽃, 냉이꽃
모두 합창을 한다
"나도, 나도"
해바라기가 말한다
"그래, 우리 모두는 해 바라기야, 바라기"라고

2022.1.23.

우리 부부

이제 나는 78세 남편은 85세입니다
엄마가 아기 유모차 끌듯이
남편은 휠체어 타고 나는 밀고 이동합니다
그러나 밥은 혼자 먹습니다
숟가락 드는 법 처음 배운 두 살배기같이

식사 후 오전 오후 소파에 앉아 손잡고 함께 TV 봅니다
젊어서는 오랫동안 많이 떨어져 살았는데 말입니다

나는 잊어버리기를 잘 합니다
냉장고 문은 왜 열었나? 멍하니 서 있기도 하고
빨래해 놓고 널지 않을 때도 있습니다
마트 갈 때 안경은 써도 마스크 안 쓰고 그냥 나가려고 하고
그러나 아직 남편은 정신이 말짱합니다
손을 입에 대고 마스크 쓰라고 알려줍니다
비록 말은 어눌하고 잘 보이지 않고 걷지도 못 하지만
기억력이 좋은 것을 감사하며 지냅니다
반면에 나는 무릎이 아프지만
세끼 밥 해 주고 이 닦아 주고 오줌 뉘고 목욕시키고
소파, 침대로 이동하는 것 도와주고
안경은 쓰지만 눈도 잘 보입니다
이렇게 하루하루 지내다 보면
서서히 기억과 몸이 떠나는 날이 오겠지요
그러나 오늘은 내가 그의 아내인 줄 알고
나는 그가 나의 남편인 줄 알고 보살펴 줄 수 있습니다
하루하루 감사한 날입니다

40여 년 전 늦은 나이로
서로 모르는 사이가 만나 부부의 연을 맺고
두 아이를 낳고 시부모님과 함께 살다가 먼저 가시고

아이들도 짝 만나 떠나가고 이제 다시 둘이 남았습니다

아기로 태어나 부모님 보살핌받다가
이제 다시 아기가 되어 짝꿍의 돌봄이 필요한 나이
돌봄을 받는 남편, 미안해하지만 아직 돌볼 수 있음에 감사합니다

아기로 태어나 다시 아기로 돌아가는 세월
그것이 인생이겠지요
이제 우리에게 '고향'이라는 갈 곳이 남아 있습니다

_ 2022년 1월 23일 이생진 시인의 '아내와 나 사이'를 읽고 써 보다.

2022.1.28.

이발

어제 큰애가 7시경 저녁을 먹으러 왔다. 급히 된장찌개 데우고 남은 카레를 차려 주니 맛있게 먹는다. 식사 후 아들은 핸드폰 보고 나는 부엌 정리를 하는데 남편이 무언가 얘기하려는 것이 보였다.

급히 다가가 "왜?" 하니 얼굴을 문지르며 "면도." 하며 아들에게 면도를 해달라는 것이다. 깔끔하게 면도를 하고 싶으신 것이다. 가끔 자동면도기를 쓰지만 긴 수염이 잘 깎이지 않아 가위로 잘라줘도 시원하지 않은 모양이다. 아들이 금방 알아듣고 재래식 면도기를 준비해 거품크림을 수염 있는 턱에 바르고 면도를 시작한다. 나는 따뜻한 물에 수건을 적셔 들고 바라

본다. 꼼꼼하게 면도하고 물수건으로 닦아 드리니 이게 웬일, 미남으로 변신하셨다. 아들은 아들대로 아주 오랜만에, 아니 처음으로 아빠에게 무언가 해 드려서 뿌듯해하고.

그러고 나니 내가 말한다. "아예 이발까지 해 드리면 어때?" 언젠가 아들이 아빠 이발해 드린다고 군대 있을 때 이발병을 해 보았다는 생각이 나서다. 그런데 이래저래 해서 시도를 못했다. 최근 2년간의 이발은 94년 이사 와서 계속 다니던 이발소 사장님이 오셔서 한 번 그리고 윤의원 다녀오다가 그 1층 미용실에서 휠체어 타고 들어가 한 번 그리고 내가 두 번 가위로 깎아 드린 게 전부였다. 아들이 "그럴까." 하며 새 이발 기구를 찾아온다. 나는 가리개를 앞뒤로 둘러 머리카락이 바닥으로 떨어지지 않게 받쳐 준다. 이렇게 시원하게 가위로, 이발 기계로 오랫동안 머물던 머리카락이 떨어져 나간다.

세 사람이 합동작전으로 시작한 이발은 깔끔한 다른 모습으로 남편을 바꾸어 놓았다. 세 사람 모두 기분이 좋았다. 특히 아들 얼굴에서 처음으로 아빠에게 마음을 다해 무언가를 해 드렸다는 흐뭇함이 배어나오는 것을 느낄 수 있다. 이제 아빠의 면도와 이발은 큰애가 즐거이 담당할 것이다. 그래, 자식한테 불편함을 주지 않으려고 내가 모든 것을 다 해야 한다는 생각이 잘못되었음도 알게 되었다. 아이들이 우리를 위해 보람 있고 기억에 남는 일을 하도록 하는 것도 중요하다.

모든 일이 끝나고 셋이서 아빠를 사이에 두고 앉아 TV 보며 얘기를 나눈다. 내가 잠깐 부엌에 간 사이에 아빠와 아들이 얘기를 한다. 볼링 이야기인 것 같다. 주제가 무엇이든 남편은 얘기하려고 노력하고 아들은 들으려고 귀를 기울이니 그 자체만으로도 아름다운 일이다. 오늘 저녁 새로운 깨달음을 주셨다.

1991년 미국 대학 체류 중 남편이 초등 2, 3학년이던 아들들과 내 머리를 깎아 주던 생각이 난다. 이제 30년 세월이 흘러 우리 부부는 돌봄받는 사람이 되고 아들들은 돌보는 입장이 되었으니 그 관계가 아름답다.

유치원에서 며느리가 일이 끝났다고 연락이 와 아들은 떠나갔다. 흐뭇한 저녁의 기억을 남기고 그 보람을 가슴에 새기며 오늘 밤은 아주 단잠을 잘 것 같다.

2022.2.2.

함께

젬마야! 그래, 밤을 지내고 나니 어떠니? 마음이 좀 가벼워졌니? 지금도 무언가를 던져 깨트리고 싶니? 아직도 답답하니?

옆에 있는 사람도 "내가 더 답답하고 힘들다."고 소리 지르고 싶을 것이다. 그런데도 너의 마음이 안타깝고 미안해서 '그래, 말 안할게.' 하고 그냥 입 다물고 네 손만 꼭 잡아 준 게 아닐까?

그걸 바라보는 내 마음은 어떻겠니? 너만 힘든 순간, 던져버리고 싶은 순간이 있는 게 아니다. 이 모든 것을 바라보고 함께 느끼는 내 마음은 무너진단다. 너희를 사랑하기 때문에 너보다, 네 곁에 있는 사람보다 훨씬 더 많이 아프단다. 지금도 십자가에 못 박혀 너희 삶의 크고 작은 힘듦과 아픔, 잔잔한 기쁨과 사랑을 바라본단다. 이렇게 함께하며 너희가 삶에서 '나의 바라봄'을 알아주기를 기다리고 있단다.

젬마야, 나는 너보다 더 아파했고 지금도 아프구나. 그리고 계속 너희를 사랑하는 아픔으로 함께한다는 것을 알아주렴. 나도 '그렇지! 예수님은 이 세상 모든 아픔을 품어 안으셨기에 나보다 더 아프셨지. 예수님의 아픔에 비하면 나의 아픔은 작은 모래알인데 세상 전부인 것처럼 힘들구나.'라고 말하는 너의 아픔을 안단다.

그러나 젬마야, 나에게는 너의 작은 모래알 아픔들도 소중하단다. 이것이 모여 사랑이 되고 믿음이 되고 희망이 된단다. 오늘도 자그마한 일들이 일어나고 받아들이고 아파하고 기뻐하며 살아가자. 나도 네 안에서 너보다 더 힘들어하고 기뻐하면서 함께한다는 것을 늘 잊지 말아라.

"네, 주님. 그래도 젬마와 아오스딩이 그동안 잘해왔고 또 잘하고 있지요?"

"그래, 젬마야! 울지 마라. 또 힘내서 지금, 이 순간을 살자. 우리 서로 응원하자. 파이팅."

2022.2.5.

수호자

아침에 일어나 세수하고 책상 앞에 앉으니
성경책 위에 놓인 작은 기도문
'성 요셉께 드리는 호소'가 눈과 마음에 들어온다

"마리아의 지극히 순결하신 배필이시며
나의 가장 사랑하올 수호자이신
성 요셉이여, 생각하소서.

당신의 돌보심을 애원하고
당신의 도우심을 청하고 버림받았다 함을
일찍이 듣지 못하였나이다
우리도 굳게 신뢰하는 마음으로
당신께 달려들며
열절한 정신으로 의탁하오니
오, 구세주를 기르신 아버지시여,
나의 기도를 못 들은 체 마옵시고
인자로이 들어 주소서 아멘."

2020년 2월 1일 큰애 부부가 결혼해 신혼생활을 시작하고 갤러리 겸 사진관인 루멘을 오픈하고 2021년 말까지 매일 아침 우리 부부가 드리던 기도문이다. 여기에 다음과 같은 기도를 덧붙였다.

"성 요셉님, 당신이 목수로 살아가면서 성가정을 이루셨듯이 우리 요한이가 좋아하는 루멘 사진관을 통해 행복해지고 경제적 자립을 할 수 있게 도와주소서! 미카엘라와 함께 성가정을 이루게 하소서. 아멘."

매일 새벽 평화방송 미사를 하고 아침 기도를 마무리하면서 바친 기도문이다. 요셉 성인께서 들어 주심을 매 순간 느낄 때면 감사하는 마음이 날로 더해갔다. 이 모든 것은 나이 40이 되어 가는 요한이가 경제 활동을 하지 않다가 며느리를 만나 급격히 이루어진 커다란 선물이었다. 우리를 볼 겸 일주일에 서너 번 집에 와 점심을 먹다가도 손님 전화를 받고 달려가는 모습이 그렇게 아름답고 감사할 수가 없었다.

그렇게 감사드리며 2년의 시간이 지나고 올해 초 요셉 성인을 놓아 드렸다. 다른 이의 절실한 기도와 함께하시기를 바라며 마음속에 품어 드렸다.

"나의 가장 사랑하올 수호자이신 성 요셉이여, 함께하여 주소서!"

2022.2.6.

병자의 날에

"깊은 데로 저어 나가서 그물을 내려 고기를 잡아라."(루가 5,4)

　나에게 지금 깊은 곳은 어디일까? 한 걸음 더 다가가 온 마음을 다하도록 해 주소서. 듣지 못한다고 외면하지 말고 입 모양 손 모양으로, 온몸으로 말하려는 바를 알아듣고 느끼고 공감할 수 있도록 해 주소서.
　나의 가장 '깊은 곳'은 지금 여기 남편임을 잊지 않도록 해 주소서.

2022.2.16.

쑥

마음은 쑥을 뜯고 봄 향기가 가득한데 날씨는 쌀쌀하다. 언젠가 햇빛 가득 받으며 쑥을 뜯고 도란도란 나누는 얘기 속에 고요와 사랑이 흘러들어 퍼지겠지.

2022.2.18.

원선오 신부님

새벽 유튜브 미사 끝나고 제1독서와 복음의 중심 말씀을 쓰기 전에 성가 한 곡 들으려고 눌렀는데 갑자기 서강대학 시절의 헙스트 신부님 사진이 떴다. 어떻게 헙스트 신부님이? 돌아가셨는데…. 자세히 보니 닮기는 했지만 살레시오 수도회의 원선오 신부님이셨고 작곡하신 성가가 흘러나왔다. 그래서 성가집을 찾아보니 신부님이 작곡한 성가가 여러 곡 있었다.

구글에 검색하니 1928년 이탈리아에서 태어나 사제서품받으시고 일본에서의 8년 후 한국에서 20년 동안 광주 살레시오고등학교에 봉직하시며 성가를 많이 지으셨다고 한다. 50세에 아프리카로 가서서 지금까지 40년을 지내셨다고 한다. 평화방송에서 원 신부님과 85세의 공 신부님을 모시고 작곡하신 성가로 찬양하고 아프리카에서의 생활을 보여 주는 감동적인 영상을 2시간가량 보았다. 아프리카에 학교 100여 곳을 설립하기 위해 그 연세에 한국에 방문하신 것이다. 온전히 일생을 바치신 그 모습이 눈물겨울 정도로 거룩하고 아름답다.

한 사람 한 사람의 삶이 소중하고 귀하다. 사랑받고 사랑하는 삶일수록 더욱더 그렇다! 헙스트 신부님, 김수환 추기경님, 이태석 신부님처럼 세상 곳곳에서 당신들의 여정을 묵묵히 살다 가신 분들과 지금 살아가는 분들이 있어 세상은 아름답고 살 만하다.

2022.2.21.

성모님께 드리는 편지

"성모님, 어머니…. 엄마!"

　오늘 아침은 잠에서 깨어나 당신께 이야기하고 싶어 가만히 누워 있었습니다. 감히 엄마의 삶에 비교할 수 없지만 나의 삶을 떠올리고 당신의 삶을 생각했습니다. 엄마는 아들 예수님과 함께 우리 삶 하나하나를 소중하게 생각하고 사랑하시며 보살펴 주셨습니다. 그래서 지나온 삶과 지금 살아가는 날들이 한 여인의 삶인 당신의 여정과 겹쳐졌습니다.

　당신이 가브리엘 천사의 인사로 잉태 소식을 들었을 때 16살이나 18살이셨겠지요. 그러나 저는 20년 더 후인 38살에 첫아들 요한이를 낳았습니다. 엄마! 저는 축복 속에 제왕절개로 순탄하게 요한이를 낳고 시부모님과 아줌마의 도움을 받아 교수로서의 생활을 계속하며 지냈습니다. 고맙게도 금요일부터 월요일 새벽에는 남편의 도움도 받았습니다.

　다시 당신을 생각합니다. 어린 나이기에 얼마나 당황하셨을까요? 그러나 어머니는 "주님의 종이오니 그대로 내게 이루어지소서." 하며 받아들이셨습니다. 약혼자 요셉의 마음도 헤아려봅니다. 남모르게 파혼하려던 요셉은 천사의 도움으로 당신의 짝꿍, 예수님의 아빠 그리고 성가정의 가장으로 묵묵히 당신 곁을 지키셨습니다.

　성화 속 성가정의 모습을 떠올립니다. 나귀에 엄마를 태우시고 호적 등록하러 고향 베들레헴으로 가시는 모습, 마구간에서 아드님을 낳으실 때 옆에서 돌보시던 요셉 성인, 헤로데를 피해 이집트로 피난 갈 때의 고난, 나자렛으로 돌아와 목수 일로 생계를 이어 가며 평화로운 나날을 보내는 모습이 눈에 선합니다. 저는 목공소에서 일하는 아빠 요셉과 아들 예수만 그렸지만 어느 성화에는 엄마가 두 분 옆에서 뜨개질하며 바라보고 계셨습니다. 저도 평화로운 그 모습을 상상해봅니다.

세월이 흘러 12살이 되신 예수님과 함께 예루살렘에 갔을 때 어린 예수님을 잃어버리신 심정과 사흘 만에 성전에서 찾았을 때 두 분의 기쁨은 어떠했을까요? 저희와 똑같은 부모 마음으로 야단치시고 어린 아들의 손을 꼭 잡고 나자렛으로 돌아오셨겠지요. 그 후 예수님이 공생활을 시작하실 때까지 성가정에서 일어난 많은 일들을 저는 상상해봅니다.

성경에 기록되지 않았지만 그 사이 당신의 남편이며 영원한 우리의 수호자, 예수님의 아빠는 세상을 떠나셨겠지요. 당신의 간호와 사랑과 아픔이 느껴집니다. 든든한 버팀목이신 예수님이 당신을 위로하셨어도 얼마나 마음과 몸이 힘드셨을까요.

엄마! 요셉 성인이 돌아가셨을 때의 당신 마음은 제게 깊은 울림이 되었습니다. 저도 2020년 8월부터 또 다른 단계의 여정에 들어왔습니다. 남편은 파킨슨으로 10여 년 불편을 겪으면서도 저에게는 크게 신경 쓰지 않게 해 주었습니다. 8월 낙상으로 고관절 수술하고 누워 있다가 휠체어에 의지해 지금 상태에 이르렀습니다. 그래서 그동안 남편 몫이었던 설거지, 빨래, 청소가 이제 제 몫이 되고 돌보는 몫까지 맡게 되었습니다.

그래서 가만히 당신과 요셉 성인의 관계, 저와 남편 아오스딩과의 관계를 생각해 보았습니다. 함께 산지 40년이 넘도록 저는 세탁기 돌리는 방법도, 청소도 모르고 지냈습니다. 제가 하는 일이라고는 밥 챙기는 정도였지요.

어머니, 저는 참 엉터리 마누라였습니다. 남편 몸이 불편해지고 나의 도움이 꼭 필요하고서야 '그래, 이제 내가 해야 할 일은 남편 곁에 붙어서 그동안 받은 사랑 돌려주는 일이다.'라고 생각하게 되었지요. 힘들 때 가끔

목공소에서 요셉성인과 예수님 23.3×49㎝ oil on canvas 2021

은 화가 불끈 나기도 하지만 지금껏 잘 지내왔고 앞으로도 잘 지낼 거라고 생각합니다. 어머니와 요셉께서 항상 모범이 되어 주시고 지켜봐 주시니까요.

오늘 새삼스럽게 두 분 삶을 생각하니 힘이 나는 하루가 될 것 같습니다. 엄마에게도, 저의 70여 년 삶에게도 감사드립니다. 두 분 사랑합니다. 엄마 마리아, 아빠 요셉이시여!

2022.3.1.

기도

"하느님이 우리와 함께하시며 사랑을 실천하라고 아드님 예수 그리스도를 통하여 모범을 보여 주셨습니다. 그러므로 당신의 현존과 영원한 생명을 믿고 하느님과 이웃을 사랑하는 것이 우리의 삶입니다. 주님, 사랑으로 인도하소서. 저와 함께하시어 하루하루가 이 모든 것을 살아가는 생생한 현장이 되게 하소서. 아멘."

"하늘에서 아파트 창 안을 바라보시며 그 안에 사는 사람들을 기억해 주소서. 나뭇잎의 살랑임, 바람 소리, 새소리를 들을 때 당신의 향기를 느낄 수 있도록 마음을 움직여 주소서. 전쟁이 멈추게 하시고 서로의 아픔을 공감하여 울게 하소서. 예쁜 사람, 미운 사람, 무관심한 사람, 모두의 마음을 당신의 눈길로 건드려 주시어 웃게 하소서. 진심으로 평화롭게 당신을, 이웃을 바라보게 하소서. 아멘."

소박한 기도 속에서 오전에는 해바라기를 그리며 가을 향기를, 오후에는 쑥을 그리며 봄을 기다린다.

2022.3.3.

맛

간단한 저녁 식사 후 소파에 나란히 앉아 있다가 내가 묻는다. "점심에 미역국 맛있었어?", "응, 처음에 한 숟가락 먹을 때만 조금 맛이 느껴지다가 그다음에는 몰라. 언제부턴가 맛을 못 느껴." 마음이 쓰려온다. 손을 꼭 잡는다. 그랬구나, 그랬어. 그런데 먹어야 한다고 이 '먹이기쟁이'가 막 먹였구나!

한참 있다가 "그런 것도 파킨슨 증세 중에 하나?", "응.", "그래도 이렇게 옆에 함께 있으면 됐지 뭐." 하며 태연한 척한다. 아니, 척하는 것이 아니라 사실이다. 지금까지 견뎌오고 곁에 머물러 있는 것만으로도 감사할 뿐이다. 걷는 것, 눈으로 보는 것 뿐 아니라 모든 것이 다 불편한데도 불평 한마디 없이 묵묵히 받아들여서 대단하고 또 감사할 뿐이다. 내가 곁에서 할 수 있는 것은 시중 조금 들고 강제로 밥 먹으라고 하는 정도다. 앞으로 몸에 다른 불편이 와도 잘 견뎌주소서!

오늘도 이렇게 어제 일을 돌이켜 보며 하루를 시작한다.

'너의 근심, 걱정을 주님께 맡겨라. 그분이 너를 붙들어 주시리라.'

2022.3.8.

산책

베란다 창문을 열어 보니 햇빛도 좋고 산책도 할 수 있을 것 같아 남편에게
묻는다. "오랜만에 산책할까?" 겨울 내내 집에만 있어서 얼마나 답답했을
까? 준비하고 공원길로 나간다. 놀이터에서 노는 아이들 소리, 의자에 앉아
서 해 바라기를 하시는 할머니들이 정겹다. 신일중 공원길을 한 바퀴 돌고
11단지 장터로 향한다. 우유와 사과, 도토리묵을 사고 다시 산책길로 들어
서 공원 의자 옆에 휠체어를 세워놓고 사진을 찍는다.

두 아들에게 카톡으로 사진을 보낸다. "오랜만의 산책." 큰애는 "어이쿠!
차 조심, 엄마도 걸어 다닐 때 조심." 작은애는 "날씨가 많이 따뜻해지기는
했네요." 하고 답장을 보내온다. 집으로 돌아와 목욕하고 둘 다 개운한 마
음으로 소파에 손잡고 앉아 있다. 오랜만에 느끼는 봄날 산책의 기쁨이다!

2022.3.12.

호박 일기

늦가을 어느 날 넷째 동생이 싸리골 농장의 온갖 채소와 커다란 늙은 호박
두 개를 가지고 왔다. 신도에서 온 쌀과 함께 우리 식구 1년 먹거리다. 호박
들은 집 안에서 고향 향기 풍기며 늘 묵직한 웃음을 짓고 있다. "언제 끓일
거야? 나는 준비가 되어 있는데. 너희 밥이 되는 것이 내 일이고 내 즐거움

호박 일기 3S ×4 oil on canvas 2022

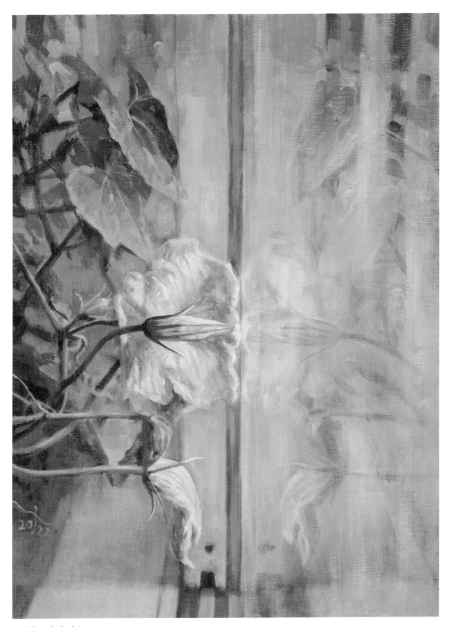

그대는 나의 거울 8P oil on canvas 2022

인데." 하며.

몇 달 지나 묵직한 나무도마 위에 놓고 칼로 씨름하니 조금씩 갈라지며 노란 실타래 같은 속살 속에 씨가 가득 보인다. 그런데 웬일? 성급한 씨앗 몇 개가 그 속에서 손가락 크기의 싹을 틔우고 있었다. "생명이다!"

한참을 바라보다 싹 두 개를 들고 앞 베란다로 향한다. 감자 줄기가 자라고 있는 큰 화분의 흙을 파내 심었다. 물을 듬뿍 주고 들어와 잘라 놓은 호박을 보글보글 끓이니 맛있는 노란 호박죽 저녁 식사가 되었다.

한참이 지난 어느 날 노란 싹 두 개가 "덕분에 나 살았어요. 고마워요." 하며 흙 위로 얼굴을 내민다. 나는 식물 기르기에 별 관심 없이 살아왔다. 시아버님이 남겨 주신 화분도 관리를 제대로 안 하고 어쩌다 물을 주다 풀이 보이면 '반가워라.' 하며 바라보는 게 고작이었다. 그런 내가 하루에도 서너 번 넘게 살펴보며 마른 듯싶으면 물을 준다. 어느 때 보니 줄기가 자라 제법 호박잎 모양이 생기는 것이 아닌가. "솜털까지 났네. 아가 같다."

날씨가 점점 추워지고 있다. 베란다 식물들이 고군분투하는 사이 두 호박잎도 살아남으려고 움츠리고 있다. 어느 날 보니 호박 한 그루는 누런색을 띠며 힘들어 하고 또 한 그루는 씩씩하게 버티고 있었다. "추워하고 있구나."

연약한 놈을 작은 화분에 옮겨 심고 물을 듬뿍 줘 집 안으로 옮겨 놓았다. 그래서 한 그루는 사돈댁에서 보내온 호접란과 함께 거실 유리 창문 안쪽에서, 다른 형제는 베란다에서 감자 형제와 살게 되었다. 싹이 많이 난 감자가 있어서 심었는데 추위에 상관없이 신나게 자라기에 그 옆에 호박싹도 심은 것이다.

그 후 베란다 안쪽 호박은 매일 쑥쑥 자라 꽃봉오리까지 맺는 것이 아닌가. 그래서 노란 줄을 매달아 기대서 자라게 해 주었더니 어느 날 아침 노란 호박꽃이 피었다. 첫 번째 호박꽃이다!

매일 바라보고 사진 찍고 기록하고 자매들에게 사진 보내는 일이 즐거움이 되었다. 손녀 손주 사진 보여 주며 '할머니 바보'가 된 수요일 화실에서 이제는 '호박꽃 바보'가 되어 버렸다. 호박을 집에서 키우는 사람은 처음 보았다며 호박꽃 사진을 보고 신기해한다. 이것이 코로나와 우크라이나 전쟁 소식으로 힘든 나의 겨울에 소박한 기쁨이 되었다.

이제는 그림으로 진짜 행복을 만들어 가고 있다. "그래, 노오란 행복의 호박꽃을 그림으로 그려 맘속에 남기자. 그리는 기쁨은 또 얼마나 좋던가!"

즐거이 캠퍼스 중앙에 노란 원을 두 개 그린다. 어느새 지고 있는 꽃의 여운과 싱싱한 초록색 잎, 베란다 창에 비친 그림자도 그린다. 이제 기쁨과 행복의 시작이다. 이렇게 호박꽃 덕분에 하루하루를 기쁘게 산다.

그대는 나의 거울

그대는 나의 거울
그 님 닮아가는
노오란 얼굴되리

지금은 비록 희미하지만
조금씩 따르다 보면
마음속에
그 님 그릴 수 있지 않을까?

어느덧

희미한 색 그림자 남기고
형태마저 쭈그러져 사라지면
흙으로 떨어져 자연으로 돌아가리

그 님 모습
간직하고 그리워하며
한 줌 작은 거름으로 돌아가
나의 거울, 그 님께 달려가리

그래서 그 님,
"날 닮았다" 하며 반겨 주시면
밝은 미소 띠며 안겨
그 님과 함께하리
영원히!

_ 거실 창에 비친 호박꽃을 그리며

노란 호박꽃, 어제 오늘 내일

오늘 아침도 어김없이 밝은 모습으로 우리를 반기는 호박꽃 한 송이. 지난 3일 동안 추위로 먼저 피고 지던 형님 꽃들과 어깨를 나란히 하고서 활짝 열린 마음으로 자신을 열어 보인다.

　오후에는 꽃봉오리를 오므려야 하지만 오전의 햇살 짧은 시간을 아쉬워하지 않으며 '은혜로운 때, 구원의 시간'인 지금을 충실히 산다. 친구여, 사랑한다.

날씨가 따뜻해지고 있다. 밖 베란다에 심은 감자 잎과 줄기가 누렇게 변해간다. 옆에 있는 호박을 잘 자라게 하려고 감자를 캐보니 감자 다섯 개가 보물처럼 나온다. 감자 옆에서 겨울을 잘 견뎌낸 호박을 화분 가운데로 옮겨 주고 "잘 자라렴. 네가 씩씩하게 자라 거실에 있던 네 친구의 역할을 해 주렴." 하고 말한다. 겨우내 노란 꽃으로 기쁨을 주던 호박 친구 대신 잘 자라 기운을 북돋아 주겠지. 파이팅!

2022.3.19.

그림 소통

충미 씨가 카톡으로 그림을 보내 왔다. "눈물처럼 봄비가 내렸어요. 이제 마음에도, 지상에도 따스한 봄이 찾아오겠지요." 두 팔을 벌리고 하늘을 바라보며 빗방울을 맞는 인상적인 그림이다. 이렇게 삶의 여정을 그림으로 풀어낼 수 있는 슬픔과 행복이 있어 좋다.

나도 그리고 있는 호박 그림 사진 두 장을 보냈다. "실내에서 핀 호박꽃을 그리고 있습니다. 노오란 희망의 색이 좋아요.", "함박 피어난 노란 호박꽃, 큰 위로가 되었어요." 이렇게 그림으로 마음을 주고받을 수 있어 감사하다.

은행가는 길에서 안나 씨를 만났다. 미사 가는 중이라고 한다. "저 그림 시작했어요. 아크릴로 혼자서요. 이제 두 번째 그림을 그리고 있는데 너무 좋아요." 내가 더 좋아하며 "잘하셨어요. 배우지 않고도 그림을 그리니 대단해요." 안나 씨가 성당 갔다 와서는 그린 그림 사진을 보내왔다. 꽃이 피어 있는 벌판에 애드벌룬이 떠있는 멋진 그림이다. 나도 핀 호박꽃 사진과 해바라기 그림 사진을 보내며 "왜 제가 더 신나지요?" 하면서 응원한다. 이렇게 그림으로 소통하는 친구가 또 생겼다.

2022.3.21.

해바라기 그림을 보내며

국길숙 선생님의 아들 유현재 님께.

2010년 어느 봄날 정동 '품' 스튜디오에 군복을 입고 들어오는 현재의 인상적인 모습이, 10여 년이 훌쩍 넘은 지금 멀리 이국땅에서 인연을 만나 가정을 꾸리려고 준비하는 새신랑 현재의 모습을 상상하게 만듭니다. 앞으로 펼쳐질 행복한 삶을 응원합니다. 노오란 따뜻한 희망의 꽃을 그리며 사랑을, 어느 시인의 시로 축하를 보냅니다.

해를 따라가며 산다고
해바라기 꽃이라고 하네
님 따라 살며 숨 쉬는 나의 모습
해바라기처럼
늘 바라만 보아도 좋으니
사랑이여 내게로 오라고 손짓하고 싶네

_ 2022년 3월 21일 새벽에 권영순 젬마

2022.3.26.

봄비

어젯밤부터 내리던 봄비가 오늘 새벽에도 계속 내린다. 일산 아파트 단지에도, 공원 잔디밭과 자동차를 세워 둔 주차장에도 내린다. 물 많은 호수공원과 정발산에도 내린다.

고향 까치골에도 내리겠지? 전국적으로 내리는 비로 곳곳에서 봄을 준비하는 생명들의 환호성이 들린다. 10여 일간의 화마로 고통받는 산야도 푹 적셔주며 위로한다. 고통을 이겨내고 새 삶을 준비할 수 있게 골고루 봄비가 내린다.

어지러운 인간 세상에도 이처럼 시원한 비가 내려 씻어 주고 위로하고 또 야단칠 일은 야단치면 좋으련만. 그리하여 사랑과 평화의 싹이 자라나 여기저기서 아름다운 새 생명들이 활짝 웃는 모습을 볼 수 있으면 좋겠다. 이 봄비에 2년 넘게 모두를 힘들게 하고 많은 생명을 앗아간 코로나도 사라지면 좋겠다.

봄비가 내리는 새벽, 빗소리와 함께 생명들의 소근거림과 환호성을 듣는다. 하늘의 소리와 대지의 응답이 함께 울린다.

2022.3.29.

휠체어 산책

2시쯤 햇볕 쐬려고 함께 나선다. 쏟아지는 햇빛이 아기 새싹들과 노니며 반갑다고 소곤거린다. 분홍 진달래가 나 내일이면 필 거라며 수줍게 웃는다. 가장 반가운 건 놀이터에서 뛰어다니는 아가들이다.

휠체어를 멈춰 발걸이를 옆으로 밀어 놓으니 짝꿍이 봉을 잡고 일어난다. 짧은 운동을 오랜만에 한다. 다시 휠체어를 밀어 우리은행과 동사무소를 지나 횡단보도 건너 정육점 앞에 세운다. 오랜만에 주인과 인사하고 우족과 사골을 사서 휠체어 뒷손잡이에 거니 안성맞춤이다. 손으로 들고 가려면 힘들었을 텐데.

집에 돌아와 물에 담가 핏물을 빼는 동안 목욕을 시키고 나도 씻는다. 남편을 소파에 앉히고 나는 우족을 큰 들통에 넣고 물을 붓고 끓인다. 끓어오른 첫 국물을 버리고 다시 새 물로 끓이기만 하면 된다. 수시로 체크하니 뽀얀 국물이 계속 우러난다. 맛있게 먹을 생각에 벌써부터 뿌듯하다. 정환이에게도 나눠주고 한참 동안은 국물 걱정 안 해도 되니 오늘 하루는 큰일을 한 것 같다. 오전에는 호박꽃과 어제 오늘 그리고 내일도 함께한다.

2022.4.8.

생일을 맞이하며

넷째한테서 카톡 메시지가 왔다. "언니, 내일 언니 집에 가려는데 어떠신지요?" 4월 10일 내 생일과 엄마 생일을 맞이해 이것저것 엄마의 향기를 전해 주려는 마음이 고맙고 또 고맙다. 나는 나대로 요사이 계속 엄마한테 가서 동생들 만나고 그 장소와 공기 속에 푹 빠지고 싶어 어떻게 하면 갈 수 있을까 머리를 이리저리 굴려 보다가 마음을 접고 고요히 있는 상태이다.

전화를 걸어 동생 목소리를 듣고 그것으로 대신한다. 그래, 이 시기가 지나가면 마음 편히 만나겠지. 긴 여운이 섭섭함을 남긴 채 전화를 끊게 하지만 그래도 그 마음 고마워라!

봉성체와 고향 향기

햇빛은 좋은데 날씨는 좀 쌀쌀하다. 산책은 생략하고 점심 후 '시에스타'를 즐긴다. 처음으로 청소기를 돌리다 어깨에 무리가 갔지만 할 만했다. 물걸레질도 하고 면도와 목욕까지 5시가 다 되어 겨우 끝났다. 그런데도 준비가 다 안 된 것 같다. 내일 신부님 방문을 말하지 않았는데 미리 알리면 신경쓸까봐 아침 식사 후에 말할 생각이다. 괜한 걱정일까?

봉성체날 아침에 보니 아기 호박이 제법 커졌고 꽃도 노란색을 보여 내일이나 모레는 필 것 같다. 어제 넷째에게 걱정을 토로했다. "여러 개의 아기 호박이 떨어져버리고 처음으로 한 개가 어느 정도 커졌어요. 필 수꽃이 없는데 이 암꽃을 어떻게 수정하지요?" 까치골 농장의 넷째가 보낸 답이 가장 현실적이다. "호박잎이나 드세요. 호박꽃은 피면 시들기 전에 따서 된 장국에 넣어서 드세요." 두 개의 수꽃을 부침개에 얹어 먹은 적은 있지만 어찌 그러리요. 애지중지 바라본 사랑스런 애기 호박과 봉오리가 어찌 이리 예쁜지 나에게 "힘을 내요." 하는 듯하다.

10시 40분경 "택배 놓고 갑니다."라는 문자 받고 문을 열어 보니 다섯째가 보낸 택배가 놓여 있다. 그리운 고향의 향기가 도착한 것이다. 안으로 들여놓고 문을 닫으려는데 이번에는 주님의 천사들인 본당 부주임 신부님, 수녀님, 구역장들이 "문이 열렸어요." 하며 들어오신다.

수녀님이 흰 제대보 위에 봉성체 예식 준비를 하시고 촛불을 켜신다. 신부님의 낭랑한 소리가 집 안에 울려 퍼지고 남편은 오랜만에 성체를 모신다. 나도 함께. 신부님과 남편은 봉성체 예식으로 교감하고 신부님은 축복을 주신다. 성당 자매들과 수녀님이 발을 씻기시는 예수님 그림으로 향하더니 그림방으로 들어가 얘기하신다. 나의 첫 책 《권영순의 그림일기》를 드리니 서로 감사하는 인사를 남기시고 떠나신다.

이렇게 눈 깜짝할 사이에 봉성체 방문이 이루어진다. 함께 소파에 앉아 눈을 감고 쉰다. 그것도 잠시, 고향의 방문을 시작해야지 하며 택배상자를 열어 보니 고향 마음이 담긴 '어머니 나물들'이 가득 차 있다. 매실장아찌, 파김치, 고추장아찌. 사랑을 전하는 주님의 향기가 느껴진다.

단단히 포장한 상자에는 청계알과 계란 4개, 뽁뽁이가 가득 찬 상자에는 커다란 거위알 세 개와 작년 수확한 대추 두 봉지가 담겨 있다. 거위의 아픔이 있던 날짜까지 적혀 있다. 덕분에 점심 밥상에는 매실장아찌, 고추장아찌, 파김치, 어머니 나물들이 자리를 차지해 입맛을 돋우어 주었다. 다섯째에게 "고맙소." 하고 인사까지 보내고 나서야 고향 방문이 마무리되었다.

농장 모습이 훤하다. 거위 두 마리가 뒤뚱거리며 제부를 쫓아다니고 동생은 "거순아, 거돌아." 하며 거위들을 부른다. 작은 닭장에는 청계들이 모이를 먹고 암탉 수탉들이 섞여 공동체를 이루고 있다. 이렇게 고향의 향기를 만끽하는 사이 누군가와 나누고 싶어 마음이 부푼다!

어제부터 청소하고 면도와 목욕시키기까지 한꺼번에 하다 보니 어깨가 아파 온다. 한숨 자고 싶은데 동생이 해바라기 그림의 크기를 물어 본다. '그래, 5월 중순 비행사로 복귀하는 상준에게 액자 해 준다는 핑계로 화실에 가야지.' 하며 연락하고 거위알 하나, 달걀, 청계알 7개, 마른 대추, 족탕한 팩을 챙겨 나가니 샘이 공원에 앉아 있다. 받은 향기를 쏟아내면 퍼져 나가는 기쁨은 정말 크다.

벚꽃, 목련도 피고 산수유도 다 피었다. 풀밭에는 새싹들이 움트고 민들레, 반지꽃들이 여기저기 웃고 있다. 새들이 날아다니고 공기는 따숩다. 액자 세 개를 주문하니 오늘의 여정이 마무리된다. 아니, 다시 집으로 와 손잡고 앉아 눈 감고 '쉼'이 필요하지!

2022.4.10.

부활성사

남편이 5시도 안 된 새벽녘에 거실로 가겠다고 한다. 내가 빨리 준비해 6시 미사에 가도록 하기 위해서다. 평소보다 좀 일찍 도착해 성모님께 인사를 드리고 보니 추 신부님께서 수녀원 쪽에서 오신다. 인사하니 잘 지내시냐고 물으신다. 상황을 얘기하고 성사를 못 보았다고 하니 그대로 의자에 앉아 성사를 주시겠다고 한다.

오랜 습관 때문인지, 부담스럽다는 핑계 때문인지 고해소에 들어가 고해성사 하는 것이 어렵다. 서강에 있을 때는 헙스트 신부님과 응접실에서 이야기를 나누면 성사가 되고 성심에서도 사목실 신부님과 마주 앉아 대화하는 것이 성사가 되었다. 더구나 갈멜 신부님과는 이런저런 사는 이야기를 하는 것이 성사이다 보니 고해소의 딱딱한 분위기 속 고해는 잘 되지 않는다.

이렇게 추 신부님 덕분에 이른 부활성사를 선물처럼 보게 되었다. 감사로 하루를 시작한다.

쑥떡

국 선생님이 내 쑥 그림을 보고 거문도에서 맛있게 먹었던 쑥인절미가 생각나 주문한 쑥떡과 쑥카스테라를 보내 주셨다. 받자마자 하나 먹어 보니 쑥 향기가 입안에, 몸 안에 가득하다. 봄날 고향에서 자매들과 쑥 캐던 생각이 나, 가고 싶은 마음에 그리움을 담아 쑥을 그리기 시작했는데 맛있는 쑥떡을 먹게 해 주니 고맙기도 하여라!

쑥떡을 화실 샘께 주고 싶어 다섯 개를 담아 놓았다. 볼일 겸 들린 은행에서 나를 위해 수고해 준 직원에게 두 개 주니 할아버지와 함께 살아서 떡을 좋아한다며 점심으로 먹겠다고 한다. 기쁨은 나눌수록 배가 된다.

그래도 가장 큰 기쁨은 쑥을 그리면서 따스한 햇볕을 즐기며 쑥 캐던 추억을 그리워하고 그때의 행복을 되새기는 일이다. 그래서인지 쑥 그림은 그리면 그릴수록 점점 마음에 든다.

쑥 8M oil on canvas 2022

쑥을 자세히 보니 참 아름답다. 쑥을 길러낸 땅과 흙 속의 물, 햇빛, 온갖 작은 생물들의 생기가 느껴진다. 쑥국, 쑥버무리, 쑥개떡, 쑥인절미. 아유, 맛있어라!

우리 온다고 절구에 떡을 찧는 엄마 모습이 참 그립다. 저녁으로 쑥떡 한 개씩 먹으니 더 좋다.

2022.4.19.

물김치

황창연 신부님 집회서 강의를 듣고 나서 물김치 만드는 유튜브가 있길래 보았다. 오이 6개와 알배추 두 포기로 만든다. 내가 만드는 방법과 다른 점은 4등분한 오이 속을 도려내고 썰어 소금에 절였다가 끓는 물 1L 부은 후 찬물에 씻는다. 그러면 아삭아삭하다고 한다.

산책 겸 휠체어의 남편과 함께 화요장터로 가 재료를 사갖고 들어온다. 소금에 절이고 1시간 정도 자고 일어나 만들고 보니 백물김치가 되었다. 사진을 찍어 자매 카톡에 올리니 다섯째가 "와, 엄청 맛있겠네요. 난 왜 물김치를 잘 안할까?" 한다. "아직 젊어서 그래." 하고 답장을 보냈다. 나보다 다섯 살 젊으니 그 애도 71세. 젊다고 말하니 웃음이 나지만 모든 것은 상대적이다. 사실 젊지 않을까? 아직 농장일도 열심히 하고 살림꾼이니까.

이제는 떠먹을 국물이 없으면 밥 먹기가 빡빡하다. 부드럽고 술술 넘어가는 국물이 좋은 나이다. 그래도 마주 앉아 맛있게 먹을 수 있으니 우리도 젊고 좋은 시기이다. 이렇게 감사한 하루를 보낸다.

2022.4.27.

아파트

요사이 거실 화장실 수도꼭지가 건들건들하다. 그래서 작은 플라스틱통을 걸어 놓고 새는 물을 받아 소변통 헹굴 때 쓴다. 어느 때부터인가 타일 바닥에 검은 알갱이가 자꾸 떨어진다. 아마 수도꼭지를 고정시킨 고무가 삭아서 떨어지는 모양이다. 무심한 나는 그러려니 하고 지내는데 큰애가 왔다가 세심히 살펴본다.

"집이 오래돼 이것저것 고쳐야하네." 하면서 변기도 여기저기 살펴본다. 변기 밖에서도, 변기 안에서도 "나를 고쳐 주세요." 하며 아우성치는 소리가 들린다. 그동안 버리지 못해 구석구석에서 집의 일부처럼 자리를 차지하고 있는 오랜 세월의 흔적들을 알고도 그러려니 내버려두었다. 우리와 함께 나이 들어가고 있으니 정겹게까지 느껴졌다. 마치 고향집 여기저기 멍석, 농기구, 누렁 강아지, 양은그릇, 큰 통이 자연스레 자리를 차지하고 있듯 이 아파트에서도 그렇구나 하며 지내고 있었다.

그러나 아들 입장에서는 고치고 바꿔야 하는 일이 되어 버린 모양이다. 그래서 내가 먼저 "내일 관리실에 연락해서 고쳐 달라고 할게." 하며 신경 쓰지 말라고 넌지시 말한다.

이 아파트는 94년 5월에 입주했다. 신도시인 일산 아파트는 한적하고 주변 환경이 잘 정리되어 있어 좋았다. 개봉동 원풍아파트가 재건축되면 다시 이사 가려고 하던 때였는데 초등 6학년, 중 1인 두 아들이 어느 날 "엄마, 그냥 일산에서 살자." 해서 지금까지 28년을 살아온 집이다. 역곡 성심 교정까지 왕복 2시간의 출퇴근길은 음악을 듣는 즐거운 시간이 되었고 퇴직 후 지금까지 행복하게 살고 있다.

2003년 남편 퇴직하고 큰애 군대 가 있고 대학생인 작은애는 군대 가기로 결정되었을 때였다. 아파트 내부를 리모델링하려고 우리는 영종 집으로 10여 일간 가 있고 업체에 맡겼다. 우리는 공사 업체를 믿고 영종 집에서의 생활을 즐겼다. 주변에 안 가보던 곳도 가고 신도 등 섬들도 배 타고 다니니 좋았다. 가끔 작은아들이 영종에 왔다 가고 수리 중인 아파트 한 구석에서 자기도 하는 동안 어느덧 수리가 끝나 집으로 돌아왔다. 새집 같아 좋기는 한데 새집증후군이라 할 수 있는 냄새가 났다.

작은애가 군대 가고 어느 때부터 남편이 열이 나기 시작했다. 진단은 '불명열'로 원인을 알 수 없는 열이 계속되는 것이다. 일산병원을 거쳐 연세대병원 치료 후 퇴원했는데 열은 스테로이드약으로 내리게 되었다. 그 약 하나로 쉽게 고쳐질 것이면 왜 그리 오래 끌었는지 의사에게 물으니 그 약이 '최후의 수단'이라고 한다.

좀 나아진 남편은 탁구를 치러 다니고 나는 학교생활을 2010년까지 계속했다. 어느 날 남편이 몸이 이상하다고 해 진료를 받으니 파킨슨이라는 것이다. 모든 병의 원인이 분명한 것은 아니지만 그때 열을 내리기 위해 쓴 그 약이 병으로 나타난 것이 아닌가 하는 생각이 들 때가 있다. 하여간 집수리를 하고 20여 년이 흐르니 우리 부부와 함께 나이가 들어 여기저기 구석구석 물건 쌓이고 고장 나고 있다.

그러다 2020년 남편은 넘어져 고관절 수술을 받았고 아들이 병원에서 받아 오는 파킨슨약만 복용하며 별다른 치료 없이 지금까지 이 여정의 시간을 보내고 있다. 나는 남편을 돌보다 책도 보고 집에서 많은 시간 그림도 그린다. 그 덕분에 그림도 이 방 저 방에서 그동안의 나의 삶의 의미를 담고 자리를 차지하고 있다.

그러나 우리 부부처럼 조용히 지내라고 달래보지만 수도꼭지, 변기 등은 손을 봐야겠다. 이 오래된 아파트와 얼마나 더 함께할지 알 수 없지만 말이다. 나이 들어가는 우리 몸과 다르니 전문가는 쉽게 새것으로 바꾸어 정상적으로 작동하게 할 것이다. 오늘은 관리실에 연락하는 것이 할 일이다.

2022.5.5.

봉성체를 기다리며

내일 김영남 다미아노 신부님께서 봉성체 방문을 하신다고 구역장님이 연락하셨다. 청소기 똘똘이가 거실 먼지를 빨아들이기 위해 분주히 움직이고 우리는 산책 후 면도와 목욕을 했다.

초와 작은 십자가, 성냥을 향 태우던 작은 상 위에 준비했다. 남편이 "말도 안 나오는데." 하며 걱정하길래 "괜찮아. 당신은 그냥 가만히 있으면 돼. 성체를 주시면 모시고." 하며 간단하게 준비를 마쳤다.

노년의 여정은 다시 어린아이가 되어 매사를 단순하고 기쁘게 받아들이며 돌아갈 날을 기다리는 것이 아닐까? "잘 왔다!" 하시며 반갑게 맞아 주실 하느님과 그 아들 예수님과 함께, 또 먼저 가신 신자들과 더불어 이 세상과는 다른 공동체를 이루며 살게 되지 않을까?

남편은 손자 지완이, 나는 작은 소녀 재이가 되는 시기가 아닐까 생각하다 고개를 젓는다. 아니지, 아직 멀었지! 어린아이의 순수함, 사랑스런 미소, 그 천진한 행동과 행복감에 닿으려면 노년의 여정을 더 가야겠지!

오랜만에 만난 친구가 나에게 말한다. "못 본 동안에 선생티는 다 빠져나가고 소녀가 된 것 같은데." 나의 하루하루가 단순한 탓인가 보다. 한밤에 1~2시간마다 오줌 뉘러 깼다 잠들다 하다가 새벽녘 일어나면 아침밥을 간단히 준비한다. 이렇게 세끼 식사하고 남편 옆에 앉아 TV 보고 베란다에서 자라는 식물 친구들 바라보다 책 읽고 남편이 낮잠 자면 그림 그린다. 저녁 식사 후 칫솔질까지 하고 설거지 끝나면 '와우, 오늘 하루가 잘 지났네.' 하며 숨을 돌린다. 같이 TV 보다가 무슨 말을 하는지 답답해하고 남편도 답답해할 것을 생각하며 마음 아파하고, 침대에 눕힌다. "낮 동안 잘 지내게 해 주심에 감사드리며 자는 동안도 지켜주시고 편히 쉬게 하소서." 하고 저녁 기도 드리고 나도 잠자리에 든다. 다시 일어나 유튜브로 매일 미사와 아침 기도로 살 힘을 받아 또다시 하루를 시작할 때까지.

  신부님이 봉성체 오신다는 소식을 듣고 준비하다가 나의 하루를 되돌아보았다. 우리들에게 주신 삶을 감사하게 생각하며 남은 여정도 잘 지내게 됨을 또한 감사드리며 내일을 기다린다.

봉성체 날

다른 때보다 늦게 11시 20분경 다미아노 신부님, 수녀님, 성당 자매 네 분이 오셨다. 10시부터 기다렸다. 신부님이 자상하셔서 교우들 집에 오래 머무셔서 늦어지는 걸까? 새벽부터 평소에 입던 가운 대신 바지와 남방을 입혀 드리고 준비했다. 주님이 오실 때도 이렇게 몸과 마음을 갖추고 문을 두드리시기를 기다리며 맞을 준비를 해야 하는 것인데!

  기다리실 것 같다며 두 자매님이 먼저 오고 신부님도 곧 오셨다. 초로 만든 카네이션과 교우 자매님이 만든 양갱을 선물로 주신다. 수녀님이 흰 제대보를 펴시고 초를 놓고 성냥으로 불을 밝힌다. 다미아노 신부님은 십자가를 놓고 봉성체 예식을 하시고 남편이 성체를 영한다. 한 달 만이다. 지완이 사진을 보신 신부님이 "할아버지 꼭 닮았네." 하신다. 이렇게 사랑은 이어진다.

모두 가시고 우리는 떡국을 준비해 이른 점심을 먹는다. 기다림에, 만남에 에너지가 다 소모된 탓일까 다른 때보다 더 배가 고팠다. 다시 둘만의 시간, 가운으로 갈아입히고 쉬게 한다. 조용하다. 5월의 밝은 하늘이 좋다. 새소리도 들린다. 멀리 정발산이 보이고 연초록의 나무 색깔이 좋다. 금요장터도 열렸네. 나는 화실에 잠깐 다녀와야겠다.

30년 되어 가는 초록 터널길을 걷는 마음이 즐겁다.

2022.5.12.

첫 드라이브

점심 후 산책에 나섰다. 공원길로 들어서니 하교하는 중학생들이 얘기하며 걷다가 장난치고 활기가 넘친다. 우리도 잠시 쉬며 그 소란스럽고 사랑스런 정경을 즐긴다. 지저귀던 새들도 날갯짓을 멈추고 나뭇가지에 앉아 바라본다. 개미들만 분주하게 움직이고 있다.

휠체어를 멈추고 학교 운동장에서 야구하는 학생들을 바라본다. 신호를 알리는 목소리가 넓은 운동장을 가득 채운다. 모두 열심히 연습한다. 무언가 목표를 향해 달리는 것이 곧 희망이다. 인생이라는 여행에서 꼭 필요하고 중요한 일이다. 여정 끝자락에 닿아 뒤돌아보면 소중한 추억이 될 것이다.

평소의 산책 코스에서 벗어나 주차장으로 향한다. "왜?" 하며 남편이 궁금해 하겠지만 '거의 2년 만의 드라이브'를 시도해 볼까 하는 생각이 스쳤기 때문이다. 다음주 5월 21일 토요일 지완이 세례 때 성당에 모시고 갈까 생각 중인데 미리 연습하는 것도 좋을 것 같았다. 자동차 문을 열고 그 옆에 휠체어를 대고 "타실래요?" 하니 좀 어렵게 소파로 옮겨 앉듯 뒷좌석에 앉으신다. 나는 그다음 단계로 넘어간다. "지완이 세례식 때 당신도 함께 모시고 가려는데 오늘 성당까지 한번 가볼까?" 아무 답이 없다. 나는 운전석에 앉아 핸들을 잡고 성당을 향한다.

성당 마당에 도착하니 젊은 사무원 자매가 나와 차 트렁크에서 휠체어 꺼내는 것도 도와주고 성당 문을 양쪽으로 활짝 열어 준다. 2년여 만에 성당에 와 엘리베이터 타고 2층으로 이동, 텅 빈 대성전 안으로 들어간다.

"예수님, 아오스딩 왔어요." 하고 말씀드리고 제단 앞으로 가 인사를 드린다. 그런데 조금 있더니 몸짓으로 나가자고 한다. "왜? 오줌?" 우리가 내려오니 사무원 자매님이 나와 화장실 불을 켜준다. 성모님께도 인사드리니 짧은 성당 방문 연습이 끝난다.

그냥 집으로 가기는 싱거워서 성당 자매에게 손을 흔들어 인사하고 '루멘'으로 향한다. "엄마, 혼자는 절대 운전하지 마." 하고 아들이 당부한 말을 무시한 것에 야단맞을 겸 자랑할 겸해서 운전해간 것이다. 좁은 골목길에서 좀 힘들었지만 루멘 앞에 도착해 차를 세운다. 문을 열려고 하니 큰아들이 놀란 얼굴로 나온다. "응, 성당에 갔다가…" 하고 말하니 차 문을 열고 아빠에게 인사한다. 좀 있다가 손님이 올 거란다. 짧은 인사만 나누고 골목길을 벗어나 다시 대로로 운전, 무사히 집에 도착한다.

'휴! 오늘 하루 모험이 끝났네. 가끔 드라이브 해야겠네.' 속으로 되내이며 새로운 길에 대한 기대 속에 오늘 하루를 산다.

2022.5.15.

아카시아꽃

사랑을 주제로 한 추교윤 신부님 강론이 마음을 촉촉이 적셔 눈시울을 뜨겁게 하고 새로운 결심을 하게 한다. 두 분 신부님께 깊은 인사를 드리고 벨라뎃다와 함께 벨라뎃다의 남편 차 도움을 받아 새로 정비된 정발산 둘레길로 들어선다. 한동안 바라만 보던 정발산이다.

가슴이 뛴다. 온몸이 숲의 향기로 목욕을 한다. 맨발로 걷는 사람들이 우리 둘의 조용한 대화를 음악 삼아 들으며 지나간다. 나뭇가지를 집어 들고 아카시아 가지를 구부려서 꽃송이를 딴다. 하나, 둘, 10개가 넘었다. 벨라뎃다에게 세 송이를 먹어 보라고 주니 처음이란다. 향긋한 내음이 입가에 맴돈다. 고향의 향기에서 어린 시절 산과 들을 헤매던 모습이 보인다. 몇 송이를 가방에 넣고 소중한 시간을 걷는다. 천국을 노닌다. 밀린 이야기들이 오가다 보니 아침 8시가 다 되어 간다.

집에 도착해 아침을 준비한다. 빵 한 쪽, 우유, 딸기잼 그리고 오늘의 특별 메뉴 아카시아샐러드. 상추와 배추, 토마토를 썰어 넣고 그 위에 아카시아 꽃송이를 반으로 잘라 올린다. 올리브기름과 달콤한 청을 뿌려준다. 아침 식탁 완성, 사진을 찍는다. 먼저 꽃을 남편 입에 넣어 드린다. 시골 출신 마누라를 둔 덕분에 이맘때면 아카시아 향기를 먹는 것이 남편의 일정이다. 아침 식사 정리가 끝나고 소파에 나란히 앉는 행복이 찾아온다. 소소한 일상이 소중하다.

2022.5.16.

돌아감

아침 유튜브 미사 전 남편에게 말한다. 한동안 남편 핸드폰이 꺼져 있어 충전하고 지난밤 자기 전에 보니 남편 친구인 유제창 박사가 돌아가셨다는 연락이 와 있다고. 언젠가는 가야 할 길이지만 갑작스런 소식에 정신이 멍해진다.

남편과 내가 만나고 있을 때 결혼 결정을 독촉하던 일로 시작해 오랫동안 만나오고 작은애 결혼 주례도 맡아 주셨다. 2020년 2월 큰애 결혼식 참석 때 건강이 안 좋은 걸 알았지만 막상 소식을 들으니 마음이 먹먹하다.

미사 전 남편한테 얘기한다. "유 박사가 5월 1일에 돌아가셨대.", "미사 때 기억합시다." 이렇게 앞서거니 뒤서거니 고향으로 '돌아가고' 있다. 남편이나 나도 이제 준비해야 할 때이니 하느님 예수님 성모님 그리고 성인 성녀들과 부모님이 계신 그곳, 반가이 우리를 맞아 주실 그곳으로 즐거이 갈 수 있도록 준비하며 살자. 이 여행을 잘하고 마무리하며 갈 수 있도록 오늘을 살자.

2022.5.20.

오랜만에 떠들썩, 그림 시집 보내기

"교수님, 오랜만에 아파트 벤치에서 봬요. 일산역 도착해서 전화 드릴게요."

국 샘의 메시지다. 점심 후 기다리고 있는데 1시경 다섯째로부터 전화가 온다. "언니, 지금 떡 해왔어. 조금 있다 출발." 두 팀의 방문이 겹칠 것 같다. 1시 40분경 일산역을 향해 공원길을 걸어가니 화실 앞에서 익숙한 실루엣이 손을 흔든다. 국 샘과 걸어가며 동생과 조카가 오고 있다고 말하고 함께 집으로 들어간다.

남편은 소파에 앉아 어색하게 인사를 받고 국 샘은 쌈장과 들기름, 육수 캡슐 등 갖고 온 선물을 풀어낸다. 나는 베트남에서 근무하고 있는 국 샘의 아들 현재에게 줄 그림을 포장한다. 엄마가 맘에 들어 하니 좋다. 결혼 축하 편지도 함께 넣는다.

띵동! 떡과 야채 두 상자를 들고 동생과 조카가 도착. 와우! 먼저 선물 담아온 국 샘의 빈 가방에 떡, 상추 등 야채를 나눈다. 동생과 국 샘은 대추 인연으로 서로 아는 사이다. 떡과 커피를 먹으며 이야기꽃을 피운다. 나는 조카 상준이가 갖고 갈 그림을 보여 주며 이야기를 풀어낸다. 진심으로 맘에 들어 하는 것이 눈에 보인다. 작은 대추 그림은 덤이다.

이렇게 두 시간의 방문은 마무리된다. 한 해바라기는 베트남 신혼집으로, 또 한 해바라기는 조카네 집으로 떠나간 것이다. 나에게는 두 해바라기를 그리며 마음을 나눈 소중한 시간의 기억들을 남겨 주고. 잘 가거라, 안녕!

2022.5.21.

대단한 날

3시경 작은아들 식구가 집에 도착하고 4시 10분경 주차장으로 내려가니 큰아들도 차를 갖고 도착했다. 아빠를 뒷자리에 앉히고 휠체어를 접어 트렁크에 넣으려니 좁은가 보다. 결국 작은애 차에 싣고 4시 30분 지나서 성당에 도착해 대성전으로 올라갔다.

노지완이 '세례자 요한'이 되는 날! 대성전에 들어서니 벨라뎃다가 손녀를 안고 입구 쪽에서 서성이고 있다. 다른 분들은 유아세례에 대한 설명을 듣느라고 앞자리에 모여 있다. 인사를 하고 남편을 오른쪽 맨 앞자리에 모셔다 드리고 나는 그 옆에 앉았다. 대부인 큰아들과 작은애 부부, 재이와 지완이는 적당히 앉았다. 이렇게 다른 아기 세 명보다 좀 늦게 세례를 받게 된 것이다.

5시에 주임 신부님 집전으로 시작된 세례식은 지완이의 낯설음에 의한 울음으로 어수선하게 진행되었다. 좀처럼 떼쓰기가 멎지 않는다. 큰 소리로 예수님께 신고한 셈이다. "그 놈 참!" 하시며 "그래, 노지완 세례자 요한, 한껏 소리 질러라." 하실 것 같다.

사진을 찍고 큰아들 부부의 집으로 이동해 저녁 먹을 겸 집들이가 시작되었다. 현관문을 열자 해바라기 두 점이 성모님과 함께 반기어서 기쁘다. 멀리 북한산이 보이고 새집같이 깔끔하고 널찍하다. 언젠가는 여기저기에서 살림 냄새가 나고 아이들 장난감을 보게 되기를 바래본다. 주문한 중식 요리로 식사를 한다. 언제 그랬냐는 듯 지완이가 잘 논다. 재이의 의젓함은 놀랍다. 집으로 올 때 큰애 차 트렁크의 한 부분을 떼어내니 휠체어가 들어가 우리는 큰애 차로 출발하고 작은애 식구도 집을 향한다.

이제 '자녀를 위한 기도'에 '노지완 세례자 요한!'으로 부르게 된 날, 이렇게 당신의 아들로 받아 주시니 주님, 감사합니다.

2022.5.27.

오랜 인연

그저께 밤인 5월 25일에 군산 대모님과 1시간가량 통화를 한다. 6월 5일에
경희 언니, 매자 언니가 군산에 가신단다. 오랜만의 모임이다. 코로나 전까
지만 해도 일 년에 두 번 정도 우리 넷이서 가끔은 갈멜 신부님과 모임을
가졌었다. 여행 겸 피정이다. 그동안 두 언니의 짝꿍들이 돌아가시고 매자
언니는 김포로 이사해 각자의 삶을 이어 가고 있다. 오랜만에 이루어진 만
남이다.

　갈멜 신부님의 유튜브 영성 강의를 들으라는 대모님 말씀에 자기 전 30
여 분의 강의를 들었다. 신부님의 강의, 집필하신 책, 또 앉아서 나누는 대
화는 언제나 좋다. 어제 오후 쉬려고 누워 있는데 신부님이 전화를 하셨다.
우리의 여정과 함께 아들들의 삶까지 응원해 주시는 오래된 인연이신 갈멜
신부님, 전화로 남편에게 강복을 주신다.

　우리의 남은 여정을 새롭게 다잡아보는 시간이다. 영생 천국으로 가는 길,
그 여정이 우리 앞에 놓여 있다. 바라보시는 예수님, 성모님의 눈길이 있다.

2022.6.7.

새벽이 깨어난다

새벽이 깨어난다

멀리 북한산 봉우리 위
구름 속에 햇살이 튕겨 나오고
아파트 유리창이 붉게 물든다

까치들이 아침을 알리고
작은 새들이 화답한다
멀리 지나가는 자동차 소리
삶의 부지런한 깨우침이다

고향 마을 칠보산 자락
물 흐르는 소리가 들린다
부지런한 농부의 어깨 너머에
삽자락이 보인다
아낙의 무쇠솥 여닫는 소리
익어 가는 밥 냄새
아궁이에서 사위는 불 위
된장찌개 보글보글

하루가 시작된다
뒷마을 계곡, 후곡마을
19층이 마치 산 정상인 듯
정발산 아래 성당
종소리가 울리는 듯하다

2022.6.15.

비비빅

화실 끝나고 신부님, 주영 씨와 함께 주차장으로 돌아오는 공원길. 갑자기 신부님께서 "지난번 그 무인 카페에서 커피 한 잔 마시고 가요." 하신다. 그래서 가보니 닫혀 있다. 13단지에 있는 편의점에 가 아메리카노 한 잔, 비비빅 세 개를 사서 의자에 앉는다. 그런데 신부님께서 물을 마시겠다고 하신다. 진한 맛을 즐겨 마시던 분이 커피가 좀 싱거워서 그러신 것 같다. "그럼, 비비빅 좀 줘 보세요." 하며 한 입 물으시더니 "맛있네." 하신다. '1975부터' 라고 쓰여 있는 비비빅을 보며 "좀 작아졌네요." 하는 주영 씨 말에 추억 얘기를 시작한다. 나는 옛날 춘천에서 먹던 얘기로 이야기꽃을 피운다.

이제 가끔 이곳에서 '비비빅'으로 화실 수요 수업모임을 마무리한다. 신부님의 아반떼가 떠나고 주영 씨의 멋진 차도 안녕 한다. 나는 한 걸음 한 걸음 천천히 디뎌 집으로 향한다.

2022.6.16.

인공수정과 미소

아침에 보니 노란 호박 암꽃이 수줍은 듯이 피어 있다. 며칠 전에 얼려 놓은 수꽃이 생각났다. 새벽 미사 전 비닐 속에 얼린 것을 사진 찍고 다시 비닐을 벗겨서 찍는다. 아침 기도 후 보니 얼은 것이 녹아서 착 눌러 붙어 있다. 꽃잎을 벗겨 베란다로 가 암꽃술에 살짝 비벼 입맞춤시킨다. 이번에는 수정이 성공할까? 지난번 암수 동시에 피었을 때 수정해 자라던 것이 검게 변하면서 떨어져 버렸기 때문에 자신이 없다.

아침 먹고 옆에 앉아 남편에게 말한다. "사람도 정자 얼렸다가 인공수정 한다잖아. 호박도 그렇게 시도했는데 성공할까?" 남편 얼굴에 보기 드문 아름다운 미소가 번진다. 파킨슨 때문에 몸이 불편하니 잘 웃지 않는다. 웃는 모습은 재이와 지완이가 영상통화하거나 방문할 때나 볼 수 있다. 오늘은 보너스를 두둑하게 받은 느낌이다. 예전에 보던 그 특유의 미소 번짐이 온 얼굴에 가득한 것이다. "웃었다, 웃었어." 하며 내가 좋아하니 다시 웃는다.

오늘 하루는 호박의 인공수정이 준 미소로 행복하게 시작한다. 아가 호박아, 잘 자라거라.

2022.6.18.

가족

온 가족이 다 모였다
큰애네 두 식구 작은애네 네 식구
우리 두 식구, 여덟 식구다

18개월이 되어 가는 지완이
한시도 가만있지 않고 뛰어다닌다
소파에 앉아 흐뭇하게 바라보는

85세의 할아버지

재이의 소리에 맞추어
춤추는 지완이, 손뼉 치는 할비와 할미
모두가 즐겁다

재이의 숨김 놀이, 색칠하기
피아노 놀이도 빠질 수 없다
한 코스라도 빠지면
집으로 못간다

'제주도'라며 작은 캔버스에
여행 인상을 남긴 재이,
Jay와 날짜까지 써 넣는다

큰애네 부부 떠나고
따뜻한 물에 발 씻겨 드리고
작은애 식구도 떠났다

다시 우리 둘이 소파에 앉아
눈을 감고 감사한다

2022.6.19.

사고

밤에 오줌 누일 때 잠결에 소변통이 어긋나 모두가 젖고 말았다. 일어나자마자 아침부터 목욕시키고 나 목욕하고 빨래가 돌아간다. 이렇게 같은 일상 같으면서도 조금씩 다른 시간이 흘러가고 깨우침을 주신다.

　덕분에 아침부터 상쾌한 마음으로 하루를 시작한다. '긍정의 마음'을 주심에 감사하면서!

2022.6.21.

이비인후과

아침 먹고 앉았다가 "오후에 더울 것 같으니 지금 산책할까?", "이비인후과 몇 시에 열지?", "지금 가면 되겠네." 하며 준비하고 나선다. 휠체어가 보도블록에 걸린다. 아예 자동차 도로로 내려 살살 민다. 사거리 건너기 전 횡단보도 앞 차양막 덕분에 햇빛은 피한다. 백이비인후과. 다행히 입구는 경사로를 만들어 놓아 쉽게 넘어간다.

　휠체어 그대로 의사선생님께 진료를 받으니 화면에 귓속 상태가 보인다. 엉킨 귀지가 가득하다. 파낼 적마다 내가 다 시원했다. 한쪽은 좀 덜하다. 내가 빼내 준다고 몇 번 한 것이 상처가 되었는데 검은 것도 보인다. 한참 걸려 끝나고 의사선생님이 한 말씀 하신다. "공연히 건드리지 마시고 2~3

개월에 한 번씩 오세요. 1년 3개월 만에 오셨어요.", "네, 죄송합니다. 그렇게 하겠습니다. 감사합니다." 간호사가 문을 열어 준다.

다시 오던 길로 휠체어를 민다. 덩굴장미가 피고 그늘에는 시원한 바람이 분다. 두배로마트에 들려 우유와 옛날과자, 꿀꽈배기를 사서 휠체어에 건다. 들고 가려면 어깨가 아플 텐데 좋다. 집에 들어와 손과 얼굴을 닦아 드리고 소파에서 쉰다.

"잘 들려?", "응." 큰일을 했다.

2022.6.23.

비

어제 하루 종일 장맛비가 쏟아졌다. 까치골 물저장고로 빗물이 흘러 채워질 것을 생각하니 마음이 풍부해진다. 비가 고맙다.

"예수님의 피와 물. 성심에서 붉은 피와 흰색 물이 흘러나오는 자비의 예수님, 세상의 힘듦으로 당신을 찾는 모든 이에게 자비의 샘을 뿌려 주소서.

예수님, 이제 옆에 있는 것만으로 만족 못 하고 간구하오니 이렇게 함께 지내게 해 주시려면 조금이라도 거동하게 해 주소서. 도와주소서. 저도 재활치료하는 곳을 알아봐 당신의 손길을 받을 수 있도록 찾아보았습니다. 욕심을 내보아도 되지요?"

2022.6.26.

6시 미사 가기 전

지난밤은 유난히 자주 일어났다. "소변." 소리에 휴지를 네 개씩 접어 7개를 준비해 놓고 누웠는데 3시가 되기 전 다 썼다. 3개를 다시 접는다. 오늘 미사 시간이 걱정 되어서 더 자주 깨는 것이 아닐까? 지금 5시에 거실 소파에 앉게 해 드리고 나는 잠시 책상에 앉아 있다. 걱정하지 말라고 그리고 새벽 미사 못 가면 10시 미사 가도 된다고 말하지만 모든 것이 마음대로 되지 않는다. 그대로 받아들일 수밖에 없다. 덕분에 여유가 생겨 이렇게 한 주일을 새벽녘에 시작한다.

2022.6.27.

호박꽃

꽃은 떨어지고 꼬투리만 남아 있는 두 그루 호박이 갑자기 우리 부부 모습 같아 보였다. 잎과 줄기 부분에 남아 수분만 빨아들이며 살아가는 생명의 흔적. 자그마한 꽃봉오리가 맺히는가 싶더니 더 자라지 않는다. 그래도 초록색의 생명이 살아있음을 느낀다. 솜털이 보송보송 귀엽게 돋기도 한다.
　이제 더 이상 꽃을 피우지 않을 것 같다. 그래도 잎은 살아있는 생명임을 보여 주고 있다. 이것이 6개월 되어 가는 호박 두 그루의 모습이다. 그동안 애썼다.

2022.6.28.

다섯 시간의 노동

10시 조금 지나 택배가 왔다. 두 개의 커다란 우체국 택배상자! 다섯째가 보낸 가지 고추 상추 깻잎 비름나물 부추, 오이 절인 것과 자두와 살구 첫 수확물 13상자가 들어 있다. 상자 가장자리에 있는 야채부터 꺼내 늘어놓았다. 이것을 준비하느라 하루 종일이 걸렸겠지, 5시에 택배 부칠 때까지! 나도 지금부터 시골 아낙의 힘을 발휘하기 시작한다.

큰애가 점심하러 올 테니 상추 깻잎 고추부터 씻고 가지도 씻는다. 그리고 충미 씨에게 한 상자, 사돈에게 보낼 두 상자를 준비한다. 어제 애써 선별해서 보냈겠지만 이 더위에 상한 것은 골라낸다. 약간이라도 흠집이 생긴 자두와 살구는 잼 만들 통으로 보낸다.

비름나물은 데치고 상추와 묵은지는 통에 담고 오이물김치도 한다. 거기다 살구와 자두, 수박껍질 속살까지 썰어 넣으니 훌륭한 물김치가 완성된다. 과일잼이 다 떨어졌으니 살구 자두를 저며 묽은 잼용으로 준비한다. 앞집에 채소와 과일 한 상자 나누고 설탕을 사와 잼을 완성한다.

정리한 채소와 과일을 냉장고에 넣었으니 수요일 화실에서 나누어 먹어야겠다. 다섯째와 전화하니 지난 비바람에 과실이 떨어진 농장의 상황을 보고한다. 나도 오늘의 노동을 얘기하고 책상에 앉는다. 5시간의 행복한 노동, 마치 고향 농장에서 자매들과 함께 떠들며 일한 듯 피곤하지만 활력이 솟는다. 그래도 좀 쉬어야 할까? 오늘 또 다른 나의 역할을 위해서!

2022.6.29.

비바람

밤새 바람이 분다
비가 온다
창이 흔들린다
마음이 달린다

수담농장의 가뭄을
견딘 나무들, 작은 열매들
못 견디고 떨어진다
자두는 붉은 동백꽃 같고
살구는 노오란 동백꽃을 닮았다
나의 마음도 뒹군다

동생은 오늘도
바구니에 농원의 아가들을 거두고
누군가에게 기쁨을 주고자
힘든 줄 모르고 함께하겠지

날이 밝아 온다
바람이 좀 잦아든다
비도 안녕 하며 떠나갈까?

하늘을 바라본다
뜻대로 하소서
그러나 살펴 주소서
여전히 바람 소리는 들리고
창으로 흘러내리는 빗방울 물줄기!

밤새도록 비가 내린다
그동안 너무 힘들었다고
다 쏟아낸다

쏟아내소서, 가벼워지소서
잠시 혼란스럽겠지만
흐르고 흘러
바다로 가고 땅으로 스며드소서
그래서 오래오래
지상의 샘이 되소서

마음껏 내리소서
속 시원히 쏟아 놓으소서
그대로 받아들이니
이제 좀 잦아들었다

2022.6.30.

요한이 생일

비가 온다. 쓰레기 버리러 나갔다가 자동차에 있는 《천로역정》을 집어 든다. 다시 읽고 싶다. 운전석에 앉아 국 샘과 전화로 밀린 이야기를 한다. 한 주에 한 번 정도 항상 서로의 삶을 보고하니 행복한 일이다.

집에 들어오니 남편이 휠체어로 부엌으로 가 소변 본 노란 컵을 닦아서 들고 있다. 잠깐 나갔다가 온다는 것이 전화하느라 늦었다. 미안!

저녁에 큰애 부부가 왔다. 6월 30일, 생일 미역국과 부추전, 돼지고기볶음을 맛있게도 먹는다. 명희는 설거지하고 나는 남편 이 닦아 드리고 정환이는 청소기를 돌린다. 비는 계속 오고 창문을 열어 환기시킨다. 자식들은 기쁨이며 에너지다. 행복이며 희망이다. 두 아들을 주심에 다시 한번, 아니 항상 감사드린다. 아직도 남편은 아들들이 대학생인 양 생일 용돈 10만 원을 주신다. 사실은 내가 봉투에 담아 드리지만.

다시 둘이 남아 TV로 '으라차차 내 인생'을 본다. 비 오는 날의 하루를 마무리한다.

2022.7.1.

주간보호센터

오전에 화실 다녀온 뒤 점심 먹고 집을 나섰다. 남쪽으로 난 긴 공원길, 육교를 건너고 강선마을 지나 한양문고를 거쳐 호수공원까지 난 길이다. 예전에는 책방을 가기 위해 산책하곤 했었다.

오늘은 목적이 좀 다르다. 한양문고 길 건너 상가 위층에 있는 주야간 돌봄센터에 들러 보기 위함이다. 근래에 부쩍 생각해 온 일이다. 남편이 너무 심심하게 지내는 것 같아 사람들과 어울리는 방법을 찾고 나만의 시간도 갖기 위해서이다. 화실 다니던 박 여사가 몸이 안 좋아 그곳에 가게 되었는데 만족스러워 권하더라고 샘이 말해 주었다.

일단 가보자. 전혀 모르던 새로운 세계에 부딪쳐 보고 가족들 의견도 듣고 결정하자. 설사 안 가도 숙제의 방향을 결정하는데 도움이 될 것 같았다. 상가 관리 아주머니의 도움을 받아 3층으로 올라가는 엘리베이터를 타고 들어간다. 긴 홀에 남자 여자 어르신들이 조용히 앉아 있다. 점심 후 쉬는 시간인 듯하다. 상담을 한다. 처음에는 적응에 어려움이 있지만 점차 좋아하신다고 한다. 자식이나 배우자가 돌보기 싫어 맡겼다는 서운함도 점차 줄어들고 잘 적응한다고 한다. '과연 노 교수가 와 보겠다고 할까?' 그리고 '아이들의 반응은?'

나는 월요일에 전화 주기로 하고 돌봄센터를 나온다. 주엽동 페이펄문구로 걸어가며 정환이와 통화, 경과를 보고한다. 아들이 깜짝 놀라며 반대 의사를 표한다. "아빠 성격에 돌봄센터를 가신다고 할까?", "코로나 백신도 안 맞으셨는데 걸리면 힘들어." 등등. 아, 그렇구나. 남편의 동의 전에 백신이 있었구나. 집에만 계시니까 한 번도 안 맞았다. "그러네!" 나도 적극적이지는 않았지만 한발 뒤로 물러난다.

페인팅오일을 사 가지고 다시 걸음을 옮긴다. 집에 오니 2시간의 긴 산책이 되었다. 저녁 후 슬쩍 아빠에게 말한다. "가던 길에 보호센터에 가봤는데 당신, 새롭게 다른 사람들과 어울려보고 재미있게 지내볼래? 심심하잖아." 강한 거부의 표시로 머리를 흔든다. 그래, 그 고민은 이제 그만하자. 지워버리자. 다시 지금같이 지내자. 아들이 걱정할까봐 카톡을 보낸다. "공연히 신경 쓰게 해서 미안! 생각해 보니 좋은 생각이 아닌 듯. 걱정하지 말고 주말 잘 지내." 이렇게 해서 좀 더 잘 지내보자고 오락가락하던 생각의 흐름이 끝났다. 덕분에 오래전에 주엽에 갈 때 다녔던 공원 산책길을 따라 걷는 나만의 시간을 가졌다. 하루의 모든 일이 끝나고 함께 앉아 있는 이 시간이 더없이 소중하다.

2022.7.8.

'몸의 노화는 바다'

봉성체를 기다린다
집 안 청소를 한다, 마음을 가다듬는다
무엇이 어긋났는지 이번에는 방문을 안 하신다
좀 섭섭하다

박 수녀님께서 보내 주신 '노화의 심리와 영성'을
둘이 앉아서 본다
김효성 수녀님의 낭랑한 목소리가 울린다
서로의 마음이 통한다
살아온 삶의 감사를 이야기한다, 눈물로 적신다
박 수녀님께 감사 인사를 전한다

몇몇 지인에게 나누고 싶어 동영상을 보낸다
국 스텔라가 넓은 푸른 바다에 배가 떠있는 사진을 보내며
"몸의 노화는 바다~"라는 문자를 보낸다
나의 과학적인 답,
"그래도 다시 증발하여 구름이 되고 빗방울로 내릴수도~"
무언가 부족한 느낌이다

깊고 푸른 바다를 떠올린다
'몸의 노화', 그것이 '바다'이다
산속의 옹달샘으로부터 시작한다
흐르다가 하늘에서 내려와 친구들도 만나고
골짜기를 지나고 폭포가 되고 웅덩이에 고이다가도
또다시 흘러 강에 합류한다, 여정은 계속된다
숱한 친구들을 만나고 힘든 환경 속에서도
묵묵히 흘러 드디어 '바다'에 합류한다

자유다, 가슴이 탁 트인다
이제 '마지막 여정'의 깊고 넓고 푸른 '바다'
유유히 떠가는 큰 배들, 고기잡이 작은 어선들
수많은 생명들이 서로를 먹고 먹히지만
아름답고 신비하다, '천향의 나라'이다
그곳에 영원히 머무를 나라이다
'물의 영성'은 그렇게 완성된다

끝없는 생각이

물과 바다와 함께 노닌다

내가 작은 물방울로 시작하여

드디어 넓은 바다에 이른 지금 같다

지금 삶의 '노화의 여정'이 감사하고 또 감사하다

나의 작은 옹달샘은 '샘내', '천천리'다

필름처럼 흘러가는 나의 골짜기, 강이 흐른다

이제 '바다'에 도착하여

영원한 '생명의 소망'을 기다린다

바다, 그래 바다이다

이곳에서 자유롭고 평화롭고 행복하고 감사하다

'몸의 노화'가 우리의 여정이다

2022.7.10.

갈멜 신부님의 깜짝 방문

새벽 미사 후 두 분 신부님과 벨라뎃다와 대화를 나눈다. 지난 금요일 봉성체를 하지 못한 이야기를 드린다. 집으로 돌아오며 갈멜 박종인 신부님이 오셨으면 좋겠다는 생각을 한다. 2020년 2월 큰애 결혼식에서 뵙고 요즘은 전화만 가끔 드렸다. 40여 년의 친분이 있으시니 아빠가 편하게 대하실 것 같아 메시지를 드렸더니 전화를 주신다. 제천에서 갈멜에 들렸다가 5시경에 도착할 수 있다고 하신다.

5시 전에 남방과 바지를 입혀 드리고 기다리니 신부님이 오셨다. 83세의 나이, 힘드실 텐데 오랜 친구를 만나러 오셨네! 식탁에 앉아 이야기를 나눈다. 아빠 표정이 편하다. 말도 조금씩 하니 신부님은 귀를 기울이신다. 60년대에 등산 다니시던 얘기, 명동과 부산에서의 은행 근무 그리고 부평과 진동 갈멜로 찾아다닌 이야기 그리고 80년에 결혼 후 아이들과 함께 시아버님 모시고 갔을 때 갈멜 동산에 앉아 얘기 나누던 일 등 끝이 없다. 신부님은 집 안을 축성하시고 남편에게 병자성사를 주신다. 잠시 둘만의 시간은 '고해성사'를 위한 것 같다.

그 사이 나는 방에 들어와 십자가 앞에 앉아 바라본다. 신부님은 나를 부르셔서 만일 남편의 선종이 가까워진 상황일 때 내가 해야 할 '간단한 말'도 알려 주신다. 신부님 어머니께서 돌아가실 때 "엄마." 하며 성모님을 부르시며 임종하셨다는 말씀도 해 주신다. 내 이마와 손바닥에 성유를 발라 주신다.

이어서 가정미사를 시작하신다. 아빠는 2년 반 동안 나와 함께 유튜브로 미사를 하고 나는 주말만 새벽 미사에 다녀왔다. 그러니 아빠는 오랜만에 제대 앞에 앉아 미사를 드리는 것이다. 미사 경문도 잊어버리지 않고 어눌한 말로 따라 한다. 연로하신 신부님의 미사 집전은 눈물이 난다. 나는 처음으로 오늘의 복음 말씀을 봉독하고 신자들의 기도를 한다. 성찬예식에서는 성체와 성혈을 함께 모시는 양형 영성체를 한다.

미사 끝나고 천천히 아주 천천히 신부님이 오랫동안 해오던 방식으로 성작과 제대보를 정리하시고 우리는 바라본다. 8시가 다 되어 간다. 그냥 가시겠다고 하며 간단히 물과 자두만 드신다. 수도원에 가셔서 드시겠다고 한다. 현관에서 휠체어 타고 두 손 흔드는 아빠의 전송을 받으며 예약한 택시를 타고 떠나셨다.

　이렇게 3시간의 깜짝 방문이 이루어진다. 예수님이 오묘한 방법으로 우리에게 다가오신 것이다. 감사하고 '특별한' 날, 오늘은 주일날이다.

2022.7.16.

재이네가 왔네

둘째네가 10시 30분경 왔다. 방글방글 웃음이 정겨운 재이, 멀뚱멀뚱 바라보다 매력적인 미소를 짓는 복덩이 지완이, 건장한 둘째 아들 주환이와 고맙고 현명한 며느리 주리!

　누룽지백숙 주문해 먹고 두 아이 노는 것 보고 함께 놀고 어울리는 시간은 3시까지 이어진다. 떠날 때까지 소파에 앉아 미소 띠는 할아버지! 행복이란 이런 것이다.

2022.7.20.

꼴값

우리는 '꼴값'이란 말을 좋은 뜻으로 사용하지 않는다. "꼴값 떠네.", "꼴값 좀 해라."며 비아냥거릴 때 쓰지만 이 말의 본래 의미는 어떨까? 오늘 미사에서 신부님은 '꼴값'은 원래 '하느님의 모상인 나의 본래 모습의 가치'를 의미하며 우리에게 주어진 'Talant'를 가리킨다고 하신다.

오늘 독서 말씀에 "모태에서 너를 빚기 전에 나는 너를 알았다."(예레 1,5)라는 말씀이 바로 나를 '하느님의 모상'으로 만드셨다는 뜻이다. 그러므로 우리는 우리를 빚으신 본래의 모습의 가치를 드러내면서 사랑의 결실을 맺으며 살아야 한다. 뿌려진 씨가 서른 배, 예순 배, 백 배(마태 13,8)의 열매를 맺도록 꼴값을 해야 한다.

'오늘도 나는 나의 꼴값을 하며 결실을 맺으며 살고 있는 걸까?' 하는 희망으로 하루를 시작한다. "꼴값하자, 파이팅!"

2022.7.23.

새벽을 열며

풀벌레 소리가 멀리서 들린다
밤은 지나고 아침이 왔다고
새날이 왔으니 맞이하라고

침대에서 일어나
도반의 생리현상 돕고 나의 아침 절차를 한다
나에게 힘을 주고 역할을 마치고
나가고 싶어 하는 모든 것들
머리 팔 다리 운동과 함께 서서히 빠져나가고 있다
새 힘을 받기 위해 자리를 비워 주는 것이다

입안도 헹구고 얼굴도 차가운 물과 만난다
침대 정리를 하고 밤새 함께했던
묵주를 성경 위에 올린다
베란다로 나가 창문을 여니
풀벌레 소리가 요란하게 반긴다
식물들과 인사를 한다 "밤새 안녕?"
시원한 물줄기를 뿜어 주며 얘기를 한다
"너, 소철아! 새잎이 많이 자랐네"
시아버님의 손길이 남겨 주신 친구다
양란, 서양란아! 미안하다
새 화분집으로 이사도 안 해 주고 가꿔주지도 않고
그냥 물만 주어도 괜찮다고 고맙다 하는구나!
이름도 가물가물하지만
큰 사돈을 생각하게 하는 너의 이름은 '호접란?'
너희들에게 물로써 사랑을 보낸다

겨우내 나를 행복하게 했던
호박 줄기가 쭉쭉 뻗어난다
꽃봉오리는 어디다 감추었니?
이렇게 생명이 있는 것만으로도 행복하다고?
우리 부부 닮았네

루멘에서 옮겨온 넓은 잎도 물줄기를 받아들인다
죽어 가는 듯 하지만 생명을 품고 있는

너는 어느 때인가 새 줄기를 감고 나타나
큰 잎을 자랑하며 우리 식구가 되었지
지금은 잊었지만 누군가에게 사랑을 받아
우리 가족이 된 사랑초
진붉은 보랏빛의 세 개 잎이 '사랑' 모양이라 사랑초
가녀린 분홍 꽃이 한들거리며 반긴다

물 뿌리기 인사를 끝내고 의자에 앉아 눈을 감는다
풀벌레의 합창 소리가 나를 숲속으로 인도한다
고향 벌판으로, 고향 농장으로
고향집으로, 고향 칠보산으로
나와 함께하였던 모든 그리운 사람에게로
그리고 세상을 있게 하신 그분에게 머문다
오늘이 시작된다
소소한 일상의 행복이여!

2022.8.1.

번개 방문

복숭아졸임과 국 샘이 보내준 누룽지로 간단히 입가심을 하고 남편은 약을 먹고 하루가 지나갔다고 둘이 앉아 있는데 큰애가 장모님이 주신 '머스캣' 포도를 갖고 둘이서 저녁을 먹으러 온다고 한다. 번개 방문!

냉동실에서 안심을 꺼내놓고 쌀을 씻는다. 완두콩을 넣어 밥을 안치고 안심을 접시에 담아 전자레인지에 돌려 녹인다. 칼집을 내고 소금과 후추를 뿌려 놓고 냉장고를 보니 양파가 없다. 대신 대파를 숭숭 썰고 표고버섯은 넓적하게 썰고 매운 고추씨를 빼고 썰어 넣는다. 이것을 구워서 통겨자 발라 그냥 먹거나 상추, 깻잎, 고추장에 싸서 먹으라고 주려한다. 냉동실에 얼려두었던 미역국도 냄비에 넣고 끓인다. 이에 부추김치, 참나물장아찌와 깻잎장아찌 그리고 김을 준비한다. 즉석 메뉴가 완성됐다.

자주 외식하는 아들 부부가 맛있게도 먹는다. 배가 고팠던 모양이다. 둘이서 살겠다고 열심히 지내는 모습이 대견하다. 아빠 옆에 앉아 있으라고 하고 나는 설거지를 한다. 이렇게 번개 방문을 끝내고 가니 힘들다기보다 에너지가 충전된 것 같다. 부모는 자식이 먹는 것만 봐도 좋은가 보다.

2022.8.4.

3년 만의 고향 까치골 방문

밤새도록 비가 내린다. 밤중에 깨어 밖을 내다보다 들어와 다시 잠자리에 눕기를 여러 번 했다. 고향 농원 식구들이 아파한다. 나뭇가지가 꺾이고 복숭아들이 떨어진다. 열매들이 잘 버티려나? 제부와 동생이 잠 못 이룰 것 같다. 조카 지원이도 "이모와 친구 분들이 놀러오는데 비가 너무 오네. 제발 그쳐라." 하겠지. 함께 가기로 한 용순이, 주영 씨, 샘, 박 신부님 모두 우리의 휴가 약속인 농원 방문에 가슴 설렐 것이다.

오늘 하루 남편을 돌보기 위해 아들 주환이와 손자 지완이가 도착하고 나는 샘과 함께 9시에 출발한다. 비는 어느 정도 그치고 하늘도 점점 맑아지고 있다. 언제 설레고 걱정했는가 싶다. 다 잊어버리고 외곽순환도로를 거쳐 서해안고속도로로 접어든다. 좀 막히기는 해도 3년 만에 여행이니 모든 산하가 정겹다. 비봉에서 내려 집으로 향하는 길에서는 어지럽기까지 하다. 간신히 옛날 집 좁은 길로 들어서 칠보산 부모님을 뵈러 올라간다. 벌초 되지 않은 자연에 누워 계신 모습이 정겹다. 두 분에게 절을 드리니 필름이 옛날로 돌아가 그대로 머문다.

밤새 비 맞으시며 "영순이가 올 것이네." 하며 기다리신 엄마 아빠에게 생수를 뿌려 드린다. 짧은 만남에 긴 말씀드리고 까치골 농원으로 향한다. 제부와 동생이 반긴다. 미리 따 놓은 복숭아를 선풍기로 말리고 있다. 농원 주변 물을 퍼내고 이것저것 손님 맞을 준비에 바쁘다. 부쩍 나이 들어 보이는 제부의 천진한 미소는 여전하다. 동생과의 포옹으로 마음이 오간다.

이렇게 까치골에서의 귀중한 시간이 흘러간다. 샘과 함께 농장을 돌아보고 떨어진 복숭아도 "이 맛이야!" 하면서 맛본다. 노란 꽃을 피우고 달려 있는 호박에게도 "어머, 호박이 열렸네." 하며 인사를 한다. 겨울 내내 호박과 함께 지낸 나의 여정을 아는 샘이 웃는다.

주영 씨가 운전한 차로 용순이, 신부님이 도착하고 언니도 온다. 떨어진 복숭아로 현장에서만 맛볼 수 있는 그 맛에 이 입 저 입에서 감탄이 나온다. 가까운 음식점에서 오리백숙, 닭볶음으로 한 식사는 부침개를 또 주문할 정도로 환상적이었다. '천상의 모임'에서의 환상적인 만찬이다.

농원으로 돌아와 샘이 낫을 들고 미나리를 벤다. 모두 둘러앉아 다듬어 봉투에 넣고 씻지도 않고 어린잎을 잘라 입에 넣고 씹어 본다. 향긋한 자연의 맛이여! 동생은 상자에 복숭아를 담고 늦게 도착한 지원이는 계속 따온다. 복숭아를 딸 수 있는 권리는 이 모녀에게만 있다.

이렇게 다 기록할 수 없어 마음에 간직해야 하는 순간순간이 흘러간다. 동생과 제부가 밭으로 가더니 호박 가지 참외를 따오고 부추를 베어 온다. 이것도 정리해 각자의 봉투에 나눈다. 이 또한 얼마나 멋진 풍경인가? 이렇게 시간은 흘러 집으로 향한다. 그때서야 남편, 아들, 손주의 기다림이 다가온다.

오늘 아침 신부님이 틈틈이 찍은 사진 묶음을 보내셨다. "어머나!" 나는 사진 찍을 생각도 못했다. 그 순간을 지내는 것만으로도 행복해 사진 찍는 걸 아예 잊어버렸다. 그런데 이렇게 사진을 보니 감사하다. 세 분에게 사진을 전달한다.

어제 신부님이 헤어지면서 하신 말씀이 생각난다. "지금 내가 살고 있는 '말씀의 집'이 천국인 줄 알았는데 여기는 '천천국'이네요.", "맞아요. 여기 지명도 천천리예요. 샘 천, 내 천. 천이 두 번 들어갔으니 천천국, 맞지요?" 그래, '천천국'을 다녀온 천상의 하루였다. 오랜 기다림이 허락한 그 하루!

집에 돌아와 지완이와 2시간가량 놀 수 있었다. 뛰어다니고 와서 안겼다가 다시 뛰고 저녁 먹고 7시경에 갔다.

최대환 신부님의 책 《당신이 내게 말하려 했던 것들》에서 좋은 휴가는 자신의 내면을 치유하고 스스로 잘 돌보는 것을 익히는 시간이라는 말이 가슴에 와닿는다. 어렵게 마련한 이 하루의 휴가가 일상의 삶을 사는 힘이 되기를!

여름 낮잠

신나게 낮잠을 잤다
풀벌레 소리 음악에 맞춰

마치 고향 느티나무 아래
멍석을 펴놓고
늘어지게 자고 난 것 같다
몸이 개운하다

이제 옥수수만
쪄 먹으면 되겠지

맴맴
매미가 그립냐고
울어댄다

2022.8.8.

복숭아 맛

화실 휴가 중인 지난 수요일. 수원의 신부님과 용순이, 남양주의 주영 씨, 일산의 샘과 나 이렇게 고향 까치골에서 모였던 기억이 아직도 생생하다. 농원에서 떨어진 복숭아, 한쪽이 살짝 상하거나 까맣게 뭉그러진 것을 베어 먹는 복숭아 맛이 가장 맛있다.

　오늘 아침 상자에 담아온 복숭아 중에 덜 싱싱한 것을 골라서 씻는다. 살짝 상한 부분을 도려내니 난물이 뚝뚝 떨어진다. 껍질 벗긴 과육은 더 부드럽고 깊은 맛이 달콤하다. 남편 입에 넣어 주며 "맛있지?" 하니 고개를 끄덕인다.

어제는 작고 단단한 것을 7~8개 골라 노각과 참외 하나, 양파와 함께 깍두기를 했다. 너무너무 맛있었다. 가져온 첫날에는 오자마자 동생이 따로 담아 준 떨어진 것들을 설탕 넣고 조림해 냉장고에 보관했다. 복숭아 철이 지날 때 이 한여름을 추억하고 음미하며 먹을 것이다. 비교적 싱싱한 것은 냉장고에 보관되어 있다. 며칠 숙성시켜 냉장고에 넣어두면 매끼마다 두어 개씩 꺼내 먹을 수 있다. 까치골 농원 넷째 동생 부부가 10여 년 넘게 우리에게 준 선물이다.

어제는 동생이 전화로 며칠 동안 계속 비가 온다고 해 복숭아를 따고 있다 한다. 학교 화학과 선생님들께 보내 드릴까 하고 강 교수와 통화하니 오늘 출근길에 동생에게서 열 상자를 받았다고 메시지가 왔다. 학교 샘들과 달콤한 맛을 나눌 수 있어서 기쁘다. 상처 입은 복숭아의 부드럽고 깊은 달콤한 맛과 싱싱하고 딱딱한 복숭아의 건강한 맛이 다르다. 나이 들어 보니 숙성된 부드러운 달콤한 맛이 좋다. 우리도 나이 들어 이렇게 깊고 부드러운 향기를 낼 수 있을까? 살면서 겪어 온 힘듦과 기쁨과 행복의 세월이 어우러져 내는 그런 맛, 영원한 생명에 들어가서도 어울릴 수 있는 그런 향기를 풍기고 싶다. 달콤한 복숭아 향기가 입 속에 감돈다.

2022.8.9.

성심誌

하루 종일 비가 온다. 잦아들었다가도 열대우림 속에 퍼붓듯이 갑자기 쏟아지기를 반복한다. 오랜만에 학교 샘들과 안부 전화를 한다.

안병관 샘이 전화를 하셨다. 2010년 8월 퇴직하기 전 한 학기 먼저 부임하게 된 나의 후임 교수님이시다. "그때는 잡지도 함께 만들었나 봐요." 하며 "그 책 보내 드릴까요?" 한다. 같은 과목을 가르치다 보니 많은 책을 남겨 두고 왔다. "아니요. 나도 이제 정리할 때인가 봐요." 하며 인사를 하고 끊었다.

그런데 자꾸 그 잡지 얘기가 맴돈다. 뭐지? 그러다 보니 '성심'지가 생각났다. 그리고 거기에 춘천 주위 강물 수질조사 논문을 실은 것이 생각났다. 71학번 분석 실험하는 친구들과 물 뜨러 가고 밤에 실험실 불 밝혀 놓고 실험하던 추억이 떠오른다. 아, 그 잡지인가? 50여 년 전의 추억을 담은 그 책, 보고 싶다. 보내 달라고 전화해야겠다.

2022.8.12.

뜨거움과 밝음

오늘은 행복한 화실 시간이 흘러간다. 레슨과 대화의 시간이다. 대화 중에 노래를 들으며 울어 본 경험에 대해 물었다. 많다고 한다. 나는 없는 것 같다. 머리에서 가슴까지 내려가지 못하였다. 그런데 문득 기억 하나가 떠오른다.

아주 오래 전 피정의 집에서 1시간 내내 눈물 흘리며 앉아 있었던 기억이다. 그래서 "뜨겁지도 차지도 않으니 뱉어 버리겠다."(3,16)는 묵시록의 성경 구절과 그때의 상황과 예수님과의 만남을 이야기한다.

붓질을 계속하는데 샘이 나의 허점을 찌르신다. 형태를 중요시하고 어두움과 밝음을 표현하지 못함을 지적한다. 밝음은 뜨거움으로, 어두움은 찬 것으로 설명한다. 그림에서도 뜨거움과 차가움이 표현돼야 풍성하다고 설명한다. 빛이 비치는 밝은 것을 뜨거움으로, 빛이 비치지 않는 어두움을 차가움으로 대비시킨 것이다. 놀라웠다.

이렇게 어두움과 밝음의 대비로 나의 그림 앞날이 어떻게 전개될지 기대된다. 감사하다. 또 다른 시기가 시작된다.

2022.8.15.

지완이

둘째네 네 식구와 함께한 행복한 하루이다. 집에 들어오자마자 지완이가 빤히 바라보며 웃음을 가득 띤다. 그리고는 신발을 벗고 달려와 안긴다. 8월 3일 보고 12일 동안 자란 것이 느껴졌다. 나의 손을 잡고 피아노방으로 간다. 퉁퉁 쳐 보고 재미있어 한다. 다시 손을 잡더니 누나와 함께 논다.

지난번 와서 혼자 놀 때와는 다르다. 이렇게 아이는 커가고 귀염둥이 보배가 되어 가고 학교에 들어간다. 내년에 초등학교에 들어갈 재이는 또 다른 단계에 들어섰다. 영상통화를 할 때에 어느새 지완이가 주인공이 되었다.

오른손은 재이, 왼손은 지완이 잡고 주차장으로 가는 길, "빠이, 빠이." 인사하고 보낸다. 지금 여정의 가장 행복한 날이다. 다시 둘만의 시간. 이것 또한 우리다운 고요한 시간이다.

2022.8.16.

종

자는 중에 종이 울린다. 그 소리에 깨어 오줌을 뉘어 드린다. 처음에는 자다가 "오줌." 하는 작은 소리에 침대에서 내려 해결하곤 하였다. 거실 탁자 위에도 종이 놓여 있다. 급할 때 흔들면 집 어디에 있든 달려가 소파에서 휠체어 타는 것을 도와 드리고 삼촌이 화장실 벽에 만들어 준 손잡이를 잡고 오줌 누는 것을 도와 드린다. 이렇게 두 개의 종이 남편과 나 사이의 신호가 된다.

우리 부부는 학교 근무할 때 방학이면 외국 여행을 많이 다녔다. 어느 때부터 자그마한 종을 기념으로 사곤 하였다. 방 안 두 침대 사이에 있는 책상 끝, 남편 손이 닿을 수 있는 곳에 놓인 작은 종은 FINLAND라고 쓰여 있다. 어느 해 여름방학 때 북구를 거쳐 러시아를 돌아서 올 때에 산 것 같다.

거실 탁자에 있는 종은 내가 제일 좋아하는 것이다. 어느 해 오스트리아와 주변 나라들을 여행할 때 어느 시골 대장간에서 산 것이다. 매우 비쌌던 것 같다. 대장간이 있는 것도 신기했고 소리가 너무 좋았다. 마치 절에서 울리는 큰 종소리 같다고 할까.

그 종이 거실에서 울리면 도와주러 가면서도 추억 저편의 즐거움이 생각나 마음을 울린다. 기념으로 하나둘 모은 종들, 그것이 이렇게 노년의 여정에서 신호를 주는 소리로 우리를 도울 줄이야! 언제까지 그 울림을 듣고 일어나 달려갈 수 있을지 모르지만 감사하다. 그 여행의 행복이 오늘의 기쁨이 되어 돌아왔다. 땡그랑, 땡그랑!

호박

또 다른 새벽을 연다. 어제 하루 종일 햇빛을 받은 식물 친구들에게 물을 주며 하루를 시작한다. 여덟 달을 살아낸 호박 두 친구들도 안녕? 사람으로 치면 100세는 되지 않았을까? 누렇게 된 가지를 쳐 준다. 아직 잎은 싱싱하다. 암꽃은 물론 수꽃도 조그맣게 맺혔다가 떨어진다.

그렇게 '생명'을 사는 것이다. 열매를 맺지 못해도, 꽃을 피우지 못해도 생명을 산다. 언제까지 살까? 우리는? 공연히 닮았다는 생각이 든다. 그래도 호박도 우리도 하루를 기쁘게 맞이하고 살아간다. 서로 의탁하며.

사돈마님

어제 큰애 부부가 저녁 늦게 왔다. 친정 엄마, 아니 장모님께서 집에 오라고 하셔서 퇴근 후 가서 저녁 먹고 받아온 선물을 전달하러 온 것이다. 안 보면 섭섭하고 보면 반갑다.

보따리를 푼다. 주먹만 한 찹쌀떡 한 상자와 어른 머리통만 한 메론 2개, 큰 생수병으로 콩물 가득 그리고 한우 안심 두 팩. 세상에! 자주 보내 주시지만 오늘은 대단하다. 지난번 보내 드린 해바라기 그림의 답례란다.

서로 감사하며 살아갈 수 있는 것이 좋다. 명희를 낳아 키우시고 정환이의 짝으로 보내준 것만으로도 감사한데!

노년을 산다는 것

노년을 사는 것은 재미있는 일이 종종 일어난다는 것을 의미하는지 모르겠다. 낮에 친구 동인이가 전화를 해서 자기 집에 오는 도우미 아줌마의 올케가 연변에서 왔는데 도움을 받으면 어떻겠냐고 한다. 이제 혼자 버틸 때도 지난 것 같고 집 안의 30여 년 '세월의 때'를 벗기고 싶어 과감히 '새로운 인연을 만들어 보자.' 하고 그러겠다고 했다.

낮잠 후 문자로 전화번호가 왔다. 이 일 저 일 하다가 이제 전화를 해 볼까 하고 핸드폰을 보니 어딘지 익숙한 전화번호이다. '누구 번호지?' 하며 머리를 굴리다 보니 내 전화번호가 아닌가! 한참을 웃다가 친구에게 전화를 한다. 이제는 둘이 웃음 합창을 한다. 그러다 문득 쓸쓸한 생각이 든다. 그러면서 이런저런 이야기를 나눈다. 노년 삶의 어려움이랄까, 에피소드랄까? 생각해 보니 이런 일로 전화하며 웃고 떠드는 것도 노년의 여정 아닐까?

새로운 전화번호가 도착한다. 이 번호가 우리 부부가 집 안에 새로운 분을 들이며 조금 다른 삶을 사는 계기가 될 것이다. 목요일 1시에 만나기로 했다. 재미있는 소소한 일들이 기대된다.

2022.8.18.

새 인연

정발산에 떠있는 구름을 바라보며 거실 책상에 앉아 있다. 그런데 나의 공간인 부엌에서 누군가 일을 한다. 또 다른 내가 부엌에서 묶은 때를 닦아내고 있는가? 아니면 수호천사가 "그동안 혼자서 너무 애썼지? 내가 좀 도와줄까?" 하며 부지런히 손을 놀리는 걸까? 오후 내내 흥분이 된다.

일산으로 이사 온지 28년. 친구의 권유에 결단을 내려 도우미가 오신 것이다. 아들과 남편에게 얘기도 안 하고 그냥 오시게 한 것이다. 나의 일이니까. 오자마자 부엌에서 4시간을 일한다. 나의 무관심과 게으름으로 첩첩이 쌓인 때를 대신 닦아도 되나 하는 불안감까지 든다. 괜히 가서 물도 드리고 과자도 드려보지만 나에게 편히 쉬라고 하신다. 그래서 40년 전 인연인 아줌마에게, 친구 동인이에게 보고하는 전화도 한다.

드디어 책상에 앉아 기록을 한다. 한참을 이삿집 청소같이 해야 한단다. 내일은 중국에서 온 동생도 함께 오기로 했다. 어느 정도 정리되면 일주일에 한 번씩 일반 청소를 하면 된다고 한다. 이렇게 또 다른 일상이 시작된다.

2022.8.20.

택배

어제 화실 조퇴하고 집에 오니 현관 앞에 택배 두 상자가 왔다. 작은 상자는 안 교수로부터, 커다란 상자는 넷째 동생의 복숭아 상자다. 작은 상자에는 70년대의 '성심', 85년에 시작한 '성심화학' 잡지가 들어 있다. 성심 잡지에 73년에 학생들과 실험한 춘천 근처 강물 수질검사 논문이 실려 있다. 버스 타고 물 뜨러 다니고 저녁 식사 후 기숙사 실험실에서 실험하던 추억들이 흐른다.

어떻게 이 오래된 잡지들을 찾아 보내셨을까? 성심화학지는 학생들 세

미나 원고들, 수질조사 연구, MT소식, 학생 명단, 교수와 조교 명단 등 다양하게 실려 있다. 창간호에 그 당시 4학년이던 김근비가 교생실습 다녀와서 쓴 수필이 있다. 사진 찍어 근비에게 보낸다. 답이 온다. "고맙습니다. 글을 쓴 기억은 있는데…. 분석 실험 시간에 염산 때문에 구멍 난 스커트도 생각나요. 덕분에 그 시간을 회상했어요." 근비와 카톡으로 이야기꽃이 핀다.

큰 상자에는 복숭아 세 상자가 들어 있다. 한 상자에는 사돈댁에 보내려고 미리 부탁해 잘 포장된 최상급 복숭아 10개가 "나 잘 왔어요." 하며 복스런 핑크빛 미소를 보낸다. 두 상자는 정리한다. 자동차에서, 우체국 보관창고에서 지내느라 상처 입은 것을 골라놓고 한 상자를 다시 정리한다. 주고싶은 후배에게 전화하니 짧은 만남을 남기고 갖고 간다. 네 식구가 알콩달콩 맛있게 먹기를.

상처가 많은 복숭아 세 개는 저며 설탕 한 술 넣고 끓인다. 나만의 방법으로 만드는 복숭아잼이 맛있다. 나도 한 개를 입속에 넣고 맛있게 먹는다. 농장의 모습이 떠오르며 마음에 새겨진다. 저녁 퇴근 후 온 큰애 부부에게 한 상자와 졸임을 보내며 오늘 택배 선물을 마무리한다. 보내준 동생, 택배기사님, 정리하고 나눔을 한 나, 모두 파이팅!

도우미 청소

어제 남편이 한 말이 계속 맴돈다. "어제 오늘 까부러지고 기운이 없네." 예민한 사람이 환경이 변해서 그런가? 목요일 금요일 1~5시에 도우미 아줌마가 와 청소하는 것이 마음에 걸려 힘든 것일까? 그동안 '더러우면 어때, 소변 잘 도와 드리고 목욕하고 옷 갈아입히는데 신경 쓰면 되지.' 하며 여기저기 지저분한 것이 보여도 마음 편히 지냈다. 아이들이 오면 청소부터 하는 것이 좀 미안하기는 했다.

그런데 여기저기 묵은 때가 벗겨져 기분은 좋지만 남편이 혹시 나빠질까 봐 신경이 쓰인다. 곰팡이를 없앤다고 해 락스와 철수세미, 장갑을 사다 놓았다. 오늘 두 자매가 한바탕 청소하면 어느 정도 정리되지 않을까? 그리고 다음 주부터는 목요일만 오도록 하면 괜찮지 않을까? 공연히 나 좋다고 청소를 부탁해 신경 쓰게 한 것은 아닌가 걱정이 된다. 불편하더라도 오늘 하루 견뎌주세요, 네?

몸이 더 크고 튼튼한 작은 자매가 아들들이 쓰던 방을 청소한다. 바닥의 묵은 때를 벗겨내는 것을 시작으로 몸집이 작은 큰 자매는 뒤 베란다부터 정리한다. 그런 김에 유리병, 알루미늄 들통과 찜통, 영종 뒤뜰 펌프 옆에 있었던 알루미늄그릇을 재활용에 내놓았다. 아무리 추억이 있어도 이제는 정리할 것은 정리하는 것이 좋다. 베란다 바깥벽에 있던 항아리에서 습기 탓에 붉게 속을 드러내며 조각이 떨어진다. 이 또한 추억 저편으로 보낼 때가 되었다.

안방 청소도 시작한다. 큰 자매가 곰팡이 핀 곳에 락스를 뿌리고 휴지로 덮어 준다. 좀 놔두면 곰팡이가 없어진다고 한다. '그래, 그전에는 남편이 그렇게 하는 것을 보았지.' 남편이 할 수 없게 되었을 때 나는 저걸 어쩌지 하며 바라보기만 했다. 이렇게 긴 시간 청소했지만 뒤 베란다가 마무리 되지 않고 앞 베란다와 다른 곳에도 정리할 것이 보인다. 자매들 생각도 마찬가지인 것 같다. 다음 화요일 오후에 다시 한번 함께 오기로 하고 떠난다. 드디어 우리 둘만의 시간이 되었다. 내가 묻는다.

"힘들었어?", "아니!" 그 대답이 고맙다.

청소와 삶

요사이 도우미의 도움으로 묵은 때를 닦아내고 정리할 것은 정리하고 있다. 나의 삶도 한번 돌아보고 회개하고 고해해 대청소를 해야 한다. 그래야 소소한 더러움이나 어긋남이 잘 보여 더는 잘못하지 않거나 바로 고칠 수 있을 것이다. 간절히 원하면 이루어진다. 28년의 때를 닦는 집 안 대청소도 쉽지 않은데 78년의 묵은 때를 벗겨내기는 더 힘들 것이다. 성령의 도우심으로 이루어지기를 기도한다. 아멘.

지난밤에 종소리가 울리지 않았다. 하루 종일, 아니 도우미가 오는 오후 내내 덩달아 쉬지 못하고 필요한 것 사오고 하다가 낮잠도 못 잤다. 정리하다가 병원 퇴원 후 쓴 기저귀를 발견했다. 밤새 축축한 것이 걱정돼 요즘은 쓰지 않고 종소리 울리면 일어나 오줌을 뉘어 드렸기 때문이다. '그래, 오늘은 기저귀 채워 드리고 푹 자는 것이 좋겠다.'고 생각하고 일찍 잠자리에 들면서 "오늘 밤은 그냥 기저귀에 누세요." 하며 채워 드리니 종소리가 울리지 않았다. 평소 7, 8번 일어나던 것이 3번 정도로 줄어 덕분에 푹 잤다.

새벽에 일어나 기저귀를 보니 앞은 뽀송뽀송한데 엉덩이 쪽이 젖어 있다. "불편했지?" 묵묵부답이다. 벗기고 물수건으로 닦아 드린다. 익숙해지기는 했지만 잠을 설쳐도 종이 울리면 잠결에 일어나 오줌 닦고 다시 눕고 하는 일이 반복될지, 남아 있는 기저귀를 쓴다는 이유와 좀 푹 자고 싶다는 나의 소망을 위해 종소리 울리지 않는 밤이 이어질지⋯. 모르겠다. 지난밤은 "오줌." 하는 말과 종소리가 울리지 않았다.

화분 정리를 하고 보니 호박의 일생이 마감되었다. 오랫동안 감사하다.

2022.8.25.

쉼

좀 힘들다
새로운 도우미 두 분과 함께
닷새째 묵은 살림 다 꺼내
버릴 것 버리고 남길 것 남기고 정리하느라

나의 역할은 버리느냐 마느냐
재활용에 내놓느냐, 다시 찬장에 넣느냐 결정
이 작은 듯 큰 역할에 녹초가 된다

남편은 오늘은 아예 안방 침대에 누워
필요하면 종을 울린다
다음 목요일에 혼자서 오겠다고
도우미 두 분 떠나고
저녁을 하고 둘이서 소파에 앉는다
묵은 살림 정리하는 것은
어쩌면 나의 삶을 돌아보는 일 같다

'그래, 이제 좀 조용히 돌아보며 지낼 필요가 있겠다. 내일은 화실도 쉬자!'
화실 샘에게 카톡으로 화실 결석을 알렸다. 무언가 정리하고 새롭게 시작
하려면 '쉼'이 필요하다. 힘든 결정으로 삶의 흔적들을 정리하고 그 위에

다시 소소한 것들을 쌓아가며 살다가 또 흔적들이 남으면 정리하고 다시 시작하는 것이 삶의 여정이다.

아침 종소리에 깨어 오줌 뉘어 드리고 잠시 누워 생각한다. 집 안은 정리했지만 내면의 삶은 그대로 구석구석 정리할 것들이 남아 있구나. '괜찮다, 괜찮다.' 하며 보이는 것만 정리해 '잘했다.' 하며 살고 있구나. 어렵게 만난 도우미와 마찬가지로 나를 털어놓을 신부님도 만났는데도 머뭇거리고 있구나. 기다리고 계심을 느낀다. 나아가다 머물다 하며 한마디씩 털어놓으면 될 텐데 집 안 정리하듯 또 결정해야 한다. 나도 나를 정리해야 할 것 같다. 그러기 위해서는 '쉼' 속에서 나를 찾아가야 하지 않을까? 오늘, 지금!

2022.8.27.

새벽에

일어나 보니 새벽 5시 40분이다. 오줌 눈지 두 시간이나 지나 "오줌?" 하고 물어 본다. "세 번 쌌어. 미안해.", "깨우기 싫어서, 나 자라고 그랬구나?" 정리하기 시작한다. 팬티, 런닝, 등 아래 시트가 다 젖었다. 더운 수건으로 몸을 닦고 시트 마른 부분에 몸을 기대고 팬티를 갈아입힌다. 그리고 휠체어를 잡고 일으킨다. 윗몸을 닦고 런닝을 갈아입혀 드린다.

시트를 걷어내니 매트에 커다란 달그림자가 생겼다. 일단 젖은 수건으로 닦는다. 이따 햇빛에 말리면 된다. 베 홑이불, 젖은 시트, 베개, 수건을 세탁기에 빤다. 언제부턴가 오줌 조절이 안 된다고 하신다. 오줌이 마렵다 싶으면 나온다고. 그래서 핏기 있는 오줌 때문에 아래옷이 붉게 물들었다. 반복

되어 딱딱하게 굳기도 한다. 가위로 잘라 내니 오줌 누기 편하게 뻥 뚫렸다.

　나를 좀 자게 하려는 것인지, 아니면 조절이 안 돼 그런 것인지 아니면 둘 다? 또 다른 아침을 맞는다. 오늘 유튜브 미사는 거실에서 해야겠다.

2022.8.29.

책 읽어 드리기

어제로 《너는 주추 놓고 나는 세우고》을 다 읽어 드렸다. 지금 읽고 있는 것은 매달 오는 가톨릭 다이제스트, 주보, 남양성지 소식지, 《참으로 사람답게 살기 위하여》 그리고 욥기이다. 나이 들어 황반변성 때문에 눈이 점점 나빠져 매달 보던 일본 잡지 '문예 춘추'를 끊고 작년에는 조선일보 구독까지 중지하게 되었다.

　그러니 조그만 라디오에 의지하는 모습이 애처로워 아침 유튜브 미사 끝나고 《황혼의 미학》을 조금씩 읽어 드린 것이 시작이었다. 우리도, 노년의 여정도 유한하다는 생각이 들었고 남편도 "더 읽어줘." 하며 좋아해서 책 읽어 드리기를 계속했다. 《이 잔을 들겠느냐》에 이어 책꽂이에서 적당한 책을 골라 틈틈이 읽어 드린다. 이제민 신부의 《손 내미는 사랑》, 스에모리 치에코의 《언어, 빛나는 삶의 비밀》 그리고 시도 한 편씩 읽어 드렸다.

　《딸아, 외로울 때는 시를 읽으렴》 그리고 어느새 옛날에 읽었던 박완서의 책을 읽기 시작하였다. 《그 많던 싱아는 누가 다 먹었을까》를 시작으로 《노란 집》 그리고 《그 산이 정말 거기 있었을까》를 새로 구입하여 읽어 드렸다. 어느 때인가는 어느 책에서 인용한 《나는 나무처럼 살고 싶다》를 구입해서 읽어 드리니 숲속에서 치유되는 느낌이었다.

이렇게 2년 동안 조금씩 읽은 책이 쌓였다. 한 발짝 한 발짝 걸어온 것이 긴 여정이 된 것 같다. 앞으로 허락하신 길이 얼마나 되는지 모르지만 유튜브로 미사하고 좋은 영상과 말씀 듣고 묵주기도와 자비의 기도하며 한 걸음씩 가고 있다. 남편이 걷지 못하고 말도 잘 안 나오고 잘 보이지 않지만 아직 어느 정도 들을 수 있는 귀를 주심에 감사드린다. 그리고 여든이 되어 가지만 나에게도 여전히 잘 보고 들을 수 있는 눈과 귀를 주시고 함께할 수 있는 힘을 주심에 감사드리는 소중한 하루하루이다.

이 여정이 끝날 무렵 무엇보다도 반가이 맞이하시는 분이 계시다는 믿음을 주심에 감사드린다.

2022.8.30.

가지 않은 길

KBS 9시 뉴스에서 NASA가 달 탐사 위성을 쏘아 올릴 것이라는 보도를 하고 있다. 남편이 나를 보며 무언가 얘기하려 한다. "나사, 나사." 하며 삼켜 들어가는 소리를 간신히 끄집어낸다. "응, 나사? 나사에 갈 뻔했다고?" 하며 묻는다. 이렇게 아득한 먼 옛날, 아마 1979년 전반 나와 만나 결혼하기 전 일들을 추억한다.

결혼 후 큰애 낳기 전 시부모님과 함께 살 때 어머님은 이런저런 얘기를 해 주시곤 하였다. 하나 남은 아들이 일본으로 공부하러 가 10여 년 넘게 오지 않으니 보고 싶고 외로워서 가슴 아프던 이야기들을 풀어놓으시곤 하셨다. 어느 날은 "글쎄 14년 만에 다니러 와서는 미국 나사인가 무엇인가로 간다고 허락해 달라고 하는 거야. 죽어도 안 된다고 반대했지. 그래서 다시 일본으로 돌아갔다가 짐 싸가지고 귀국을 했는데 건국대에서는 연락도 없고 장충동 친구 집에서 연락을 기다리는지 영종 집에는 가끔 오기만 하고. 직장도 없고 나이는 40이 넘고 일본에 있을 때보다 더 속상하더라. 어느 때 왔길래 그래, 미국 가라, 그게 낫겠다 했지. 그런데 건국대학교에서 새로 시작하는 충주 분교로 발령이 나고 너를 만나 결혼하니 어찌나 기쁘던지 여한이 없더라. 이제 손주만 태어나면 그동안의 서러움이 풀릴 것 같아." 하셨다. 그 후 두 손자가 태어나고 5년 동안 돌보아 주시며 정말 행복하게 사시다가 하늘나라로 가셨다.

이렇게 행복해하시는 부모님과 함께 사는 나도 부천 성심교정에 근무하며 정말 하루하루 잘 지냈다. 어머님이 그때 말씀하시던 NASA 얘기를 지금 하고 있는 것이다. 그동안 남편한테서 자세한 그때의 상황을 들어 본 적이 없었다. 지금 비로소 둘이 함께하는 시간이 많아지자 뉴스를 보거나 드라마를 볼 때 생각나는 일이 있으면 얘기하지만 알아듣기 힘든 때가 되었다. 그래도 나사 이야기는 관심을 기울이며 TV를 끄고 입 모양과 가끔 밖으로 나오는 소리를 되물으며 이야기 흐름을 이해하려고 한다. 내가 파악한 그때의 상황은 이렇다.

나고야대학 동물유전학 실험실에서 오랫동안 '미니 돼지' 프로젝트를 진행해 성공하였다. 그 결과를 일본 축산학회에서 같이 연구하던 학생이 발표했는데 그 뉴스를 나사에서 보고 지도 교수이던 곤도 교수에게 연락을 했다. 그래서 논의 결과 노순창이 미국 나사로 가는 것이 좋겠다는 결정이 났다. 한국의 부모님께 허락받으러 귀국해 가고 싶다고 말씀드렸다. 생각보다 부모님 반대가 너무 심해 도저히 가겠다고 할 수가 없어 다시 일본으로 갔다.

그런데 어눌한 그 목소리를 내가 이해한 바로는 만일 일본에서 지낼 수 있는 기간이 좀 있었더라면 미국으로 갔을 거라고 한다. 마침 1979년 8월에 만기된 비자를 어렵게 다시 갱신해 더 생각할 시간을 갖느냐, 아니면 한국으로 돌아가느냐의 기로에 서 있었단다. 결국 한국행을 선택했다. 1980년 3월에 건대 충주분교로 발령 나기까지 6개월간의 힘듦을 이야기한다.

전화도 없던 시절, 장충동 아빠로 불리는 친구 아버지 집에 머물며 연락 오기를 기다리던 심정을 말한다. 오죽했으면 그렇게 반대하던 어머님도 "그냥 미국으로 가라."고 하셨을까. 본인도 포기한 그 길이 얼마나 간절했을까? 드디어 학교가 결정되고 1980년 2월 25일(성심 졸업식 날) 나를 만나 결혼을 약속하고 나는 춘천 성심으로, 남편은 충주 건대로 가서 근무하게 된 것이다. 그해 5월 새로운 교수님이 춘천으로 가시고 나는 부천 역곡 성심으로 다니게 되었다.

로버트 프로스트의 시 '가지 않은 길'이 떠오른다.

노란 숲속에 길이 두 갈래로 났었습니다
나는 두 길을 다 가지 못하는 것을 안타깝게 생각하면서
오랫동안 서서 한 길이 굽어 꺾여 내려간 데까지
바라다 볼 수 있는 데까지 멀리 바라다보았습니다
훗날에 훗날에 나는 어디선가
한숨을 쉬며 이야기 할 것입니다.
숲 속에 두 갈래 길이 있었다고
나는 사람이 적게 간 길을 택하였다고
그리고 그것 때문에 모든 것이 달라졌다고

이제 40여 년이 훌쩍 지나고 부모님 돌아가시고 아이들 결혼해 다 떠나고 둘이 호젓하게 앉아 '가지 않은 길'을 추억한다. 만일 남편을 만나지 않았더라면 나도 지금은 또 다른 길을 가고 있을 것이다.

'사람이 적게 간 길'을 택하지 않고 누구나 가는 평범한 길을 택한 것이 남편에게 후회되는 일은 아닐까? 묻고 싶다. 그는 아마 내 손을 꼭 잡으며 대답할 것이다. "아니. 잘 선택했어. 당신과 함께해서." 그러나 누구라도 가지 않은 길을 바라보며 추억할 것이다.

2022.9.1.

반가운 9월

9월이 반갑다. 하늘은 높고 구름은 둥실둥실, 날씨가 제법 서늘하다. 바람에 나뭇잎이 흔들린다. 문을 닫고 잔다. 이불도 좀 두툼한 것으로 바꾸었다.

덥고 홍수 나고
이런저런 보도로
어지러웠던 8월이 지나갔다
모두들 잘 견뎠다
지난 여름의 힘듦 흔적이 사라지려면
오래 걸리겠지만 9월이다
결실의 계절 가을의 시작
여름이 있었기에 열매가 있다

힘이 난다 희망이 생긴다
일상의 변화를 아름다움으로 변화시킬
숨과 바람이 대지를 채운다

'아줌마'

'아줌마'라는 말. 점심 후 띵동 소리에 "열렸어요." 하며 나가보니 활짝 웃고 있는 자그마한 아줌마가 들어온다. 2주 전부터 오시는 도우미 아줌마이다. 오늘로 여섯 번째 만나는 새로운 인연이다. 그 인연이 반갑고 고마워 40여 년 전의 아줌마에게 알리기도 했다.

사실 가끔 전화해 지난 세월을 감사하며 지내는 우리 아줌마. 시부모님과 함께하던 때가 그리우면 전화해 이야기하고 다 자란 우리 아들들 보면 고마워 안부드리고 싶다. 그런데 내가 전화하는 것보다 우리 아줌마가 더 자주 하신다. 그렇게 우리 아이들이 아기 때부터 성장해 결혼하고 다시 아기 낳고 하는 40년 우리 삶의 역사를 함께한 오래된 우리 아줌마다.

도우미 아줌마가 안방부터 정리하겠다며 들어가신다. 그런데 또다시 띵동 울린다. 만나면 가슴 콩딱거리는 오래된 인연, 개봉동 ME 식구들이다. 토마스와 막달레나 그리고 남편이 주례 선 그의 딸 경미, 세 식구가 햇사레 복숭아 상자를 들고 들어선다. 식탁에 둘러앉는다. 토마스를 바라보는 아름다운 미소가 남편의 얼굴에 가득하다. 손자손녀 바라볼 때나 볼 수 있는 그 미소이다.

우리 아이들이 어렸을 때 경미와 정은이가 함께 놀던 얘기부터 이야기는 끝이 없다. 그러고 보니 경미가 50살이라고 하니 우리 큰애보다 8살 위이다. 그런데 정은이는 어디 갔을까? 정은이, 정은이! 정은이는 커서 나의 제자가 되었다. 학교에서조차 한번도 '선생님'이라든가 '교수님'이라고 부르지 않던 나의 제자. 다른 제자들과 모여 이야기할 때도 웃기만 하고 그냥 있다가 친구들이 다 갔을 때 그때서야 "아줌마, 사실은…." 하며 얘기하곤 했다. 그 정은이의 언니 경미가 말한다. "정은이가 항상 말했어요. 도저히 교수님이라는 말이 안 나온대요. 어렸을 때부터 아줌마라고 불렀기 때문인가 봐요." 그런데 정은이는 지금 하늘나라에 있다. 무엇이 그리 급하다고…. 9월 1일 오늘이 기일이다. 그래서 세 식구가 정은이 만나러 갔다가 우리 집으로 온 것이다. 이 기록을 쓰는 나의 눈은 촉촉이 젖어 든다. 그리운 사람들이 흘러간다.

지난 이야기는 계속된다. 옆동 1층 막달레나 집에서 ME 자매들이 음식을 만들고 우리 집 5층까지 ME 형제들이 "형수님, 형수님." 하며 날라와 어머님과 아버님 장례 모시던 이야기, 문상 오신 분들이 "외아들인데 왜 형수님이라고 부르는 사람이 이렇게 많아요?" 하며 말하던 생각이 난다. 이야기는 끝이 없고 이제는 헤어져야 한다. 무언가 마음을 나누고 싶어 그림을 고르라고 한다. 막달레나는 작약을 고르고 경미한테는 코스모스가 핀 시골 풍경이 간다.

"어머님이 쓰시던 항아리도 갖고 갈래?" 항아리도 나의 사랑을 담아 떠나보낸다.

휠체어 타고 손을 흔들고 있는 남편, 엘리베이터 앞에서 "안녕." 하는 나 그리고 새로운 아줌마가 하는 "안녕히 가세요." 인사. 이렇게 오늘 오후는 '새로운 아줌마', '오래된 아줌마' 그리고 '아줌마 교수님'이 뒤엉킨 아름다운 추억의 날이다.

나에게 '아줌마'라는 말은 가슴 깊이 새겨져 있고 새로이 다시 시작되는 아름다운 울림이다.

사람이 온다는 것은

실은 어마어마한 일이다.

그는 그의 과거와 현재와

그리고 미래와 함께 오기 때문이다

한 사람의 인생이

오기 때문이다

_ 정현종 님의 '방문객' 중

2022.9.2.

남편 상태

요 며칠 사이 남편의 오줌 색깔이 핏빛으로 진하고 누는 동안 아프다고 하신다. 기운도 없어 하시고 음식도 먹기 싫어하신다. 그래도 나는 먹이고 남편은 대변은 잘 누시는 편이니 다소 안심이 된다. 어제도 많이, 오늘도 많이 누셨다.

2022.9.4.

마지막 수업

한숨 자고 난 오후, 정신 차리고 밖이 내다보이는 둥근 책상 앞에 앉았다. 며칠 전 사온 세 권의 책과 정리하고 있는 원고가 놓여 있다. 태풍이 몰려오고 있어서 그런지 무거운 구름이 하늘에 가득하다.

남편은 아예 탁자 위에 발을 올려놓고 길게 앉아 있다. 거의 누워 있는 것 같다. 고개는 뒤로 젖히고 입을 약간 벌리고 있다. 책을 읽다 밖 내다보고 남편 바라보다 눈을 감고 그러다 다시 눈을 책으로 돌린다.

《이어령의 마지막 수업》의 저자 이어령 선생은 대학생 시절 강의 오실 때부터 알았지만 그분의 많은 책 중 몇 권 읽었을 뿐 평소에 그리 좋아하는 분은 아니었다. 그 유창한 말솜씨에 대해 어눌한 시골 유학생이 느낀 거부감 때문 아니었을까 싶다. 매체를 통해 그분의 근황을 알고 목사인 따님이 돌아가신 후 기독교에서 세례를 받고 또 다른 영적인 길을 가시다가 올해 2월 돌아가셨다.

김훈의 《하얼빈》을 사러갔다가 눈에 띄었는데 제목에 끌려 샀다. 노년을 살면서, 특히 남편의 길을 함께 가면서 관심이 죽음에 이르는 여정 그 후의 '생명'에 관한 것인데 혹시 돌아가시기 전 관련된 말씀을 하신 게 아닌가 생각이 들어서였다. 앞부분과 에필로그를 미리 훑어보면서 잘 샀다 싶어 몇 칼럼씩 읽고 있다. 일생을 말과 글로, 강연으로 보내신 그분의 마무리가 자못 궁금해 책을 폈다.

그런데 남편의 움직임이 이상했다. 힘을 주면서 일어나려고 하는데 소파와 탁자 사이에 엉덩이가 걸쳐 있다. 재빨리 일어나 그 밑에 쿠션과 방석을 대고 엉덩방아 찧을 것에 대비하고 손을 잡고 몸을 일으키고 뺄 시도를 해 보지만 결국 깔아 놓은 쿠션 위로 내려앉았다. 그다음부터는 일으켜서 다시 소파에 앉히는 사투가 30여 분 벌어진다. '앞집에 도움을 청할까?', '큰애한테 연락할까?' 여러 생각이 오가는 중 "너무 힘쓰지 마. 어깨 아파져!" 하는 말을 들으며 겨우 소파에 걸터앉게 되었다. 나의 힘이라기보다 남편의 마지막 젖 먹던 힘까지 쏟아낸 덕분이다.

"휴!" 하며 공연히 그동안 쓰던 등받이 겉커버를 벗겨 세탁기에 넣고 속받침은 베란다에 넌다. "소파에 그냥 앉아 볼래. 좀 깊어졌지만." '마지막 수업'이 중요한 게 아니다. 지금 이 순간 옆에서 살아내는 행동이 절실히 필요한 때이다. 미지근한 물 한 컵을 드린다. 간간히 사래가 들려 기침을 하면서 다 드신다.

또다시 일상으로 돌아간다. 옆에 앉으며 "힘들었지?" 물음에 무심한 표정으로 아무 답도 없다. 옆에 앉아 손을 잡는다. 잠시 쉼이 필요하다.

2022.9.5.

연습

새벽에 잠이 깬다
숨소리를 듣는다 오줌을 눈다
오늘도 일상을 살겠구나
마음이 놓인다

어제의 일이 떠오른다
"기운이 점점 없어져. 그동안 고마웠어
당신 때문에 지금까지 버텨왔지
내가 가면 간단히 해. 당신이 고생이겠네"

그동안 가슴 깊이 쌓여 왔던
눈물이 흐른다
정말 이제 가려는 걸까?
"아이들 부를까?"
눈을 감고 소파에 기대어
눈을 가늘게 떴다 감았다 한다
정말 이렇게 가는 걸까?
가만히 바라본다
영원히 지속될 것 같은 시간이 흐른다

"침대로 가자, 편하게"
휠체어 옮겨 타는 게 평소와 다르게 힘들다
간신히 침대로 눕힌다
의자를 침대로 향해 놓고 앉는다
매 순간을 지켜야한다
잠시 후 눈을 뜨더니 자라는 표시를 한다
만일의 위급한 경우에
어떻게 해야 하나 나름대로 기도 연습을 한다

잠자리에 들고
오줌 종소리가 반갑다
그렇게 밤의 일상이 반복된다
접어 놓은 휴지가 다 없어지고
새날이 밝았다
미리 마음 준비를 시킨 것이다
오늘부터는 거저 주어지는
보너스의 하루하루, 감사하게 받자

2022.9.6.

함께 익어 가네

'함께 익어 가네' 어느 노래 가사가 생각난다. '우리는 늙어 가는 것이 아니라 익어 가는 것'이라네. 익어 가는 것, 무언가 성숙해 가고 깊어 가는 것 같아 단순히 나이 들어 늙는 것보다 좋게 느껴져 그 노래가 나오면 끝까지 듣곤 한다. '그래, 잘 익어 가야지.' 하면서.

며칠 전 하얀 스티로폼 상자가 배달됐다. 보낸 사람을 보니 제자 근비였다. 열어 보니 큰 생수병에 얼어 있는 감주가 두 병 들어 있다. 미소가 흐른다. 올 새해 신정 전에도 똑같이 감주가 배달되어 전화를 걸어 사연을 물었다. 의외의 선물이 궁금했기 때문이다. 근비 남편이 퇴직하고 하는 일이 두 가지가 있는데 가끔 고향에 내려가 고추를 기르는 일이고 다른 하나는 감주를 만들어 지인들에게 나누는 일이라고 한다. 그러고 보니 고춧가루도 받은 적이 있었다.

"선생님, 맛이 어때요? 이번 추석을 위해 처음 만든 감주를 보낸 건데." 하며 웃는다. 뜯자마자 약간 녹은 감주를 먹어 보니 맛이 깊고 엄마가 해준 맛이 난다. "맛이 있어. 좋아. 고맙다고 전해줘." 요새 근비도 일하던 가톨릭 다이제스트에서 퇴직했다. 더 늦기 전에 남편과 함께 아들이 있는 미국에 가서 여행하며 지낼 계획이라고 한다. "그래, 여행은 좀 젊을 때 해야돼. 여행 다니며 기록도 남기고. 나는 그때 연필 스케치를 하니까 좋던데."

어느 날은 전화해 그림을 시작했다고 한다. 이제 근비도 힘든 일 다 접고 또 다른 단계의 여정에 들어갔구나. 즐기며 익어 가는 과정인 것이다. 응원을 보낸다.

또 다른 제자 상미는 근비와 동기니까 나이가 60 전후일 것이다. 올해까지 일하고 내년에는 자유로운 휴가를 갖고 퇴직한단다. 환경연구원의 연구원이다. 남편 먼저 보내고 아들과 둘이서 살고 있다. 오늘 상미로부터 큼직한 소포를 어렵게 받았다. 택배를 기다리다 앞집에 놓인 택배를 살펴보니 내 이름은 맞는데 주소가 1904호가 아닌 1903호로 적혀 있었다. 덕분에 전화통화로 서로 목소리를 듣고 안부를 묻는다. "선생님, 저도 이제 나이를 먹어서 깜박깜박해요. 그동안 너무 열심히 일했어요. 좀 쉬고 싶어요." 한다. 그러고 보니 대학 졸업하고 연구원에 입사해 다니면서 다시 대학원에 들어와 나에게서 석사, 박사를 하고 계속 일하면서 60이 된 것이다. 각자 다른 길에서 익어 가는 과정은 다르지만 이렇게 다시 안부를 묻고 서로를 느끼고 잘 지내기를 바라며 살아가는 것이다.

통화기록을 보니 윤정혜가 전화를 했는데 못 받았다. 이 제자는 더 오래된 인연이다. 춘천 시절부터 시작하여 역곡 교정으로 이사하는 과정을 함께했던 정말 부지런하고 열심히 사는 자그마한 친구 같은 제자이다. "선생님, 아세요? 복희 소식?", "아니, 왜?", "갔어요. 알려 드려야 할 것 같아서. 뇌종양이었대요." 멍해진다. 필름처럼 기억이 빙글빙글 돌아간다. 복희가 조교하던 시절, 시집을 안 간 나를 건대 축산과 우리 남편의 은사이신 자기 아버지에게 "우리 선생님 시집 좀 보내 주세요." 했단다. 따님의 말을 귀담아 들으셨다가 남편이 일본에서 귀국해 충주분교 발령을 받자 나를 만나게 하신 것이다.

그러고 보면 복희는 지금 나의 삶에서 중요한 역할을 한 제자이다. 2020년 2월 우리 아들 결혼식에서 본 것이 마지막이 되었다. 정혜에게 묻는다. "정혜야, 그런데 너 몇 살이니?", "70이예요." 그렇구나, 벌써 70이구나. 나는 80이 다 되어 가고 익을 때가 되었구나. 떨어지기도 할 나이이다. 모두가 삶의 길은 조금씩, 어쩌면 많이 다르지만 그 과정에서 자라고 열매 맺고 익어 가며 살아가는구나. 책상에 앉아 밖을 내다보다 성경을 바라본다. 읽다가 펼쳐놓은 집회서의 말씀이 크게 다가온다.

"어제는 내 차례였지만 오늘은 네 차례다."(집회 38,22)

그래, 언제 내 차례를 준비해 주실지 모르지만 하루하루 일상을 살며 조금씩 익어 가고 마무리해 나가자. 제자들과의 인연을 주시며 오늘을 살게 하신 신비에 고개 숙여 감사드린다.

2022.9.7.

오늘의 식사

남편이 아침으로 우유 3분의 1컵, 팥 고은 것 약간 드시고 매일 복용하는 파킨슨약 두 알과 혈압약 한 알마저 안 먹는다. 처음이다. 지금까지는 주는 것은 억지로라도 다 드시고 약도 모두 먹었는데 누워만 계신다. 점심에는 약만 드시다가 저녁에 새우젓에 흰죽, 두부찌개, 사과졸임을 조금 드셨다.

저녁 후 앉아 있더니 화장실 가시겠단다. 대변을 보고 면도와 목욕까지 간단히 해 드렸다. 오전까지도 완강히 식사를 거절했는데 좀 상태가 나아진 것인가? 밤 8시 20분경 소파에서 계속 눈 감고 내 쪽으로 몸이 기울기에 들어갈까 하니 묵묵부답이다. 고개를 안 흔들면 긍정으로 알아듣고 휠체어로 이동한다. 좀 위태위태해 꼭 잡아 간신히 침대에 눕혀 드린다. 평소의 모습과 다른 좀 특별한 날이 된 오늘 하루를 마무리한다.

2022.9.8.

숨

잠자며 내는 숨소리를 듣는다
잠은 죽음인가, 죽음은 계속된 잠인가?

숨소리는 살아있음인가?

죽음 사이의 깨어남인가?

숨소리는 안도감인가?
안도감은 죽음과 연결된 것인가?

숨소리를 들을 수 있음은 살아있음인가?
죽음 사이의 깨어있음인가?

숨소리가 잦아들어 집중한다
잠자며 내는 숨소리를 듣는다

오늘 주신 선물

10시 10분경 봉성체를 위해 추교윤 신부님과 다섯 자매가 오셨다. 미리 구역장이 와서 식탁에 촛불을 켜고 남편도 식탁으로 이동한다. 두 달 만에 성체를 모신다. 오늘 오신 예수님과 한 달을 함께 사실 것이다.

1시에 도우미 아줌마가 온다. 자그마한 얼굴에 밝은 웃음이 좋다. 내가 못하는 구석구석을 깨끗이 청소하는 천사다. 오늘은 거실과 부엌에서 편히 일하시라고 방 청소 먼저 하고 우리 둘은 안방에서 2시부터 3시까지 낮잠을 잔다. 깬 남편이 침대에 누운 채 겨우 알아들을 목소리로 "오늘 장날이지?" 한다. "응.", "일산시장가서 땅콩이랑 소막창 사고 싶은데.", "네?" 반가운 마음에 옷을 입히고 모자를 씌우고 마스크를 드린다.

'여름 내내 더웠고, 요 며칠 사이 힘들어서 외출은 생각도 못했는데 더구나 일산시장까지?' 하면서 나선다. '무슨 일일까?' 의미를 생각해 본다. 거의 3년을 일산시장까지 가 본적이 없는데 힘을 주시겠지 하며 콧노래를 부르며 건널목을 건너고 또 건너 일산역의 엘리베이터를 탄다. 그냥 혼자 걷는 것과 휠체어를 밀고 걷는 경로가 다르다. 사람들이 오가는 것이 신기하고 쳐다보며 양보하는 모습들이 아름답다.

드디어 일산시장길, 복잡하고 사람들과 부딪치기도 하며 활기가 넘친다. 예전에 땅콩 사던 곳에서 두 되를 사 휠체어 손잡이에 매달고 갖가지 가게를 외국 여행 풍경 보듯 스쳐지나간다.

정육점으로 가니 어느 자매님이 기웃거리다가 반긴다. 아는 사람인가? 아빠는 검은 수건 같은 막창을 손끝으로 가리킨다. 한 덩어리가 너무 커 반만 달라고 말한다. 얼마냐고 묻는데 그 자매가 "제가 계산할게요." 하며 카드를 내민다. 얼떨결에 "아니, 왜? 감사합니다." 하고 "다른 내장도 살까?" 하니 남편이 이거면 됐다고 한다. 이왕 왔는데 너무 적은 것 같아 잘라낸 나머지도 달라고 하니 그 자매가 그것까지 계산한다. "세상에! 혹시 성당 반장님? 마스크 때문에." 하니 "저 17층 4호에 살아요." 한다. "우리 집 밑에 밑에요?" 그렇다고 한다. 이렇게 갑자기 이웃사촌의 큰 선물을 받았다. 시장 볼 것 있다며 그 자매는 웃으며 사라진다. "갑자기 천사가 나타났다 사라졌나?" 하며 아빠를 바라보니 이제 빨리 가자고 한다. 온 김에 삼겹살을 더 사고 시장 골목을 빠져나와 큰길을 지나 음식점들 간판을 보며 지나가다가 노점 트럭에서 좀 큰 미역과 잔멸치를 사서 아빠에게 안겨 준다.

다시 오던 길을 걷는다. 화실 앞을 지나고 분수를 지나 건널목을 건너고 보니 10분 전 5시, 아줌마가 가실 시간이다. 부지런히 집으로 돌아오니 아줌마가 반기신다. 옷을 벗기고 의자에 앉히고 물수건으로 얼굴과 손을 닦아 드리고 대야에 따뜻한 물을 받아 발을 담그게 해 드리고 사온 물건을 정리한다. 아줌마는 휠체어를 닦으신다. 맛있는 떡을 싸드리고 냉동실의 쌀가루를 드리며 "송편 해 드세요." 하며 웃음을 나눈다. 아줌마 가고 발을 닦아 드리며 오늘 하루 주신 선물들에 대해 생각하며 감사드린다.

소막창 요리

"어떻게 해 먹지?" 물으니 간장 넣고 볶으라고 한다. 소금과 밀가루를 넣고 빡빡 문질러 씻고 헹구고 또 헹군 후 잘라서 양파와 마늘을 넣고 프라이팬에 볶았다. 이것을 접시에 담고 신옥 씨가 가져온 전과 함께 먹는다. 그런데 막창이 너무 질겨 먹기를 포기한다. 파전과 식혜로 저녁 식사를 마친다. TV 보는 동안 큰 솥에 막창, 마늘, 물을 넣어 끓이고 물 붓고 또 끓여 뽀얀 국물이 우러나도록 끓이니 집 안이 그 특이한 냄새로 가득 찬다.

　아침에 잘라서 먹어 보니 부드럽고 맛있다. 작게 가위로 잘라서 작은 스테인통에 담아 딤채에 보관한다. 오늘 아침에는 몇 점 드려봐야지. 맛있게 드실까? 훗!

2022.9.9.

오래된 인연

추석 전날이다. 둘째네 네 식구가 차가 많이 막혔다며 12시쯤 도착한다. 한복을 곱게 차려입은 재이와 지완이가 반기며 안긴다. 며느리는 사온 전과 한번 시도해 보았다며 직접 만든 갈비찜을 냄비에 덜어 데우며 점심을 준비한다. 밥은 다 되었다.

그런데 띵동, 나가보니 미국에서 온 젬마와 일산에 사는 안젤라가 들어온다. 젬마가 지완이를 보더니 "주환이 어렸을 때하고 똑같아요. 형님." 하고 재이를 보고는 "어찌 이리 예쁠고." 한다. 우리 두 아들 2, 3살 때부터 보아온 개봉동 ME 식구다. 남편과 함께 주모경과 방문기도를 하고 그림방에서 간단히 얘기를 나눈다. 젬마의 눈에서 눈물이 흐른다. 안젤라도 마찬가지지만 남편들을 일찍 보내고 젬마는 언니가 돌아가셔서 귀국한 김에 들른 것이다.

이렇게 40여 년의 세월이 흘러 아이들을 키우던 젊은 새댁들이 이제 70대의 할머니가 되었다. 젬마는 치과 치료하고 11월쯤 돌아갈 예정이란다. ME 식구들 다시 한번 만나자고 약속하며 떠나갔다. 나이 들면 먹는 것도 힘들다며 사온 부드러운 카스테라를 남기고.

여섯 식구가 점심을 한다. 아빠도 열심히 드시려고 노력하는 모습이 보인다. 재이와의 모든 놀이, 뛰어다니다가 가끔 와서 안기는 지완이, 사람 사는 집 같다. 며느리는 잠시 자고, 아들은 마트 가서 배터리를 사와 장난감 자동차를 돌아가게 한다. 아이들은 어떻게 쉼 없이 놀이를 생각해 내고 몰입하는 걸까? 아이들의 마음으로 우리는 세상에 보내진 임무를 다하는 것 같다. 이렇게 소중한 하루가 흘러간다. 간단한 저녁을 하고 아이들 씻기고 네 식구가 집으로 간다. 내일 바깥사돈 환갑잔치차 모든 식구가 서울에서 모인단다. 우리는 제사를 안 지내니 추석 전날 왔다가 가고 큰애 부부는 내일 추석 점심에나 올 것이다.

그동안 우리 부부는 또 다른 쉼의 시간을 갖는다. 이 또한 행복한 시간 아닌가? ME 식구처럼 자식들도 오래된 인연이다. 그러나 자식들은 현재에도 미래에도 함께하는 그 무엇과도 바꿀 수 없는 특별한 인연이다.

노범룡, 노순창, 노정환과 노주환, 노재이와 노지완 그리고 또 다른 노 씨들을 통하여 계속될 인연이다.

2022.9.13.

또 다른 단계?

이제 남편은 TV에도 라디오에도 아무 관심이 없다. 라디오가 친구인 시기도 지난 것 같다. 소파에 눈을 감고 앉아 있는 것이 전부이다. 어렵게 식사를 하는 것만도 감사하다.

그런데 어제는 5시쯤 소변을 누고 침대로 가자고 하신다. 6시가 지난 지금까지 누워 계신다. 그전에는 아무리 힘들어도 밤 9시쯤에 침대로 가셨는데. 나는 방으로 와 침대에 앉아서 바라보다가 나가서 원탁 책상에 앉아 있다 다시 들어온다. 간단한 저녁과 약은? 또 다른 단계인가? 다행히 7시에 일어나셔서 약간의 카스테라와 식혜로 식사를 하고 약을 드셨다. 무슨 의미인지는 모르지만 3일 정도 거의 핏물이었던 오줌 색깔도 많이 맑아졌다.

오늘은 오전에 시원하게 대변을 보셨다. 조금 있다가 소변을 보고 또 화장실로 가자고 하신다. 그런데 그만 옷에 싸셨다. 그런 김에 머리 감기고 목욕을 해 드리니 다소 편안해지신 것 같다.

박 수녀님

박정자 수녀님이 카톡으로 추석 후 소식을 전하신다. 연잎 하나하나에 사랑 희망 기쁨 웃음 행복이라는 단어가 둥실 떠있다. 항상 우리를 위하여 기도 하시는 수녀님, 가슴 가득히 향기가 전해온다. 이번 전시에 준비 중인 지완이 그림 여섯 작품을 카톡으로 보낸다. "그림을 그리며 그린 것을 바라봅니다. 아이들이 집으로 가고 나니 그 떠들썩함이 그리워집니다. 한편 고요함이 좋기도 합니다. 노년의 여정을 조금씩 다르게 주십니다. 몸과 마음 건강하시기를."

전화벨이 울린다. 마침 남편 목욕시키고 쉬는 시간, 받아 보니 수녀님이시다. 문자로 쓰시다가 도저히 안 되어서 불편한 시간이 아닌가 걱정하면서 전화를 하셨단다. '성화' 같이 아름다운 그림에 대한 얘기부터 시작하시어 타임머신을 타고 학교생활로 돌아갔다가 지금 노인 수녀님 공동체 얘기까지 이어진다.

나는 지금의 여정 속 사소한 이야기로 답한다. 서로가 '가지 않은 길'을 공유하는 것이다. 오래된 인연으로 삶을 나눌 수 있다는 것은 기쁨이며 행복이다. 웃음이 절로 나오는 시간을 함께 나누어 좋다. 그리고 아직도 사랑을 사랑할 수 있고 남아 있는 희망을 희망할 수 있음을 공유한다. 전화를 마치고 삶의 향기를 가득 품고 남편 곁에 앉아 손을 잡으며 말한다.

"박 수녀님이 전화하셨어."

뭐가 중한디!

프란치스코 하비에르 구엔 반 투안 《지금 이 순간을 사랑하며》 중에서

  하느님과 하느님의 일

  왜 그토록 괴로워하느냐? 너는 하느님과 하느님의 일(사업)을 구분해야 한다. 네가 마친 일과 계속 하기를 바라는 모든 것, … 그것들은 훌륭한 하느님의 일이다. 그러나 하느님은 아니다. 하느님께서 네가 이 모든 것을 포기하길 바라신다면 즉시 그렇게 하여라. 그리고 하느님을 믿어라! 하느님은 그 모든 것을 너와 비교할 수 없을 만큼 잘하실 것이다. 그분은 네 일을 너보다 훨씬 잘 할 수 있는 사람들에게 맡기실 것이다. 너는 하느님을 선택했지 하느님의 일을 선택한 것은 아니다!

  정환이가 오랜만에 아침을 먹으러 왔다. 다음 주 화요일 서강 전시모임과 2년 정도 미뤄두었던 책 만드는 일에 대해 얘기했다. 지금은 사진관 일만도 벅차다고 하며 '엄마 일'을 그만하면 안 되냐고 말한다.
  처음에는 좀 섭섭했다. 그러나 생각해 보니 '정말 중요한 일'이 무엇인지 구분해야 될 때인 것 같다. '나를 드러내기 위한 일'이었는지 싶다. 마치 내가 살아가는 활력이라는 포장 아래. 마음속으로 결정한다. '설명지'로 전시모임을 대체하고 책 출판을 접어두자. 정환이가 가고 남양성모성지 소식지를 훑어본다. '하느님과 하느님의 일은 구분해야 한다.'는 말씀이 남는다. 그래, 정말 중요한 것에 집중하자. 얼마 동안 맴돌던 모든 것이 정리된 느낌이다. 어떻게 보면 제자리로 돌아온 것이다.

가시관 드신 성모님 4F oil on canvas 2022

2022.9.24.

나는 19층에서 산다

나는 매일 매순간 하늘을 보고 산다. 어느 때는 구름 한 점 없는 하늘을 보거나 두둥실 떠가는 구름을 바라보며 꿈을 꾼다. 또 어느 때는 잔뜩 무거운 구름을 바라보고 비가 올 것을 안다. 비가 주룩주룩 창문을 타고 내리면 하늘을 가린다. 내 가슴 깊숙이 흘러들어 간다.

　또 겨울날 조용히 소리 없이 내리는 눈을 바라보면 고요해진다. 어느 때 눈은 바람과 노니느라 공중에서 춤을 추며 사선으로 흩날린다. 눈과 비 내리는 모습을 통해 바람을 본다. 나는 하늘의 변하는 모습을 바라보며 눈으로는 볼 수 없는 내 마음을 느낀다.

　나는 이렇게 19층에 산다. 좋다. 하늘과 비와 눈과 바람이 친구여서 더 좋다. 내일은 어떤 친구를 만날 수 있을까?

2022.9.28.

식사

남편은 부드러운 죽인데도 자꾸 사레가 들린다. 결국 반쯤 먹고서는 그만 먹겠다고 밥상을 물린다. 사실은 서강미술가회 전시를 위해 오늘 용달 형제님이 명동1898로 그림을 갖고 가는 날이다. 그래서 9시성 화실에 들렀다. 잘 포장되어 있고, 형제님은 10시 30분경에 갖고 가겠다고 한다. 그래서 샘께 부탁드리고 집으로 왔다.

거실 책상에 앉아 있다가 졸았나 보다. 시계를 보니 12시 가까이 되고 있다. 밥이 좀 있으니 오랜만에 라면을 드릴까 생각하다 끓이다 보니 밥을 넣은 라면죽이 되었다. 맛은 괜찮았다. 남편이 그만 먹겠다고 해서 시계를 보니 11시 40분이었다. '아니 12시 40분이 아니고?' 1시간을 잘 못 본 것이다. 세상에 11시 전부터 점심을 준비한 것이다. 정신 차려라!

3시경에 둘이 앉아서 책을 읽는다. 갑자기 무언가 말을 하고 싶어 한다. 겨우 알아들은 말은 '곤드레밥'이란 말. "그 밥 먹고 싶어?" 고개를 젓는다. 어렵게 알아들은 그다음 말은 '쭈꾸미'였다. 결국 그전에 다니던 곤드레밥집 아래층에 쭈꾸미볶음을 먹고 싶다는 것이다. 걸어가기는 멀고 내가 차 갖고 갔다 올까 하니 함께 가겠다고 한다.

'웬일?' 신이 나서 준비한다. 뒷자리에 어렵사리 태우고 휠체어는 트렁크에, 출발! 하나로마트 가는 그 길이다. 천천히 간다. 곤드레밥집이 아직 있네. 그런데 쭈꾸미가 아니라 아구찜이었다. 더 가 보란다. 대진고등학교 맞은편에 '할매 쭈꾸미'가 보인다. 저 집에서 사잖다. 오래된 집이다. 간판만 보아도 매울 것 같다. 차를 잠깐 세우고 준비되어 있는 2인분을 3만 원에 산다.

그냥 집으로 가기에는 너무 이르다. 어떻게 차에 탔는데. 루멘으로 가서 잠깐 세우고 들어가니 아들이 소파에서 잠시 쉬고 있다. 계속 컴퓨터 화면을 보고 있자니 눈이 아프고 머리가 띵하단다. 내 머리가 함께 띵해진다. 나와서 "아빠 안녕." 인사를 받고 집으로 향한다.

이제 저녁 메뉴는 쭈꾸미볶음이다. 양파와 떡도 조금 넣고 센 불에 볶아 낸다. 흰죽도 반 컵 끓인다. 질길까 걱정했는데 괜찮다. 1인분의 반을 볶아다 먹었다. 너무 이른 점심에 시장했던 모양이다. 거의 3년 만에 먹는 쭈꾸미가 입맛을 돋우었을까?

실수와 새로운 시도의 하루였다. 그래도 내가 할 수 있는 일은 옆에 머물러서 오줌 뉘고 세끼 먹는 것 챙기는 일뿐이 없다. 우리에게 힘을!

2022.9.29.

한달살이의 꿈

어제 아침 정환이와 나눈 대화이다. 한 달 동안의 엘리베이터 공사할 때 자기 집에 와 계시면 어떻겠느냐고 시작해 '영종에서 한달살이'까지 진행되었다. 꿈을 꾸게 되었다. 더 늦기 전에 도전을 해봐? 그럼 어디로? 호텔이나 펜션?

구글을 검색해 보니 곳곳에 한달살이 프로그램 경험 얘기가 실려 있다. 이틀 동안의 꿈 여행을 마치고 저녁 후 앉아서 넌지시 물어 본다.

"엘리베이터 공사할 때 영종에 가서 지내다 올까?" 무슨 가당치도 않은 애기냔 듯이 고개를 흔든다. "그럼 정환이네는?" 묵묵부답. "그냥 집에 있을 거야?" 끄덕인다. 그 순간 꿈은 날려버리고 결정을 한다. '그래, 집이 가장 좋다.' 이런 상황에서 움직일 수도 없거니와 간다 해도 특별한 일도 없을 것이다. 오히려 집에서 소소한 일상을 사는 것이 더 많은 흐름을 감지하고 감사할 것이다.

어쩌면 그동안 해 보지 못한 일, 19층에서 걸어서 내려가 우유 사갖고 다시 올라오는 운동쯤은 시도해 볼 수 있을 것이다. 또 다른 여정의 삶에 충실하자. 이 또한 필요한 과정이어서 우리에게 주신 것이다. 우리 부부 파이팅!

십자가의 예수님 4F oil on canvas 2022

2022.10.4.

집에서의 전시

일주일 동안 명동에서의 서강미술가회 전시가 끝나고 용달 형제님이 그림들을 집으로 날라다 주신다. 내가 참석하지 못해 써 보낸 설명지까지 붙어 있다. 잘 포장된 뽁뽁이를 뜯어내고 한 점 한 점 거실 앞면에 놓는다. '지완이의 1년', '또 다른 여정'의 그림이다. 집에서의 전시가 시작된 것이다.

소파에 앉아 있는 남편이 바라본다. 손짓을 한다. 휠체어로 이동시켜 그림 앞에 머물게 한다. 나는 그 모습을 또 한쪽의 그림인 양 바라본다. 그림이 놓인 곳에서 3년 동안의 기억의 향기가 머물며 진동한다.

그림 설명지를 들고 읽어 드린다. 늘 함께하는 유일한 관람객의 마음이 흐르고 전달되며 퍼져 나간다. 손짓을 하며 무언가 그 느낌을 설명하려 한다. 그것만으로도 충분하다. 행복하고 감사하다. 계속 그림 하나하나에 마음을 주는 남편의 모습. 나는 슬며시 부엌으로 간다. 혼자 그 세계에 머무는 것도 좋은 일, 이렇게 집에서의 전시가 시작된다.

돌 사진

몇 달 후 기어다니고 울고 웃으며 할비, 할미에게 살아있는 활력을 주는 지완이. 이런 기쁨이 우리에게 허락되었다는 것이 감사할 뿐입니다. 드디어 돌이 되어 제법 걷고 뛰고 넘어지기도 하며 육아 휴직으로 함께 지내는 시간이 많은 아빠에게 "아빠~." 하고 말소리를 냅니다. 돌 사진 중 누나와 찍은

돌 사진 3S oil on canvas 2022

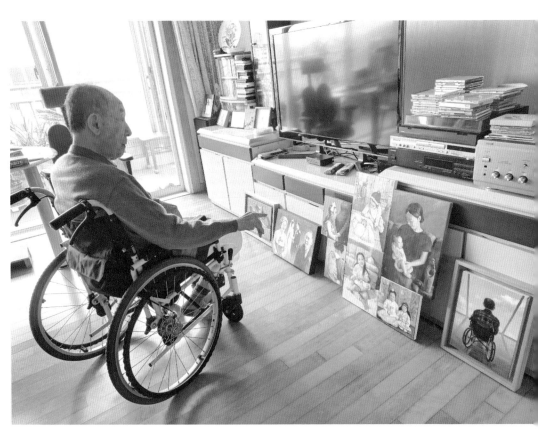

집에서의 전시 2022년 10월 4일

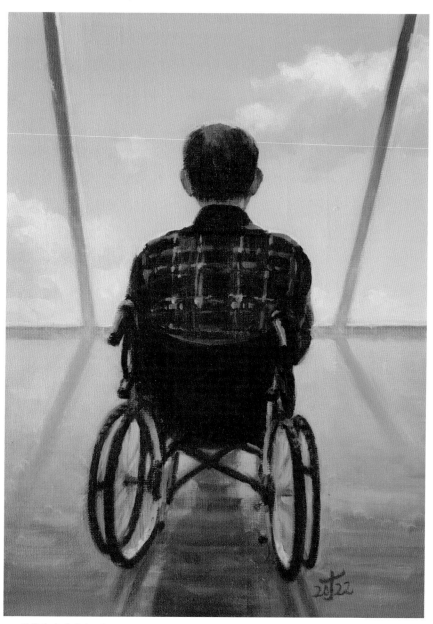

휠체어 탄 남편 4F oil on canvas 2022

모습을 그렸습니다.

또 다른 여정

노년의 '또 다른 여정'을 사는 어느 날 큰아들이 휠체어를 타고 밖을 내다보는 아빠의 뒷모습을 찍어 보여줍니다. 고관절을 다쳐 수술하고 누워 있다 휠체어에 앉아 생활한지 2년. 가구와 베란다 화분을 생략하고 고요히 하늘을 바라보고 있는 모습만 그린 그림이 좋습니다. 이렇게 지내는 하루하루가 선물 같아 소중하고 감사합니다.

샌들

은퇴 후 한낮의 푸르른 공원 산책길, 손잡고 한 걸음 한 걸음을 걸었던 아름다운 일상을 간직해 준 남편의 낡은 샌들.

2022.10.17.

외식

일상이 계속된다. 부드러운 음식, 그만 먹겠다고 하면 한 숟가락 더 먹으라고 하고. 이 닦이고, 얼굴 닦이고, 오줌 누이고. 소파에 앉고 TV 보다 라디오

샌들 4F oil on canvas 2020

듣고 소파에 눕고 무언가 얘기하려고 손을 움직이며 말할 때 못 알아듣는 나의 답답한 얼굴. 남편이 글로 써 보지만 삐뚤빼뚤 글씨, 그것도 못 읽어내 포기하고 눈 감는 나의 답답한 마음, 이렇게밖에 못하는 나를 불쌍히 바라본다. 공연히 부엌으로 가 애꿎은 사과를 깎고 썰어 물김치에 넣는다. 맛없다는 것을 조금 바꾸어 보려 하지만 모든 것이 힘들다.

둥근 책상에 앉아 멀리 정발산과 구름을 바라보며 위로를 받는다. 그나마 책을 보면 새로운 문장들이 위로를 준다. 종을 치며 부르시기에 "오줌?" 하며 다가가니 겨우 알아들은 말, '전주비빔밥' 먹으러 나가잖다. 근처에 없는데 외출하겠다는 것만도 반가워 완전 무장을 시키고 나간다.

아파트 벗어나 주민센터 지나고 신호 건너 파리바게트를 지나 약국을 보며 가도 비빔밥집은 없다. 계속 가다 보니 일식집은 월요일 휴무이고 저 멀리 순댓국집이 보여 "저기로 갈까?" 하니 손가락으로 가리킨 곳 '국수나무'이다. 다행히 휠체어가 들어갈 수 있어 문 앞 식탁 의자를 빼고 휠체어를 밀고 가서 자리를 잡는다. 3년여 만의 외식이다.

남편은 베트남 쌀국수를 가리킨다. 나는 우동을 주문하고 물과 단무지를 가져온다. 음식이 오고 보니 쌀국수는 먹기가 불편하여 바꾼다. 우동 국물은 따스하고 조금 더 먹기가 편하다. 젓가락으로 우동가락을 입에 대 드리면 호로록 입으로 들어간다. 국물은 숟갈로 드리고 가끔 그릇째 들이마신다. 그래도 다 먹긴 힘들어 남기신다. 저녁 이른 시간이라 손님이 많지 않아 다행이다. 식탁에 그대로 남겨 두고 나온다. 빨리 가잖다. 추우신 것 같다. 아무리 무장해도 노인의 예민함을 당할 수 없다. 그래도 나는 쌀쌀한 가을 저녁 바람이 좋다.

집의 따스한 온기가 반갑다. 간단히 이를 닦아 드리고 손과 얼굴은 따스한 수건으로, 발은 따끈한 물이 담긴 고무대야에 담가 머물게 한다. 전주비빔밥이 아닌 우동으로 3년 만의 외식을 마무리 짓는다. 일상에서 벗어난 새로운 하루, 그런데 그 결과로 오른쪽 무릎과 어깨가 아프다.

2022.10.25.

몸

작은 것은 시도 때도 없이
흘러 나와 흥건해지고
큰 것은 제자리에 머물러
뭉치고 뭉쳐 단단해지네.

반모임

이 나이에도 새로운 일들이 일어난다는 사실이 신기했다. '똑같은 일상을 살고 있지.' 하다가도 어제의 크고 작은 일들은 같은 것 같아도 오늘 경험하는 일은 새롭다.

　성당의 구역 반장에게서 받은 구역 미사 카드를 달력 옆에 붙여두고 본다. 남편 '봉성체' 때문에 한 달에 한 번 신부님과 수녀님 그리고 우리 구역에서 봉사하는 자매들을 만나게 되었다. 그동안 방문해 준 것도 고맙고 해서 1시간 동안 혼자 계시게 하고 가야겠다고 생각하는데 참석 여부를 묻는 전화가 온다. 생각해 보니 60여 년 넘는 동안 신자 공동체 활동인 반모임

참석은 처음인 것이다. 직장생활 핑계로 ME모임을 제외하곤 성당모임을 하지 않았던 것이다.

저녁 7시 30분에 집을 나선다. 후곡에서 30여 년 살았어도 초창기에 여덟째 동생 살 때 가보고 다른 집을 방문하기는 처음인 듯싶다. 새로 깔끔하게 수리한 집에 미사 제대가 준비되어 있고 20여 명의 자매들이 모여 있다. 구역장과 반장이 반긴다. 마스크를 쓰긴 했지만 낯이 익다.

신부님이 오시고 미사가 시작되었다. 강론 전에 자기소개를 하자 하시는데 몇 층 몇 호 이름 본명을 말한다. 내 차례가 되어 가장 높은 19층에 사는 '권영순 젬마'라고 말하고 반모임은 처음이라고 덧붙인다. 주임신부님께서 보조 설명을 해 주신다. 이렇게 성당의 구역 공동체 일원으로 받아들여지는 첫 자리가 되었다.

신부님의 강론인 겨자씨나 누룩이 상징하는 일상에서의 '작은 일'들이 '큰 인연'이 된다는 말씀이 와닿았다. 그래서 구역 공동체모임의 일원이 된 이 순간이 앞으로 나의 신앙여정에 어떤 과정으로 펼쳐져 나갈지 사뭇 설렌다. 어떤 길을 예비하시는지, 한 걸음 한 걸음 걸어가며 깨어서 살다 보면 '그렇구나!' 할 순간을 맞이할 것이다. 신앙의 여정은 혼자 가는 것 같아도 함께 가는 길이다.

이스라엘 민족이 이집트를 떠나 40여 년 동안 온갖 일을 함께 겪으며 가나안 땅으로 들어갔듯이 많이 늦은 듯해도 신앙 공동체와 함께 한 걸음씩 가보자.

2022.10.26.

힘듦을 통하여 당신 사랑을 보여 주시는 분이시여, 이 어려움 속에서 당신
과 함께 기쁘게 가게 하소서

코스모스가 피어 있는 길

가을이 또다시 왔다
작년 이맘때 떠나고 싶은 마음에
코스모스꽃이 피어 있는 고향길을
걷고 싶고 그 속에 머물고 싶은 마음에
'코스모스가 피어 있는 길'을 그리며 마음에 담았다

이제 이 가을 그림을 건다
집에서 일상을 살며 그 길을 걷고 머문다

오랜 친구에게, 만나지 못하고 지내는 벗에게
그림을 보낸다
'이 가을에 함께 걷고 싶은 길'

와! 코스모스길을 걸어볼까
하늘의 구름, 누렇게 익어 가는 황금 들판
길가에 피어 있는 코스모스들
가을의 정취를 느끼며 마음을 나누어 볼까

코스모스가 핀 고향풍경 15M oil on canvas 2021

친구는 멀리 춘천에, 나는 이곳 일산에
그러나 이 가을 마음은 함께
코스모스길을 걸으며 그리움을 그리워한다

2022.10.27.

책

고향집 다락방이 생각난다. 나는 어느 구석에 숨어 책 읽기를 좋아했다. 엄마도, 언니와 동생들도 둘째는 그러려니 내버려둔 고마움이 오랜 세월 흐른다. 수원 시내의 '아이스케키 홀'의 넓은 공간, 수원여고의 소박한 도서관, 서강대 A관 복도에 책상과 의자가 쭉 놓인 미니 도서관, 성심여대의 기숙사 건물 1층 도서관, 부천 성심교정의 도서관, 이제 정발산이 바라보이는 거실 끝의 둥근 책상이 나의 책 읽는 곳이다.

이렇게 누군가의 말처럼 '활자화된 것에 무한한 신뢰'를 보내며 살았다. 그림이 좋다며 15년의 세월을 보내다 보니 어느 새인가 슬쩍 글이 그림과 한곳에서 노닐며 인쇄되었다. 꿈에도 생각지 못한 '그림, 이야기 책'이다. 그것도 '환경화학', '분석화학', '기기분석'의 화학책과 기기장치 등 수백 년 동안의 화학 이론 전개가 아니라 말랑말랑한 나의 삶을 풀어낸 이야기가 듬뿍 들어간 책, 이것이 바로 꿈이고 기적이다.

더구나 이제 루멘의 빛이 퍼져 또 다른 인연 리북 출판사가 다가왔다. 실장님과 충미 씨, 나, 셋의 소위 '출판모임'은 시간 가는 줄 모르게 흐른다. 만남이 깊어 가다 보면 그것이 '책'이 될 것이다. 나는 이렇게 책과 그림과 삶을 풀어내는 글로 기적의 노년을 살고 있다.

2022.10.28.

기저귀

지난밤에는 딸랑 소리가 들리지 않았다. 몇 년 만에 한번도 깨지 않고 기저귀 덕분에 푹 잔 밤이다. 새벽 5시에 따뜻한 물수건 세례를 해 드린다. 새것의 뽀송뽀송한 감촉이 좋으시겠지?

　내 몸 상태의 한계가 새로운 시도를 낳았지만 축축한 느낌이 안쓰럽다. 그 불편함이 나에게는 새벽의 활력이 되었고 오늘 하루를 잘 살아야지 하는 마음으로 바뀐다. 이 생명력이 짝꿍에게 흘러가기를!

　칼릴 지브란의 '사랑에 대하여'

　날개 달린 가슴으로 새벽에 일어나

　또 하루 사랑의 날을

　보내게 되었음을 감사하게 되기를

　　　　　　　　　_《예언자》, 류시화 옮김, 열림원

2022.11.2.

하루

언제부터인가 오줌을 자주 누고 양도 적고 나올 때는 통증이 느껴지는지 얼굴을 찌푸리신다. 그냥 예방 차원과 심적 안정을 얻기 위해 하루 한 알씩 먹던 항생제를 끊어서 그런가 하는 생각이 든다. 약의 효능에 수긍하고 다시 처방을 받아야겠다.

택배의 날이다. 매트, 기저귀 상자가 도착하고 다섯째에게서도 두 상자 택배가 온다. 대봉 한 상자와 단감, 생대추, 말린 대추, 상추, 말린 가지, 구찌뽕 등 빼곡히 들어 있다. 전화를 걸어 감사 수다를 나누고 엘리베이터 교체 전에 모임 겸해서 우리 집에서 김장하면 어떨지 묻는다. 이것도 어쩌면 추억 쌓기가 되지 않을까?

2022.11.4.

아침 식사 후 소파로 옮겨 앉지 않고 휠체어에 그대로 앉아 멍한 모습이시다. 좀 힘드신 모양이다. 어제 저녁 요도 때문에 먹은 새로운 알약 한 알 때문인가? 자연스러운 과정일까? 점점 드시는 것이 힘들어 보이신다.

2022.11.5.

늙은 호박

호박 그림이 완성되어 가고 다산미술가회 전시가 있던 때이니 6, 7월이지 않았을까? 우리와 겨울을 함께 지낸 덩굴은 노쇠해가고 꽃은 피지 않고 겨우 몇 개 잎이 아직도 살아있음을 보이던 어느 날 옆에 새로 심은 싹 두 그루가 두 개 잎을 내밀어 새 생명을 틔우고 있었다.

실내와 베란다에서 맘껏 생명을 피워내지 못한 것이 미안하고 고맙기도 해 새 생명에겐 넓은 세상에 자라게 하고 싶었다. 결국 화실 샘 작업실 옆 화단으로 이동해 주니 샘이 잘 지내고 있다며 사진을 보내 주시곤 했다. 신통하게도 하나가 영글어 누런 늙은 호박이 되어 있다.

오늘 갑자기 날씨가 추워졌다. 호박 추수를 위해 몇 년 만에 찾은 샘의 작업실, 농부의 손길로 적당한 시기에 심겨져 자란 호박들보다 작지만 반갑고 아름답다. 윗부분이 약간 언 듯하다. 줄기에 늦게 열린 작은 아가 호박들이 미처 자라지 못하고 얼은 듯하다.

샘의 화단을 떠난 늙은 호박은 베토벤 피아노협주곡 4번, 불멍 그리고 따끈한 차의 향기를 뒤로 하고 자유로를 달린다. 이제 자그마한 늙은 호박은 한동안 나의 일상 속에서 나와 함께할 것이다. 고맙다.

호박 3S oil on canvas 2023

넘어짐

요사이 계속 아침 식사가 힘들어 끝나고도 식탁 앞에 약간 고개를 왼쪽으로 기울여 정신을 놓고 계신다. 간신히 이를 닦아 드리고 소파로 갈까 해도 묵묵부답. 소파 가까이에 휠체어를 고정시켜도 다시 옮겨 앉을 생각도 안 하시고 그대로 멍하니 계신다. 간신히 소파로 옮겨 앉고는 몸을 약간 왼쪽으로 기울이고 고개를 뒤로 젖히고 계신다. 자는 것인지 그렇지 않으면 정신을 놓은 것인지 모르게 시간이 흐른다. 어느 때는 실눈을 뜨고 허공을 쳐다보는 모습을 보면 겁이 난다. 아니, 겁이라기보다 때가 되었나 싶다.

아침 정리 끝나고 옆에 앉아 손을 잡으면 그래도 손에 힘을 주신다. 이렇게 오전을 시작하는데 오늘은 더 심하신 것 같다. 11시경 소파에서 일어나려는 기미가 보여 휠체어를 갖다 대고 부축을 해도 힘이 실리지 않는다. 간신히 옮겨 앉긴 했으나 또 그대로 주저앉으신다. 뒤로 다시 안고 오줌 누는 곳으로 이동, 또 그대로 있으시다.

"침대로 갈까?" 긍정인지 부정인지 몸짓이 없다. 쉬게 하는 것이 좋을 것 같아 왼쪽으로 돌아 방으로 몇 발자국 옮긴다. 갑자기 정말 순식간에 앞으로 고꾸라져 마룻바닥에 부딪친다. 오른쪽으로 약간 기울여 눈 위 이마를 쿵 부딪치며. "오, 세상에." 어떻게 휠체어에 앉게 할는지 정신이 아득하다. '아들에게 연락을 해? 앞집에 도움을 받을까?' 정신과 몸이 따로따로 움직인다. 10여 분의 우리 둘의 사투 끝에 휠체어를 다시 타고 침대에 눕게 되었다. 침대 옆에 의자를 놓고 손을 잡고 앉는다. 처음 있는 일이다. 소파 앞에서 휠체어 앉으려다 그 사이로 주저앉아 애먹은 적은 있지만 이렇게 앞쪽으로 넘어지기는 처음이다. 조심하라는 또 하나의 경고일 것이다.

한참 눈을 감고 있다가 뜨신다. '괜찮아. 놀랐지?' 하는 듯하다. "미안해. 좀 조심했어야 하는데." 나의 말. 또 눈을 감는다. 손에 힘이 풀어진다. 무어라고 입이 움직이는데 알아들을 수가 없다. "착각? 착각이라구?" 재차 묻자 대답을 하신다. "가끔 당신이 엄마인 줄 착각해.", "당신이 자꾸 먹인 덕분에 살아있어."

어머니가 아이들 어렸을 때 밥숟갈 들고 쫓아다니시던 생각이 난다. "남자들은 다시 아기가 되는 것이니 내가 엄마 맞아." 눈물인지 콧물인지 모른 체 흘러내린다. 오른쪽 눈 위가 약간 멍이 든 것 같다. "여기 아파?", "만지지 마, 괜찮아.", "이 정도라 다행이지."

한참 그대로 흘러간다. 1시가 다 되어 간다. 다시 '먹이기쟁이' 본능이 발동해 거실 식탁으로 간다. 다시 정신이 번쩍 나 또다시 '점'을 찍는다. 이렇게 같은 일상에 소소한 사건과 흐름이 깨어 있게 한다. 오늘은 '정신 차려라. 쾅 넘어짐'이다.

2022.11.11.

행사

달력의 기록을 보니 일주일 만에 대변보고 면도하고 목욕을 시킨다.

남편이 "좀 어지럽네." 하며 목욕 휠체어로 옮겨 앉는다. 나는 따뜻한 물을 손에 묻혀 가며 얼굴을 닦고 면도용 거품을 바른다. 이제 제법 익숙하게 면도기로 면도를 해 드린다. 베이지 않게 조심조심. 얼굴이 좀 홀쭉해지신 것 같다. 샤워기의 물 조절을 한다, 따뜻하게. 머리를 감기고 얼굴을 닦아 드린다. 여기까지가 1단계.

수건으로 머리와 얼굴의 물기를 닦는다. 다음은 온몸에 물을 뿌린다.

목욕수건에 비누칠을 하고 구석구석 온몸을 닦는다. 중요한 부분은 비누질을 더 한다. 발까지 다 목욕수건 세례를 받으며 "잠시 일어나실게요." 하니 양손을 잡고 일어나면 엉덩이 부분을 닦는다. 따뜻한 물 세례, 쏴쏴. 막혀 있던 모든 것이 씻겨 내려간다. 다시 "앉으세요." 하며 보니 배가 좀 홀쭉해진 것 같다. 수건으로 구석구석 물기를 닦는다.

"시원하지? 나도 시원하네."

윗내복을 입히고 휠체어를 대고 뒤로 움직여 방으로. 옷을 입혀 마무리하고 거실 소파에 앉혀 드린다. 나도 목욕 후 달력에 大, 면도, 목욕 기록을 한다.

큰 행사를 끝내니 좋다!

2022.11.12.

책 읽기

시편 32장 5절을 소리 내어 읽는다. 아니, 읽어 드린다. "제 잘못을 당신께 자백하며 제 허물을 감추지 않고 말씀드렸습니다. '주님께 저의 죄를 고백합니다.' 그러자 제 허물과 잘못을 당신께서 용서하여 주셨습니다. 셀라"

메모에는 아우구스티누스(아오스딩) 성인이 매일 아침 읽는 시편이라고 적어 놓았다. 그래서 '고백록'이 쓰여지지 않았을까.

어느 때부터인가 덜 지루하게 지내기 위해 책을 읽어 드리기 시작했다. 아직 귀는 잘 들리기 때문이기도 하지만 어떻게 해야 재미있게 그러면서도 의미 있게 지내게 해 드리나 생각 끝에 내가 새로 산 책이나 그전에 읽은 책 중에서 선택해 시작한 일이 2년이 넘었다. 기록해 놓지 않아 기억이 나지 않지만 박완서 작가의 책을 여러 권 읽고 이제민 신부의 《손 내미는 사랑》, 톨스토이 단편집, 나무박사 우종영의 《나는 나무에게 인생을 배웠다》 그리고 나의 그림책 《그리움, 그림이 되다》도 읽어 드렸다. 매달 오는 가톨릭 다이제스트와 안셀름 그륀 신부의 《황혼의 미학》은 단골메뉴이다.

얼마 전에는 '그래, 성경을 읽어 드리자. 남편이 성경을 읽는 것을 별로 보지 못했으니까.' 그렇게 시작한 것이 창세기 출애굽기 레위기 민수기를 읽고 있다. 레위기를 읽을 때인가 좀 지루해서 시편도 곁들이고 루가복음을 읽기 시작했다. 어찌 보면 내가 더 신이 났다. 밑줄을 쳐가며 여러 번 읽었지만 소리 내서 읽으니 또 다른 의미로 다가왔다. 그래서 다음 책은 무얼 읽을까 고민하지 않아도 된다. 성경은 항상 거실 탁자 위에 놓여 있고 다 읽으려면 오랜 시간이 걸릴 테니까.

요즘은 오후 낮잠 후 내가 소파 옆에 있으면 손으로 성경을 가리키신다. 그런데 1시간 이상은 좀 힘들다. 내 목이 잠긴다. 그런데 오늘은 예외였다. 1시간 반가량을 신나게 읽었다. 민수기의 13, 14장도 드라마틱하고 시편도 아오스딩의 본명을 가진 남편에게 의미 있고 오천 명을 먹이신 기적과 영광스러운 모습으로 변모하시는 루가복음 9장의 이야기는 익숙한 장면이면서도 의미 있게 다가오기 때문이다.

이렇게 비슷하면서도 깨어 있게 하는 소소한 일들이 소중하다. 그리고 가장 익숙한 책 읽기를 소리 내어 한다는 것이 좋다. 그것도 소중한 내 옆의 사람을 위하여.

2022.11.20.

지완이

오늘 둘째네 네 식구가 왔다. 노인들의 조용한 분위기가 활기찬 분위기로 바뀐다.

지완이가 완전히 나았다. 다리를 다쳐서 깁스하고 앉아 있다가 기어다니다가 조심조심 짚고 서다가 걷다가 이제 막 뛰어다닌다. 걱정스럽다. 바라보는 나에게 아들은 "이제 다 나았어요. 걱정 마세요." 한다. 뛰어다니다 넘어지고는 우리를 쳐다보고 일어나 다시 달려온다. 누나 껌딱지처럼 쫓아다닌다. 개봉동에서 두 아들이 뛰어놀던 시절이 생각난다. 이렇게 세월은 흘러 그 아들의 딸, 아들이 뛰어다닌다. 닮은꼴이 되어.

누나가 물감 놀이 하면 쫓아가 물감 들고 놀고, 어느새 그림 완성하고 나서 누나가 없어지면 찾으러 다닌다. 재이는 벌써 베란다에서 빗자루에 물을 찍어 청소 놀이 중이다. 지완이가 따라 나가 합류한다. 나도 쫓아 나간다. 그러다 지완이가 눈 깜짝할 사이 순식간에 미끄러져 뒤로 넘어진다. "아이구, 세상에나." 가서 일으키니 아빠가 달려오고 재이는 야단맞고 난리다. 다행히 슬쩍 미끄러져 다치지는 않았지만 울어댄다.

재이는 삐지고 엄마가 달랜다. "지완이는 괜찮아. 걱정 마, 재이야." 하고 안심시킨다. 이렇게 일단락 지었지만 지완이는 다시 물놀이를 하고 싶어 계속 "물 물 물." 하며 베란다 쪽으로 가고 아빠는 말리고. 결국 내가 살짝 데리고 나가 물을 조금 틀어 놓고 손을 대 주니 울음을 그친다. 분무기를 하나씩 주니 재이와 함께 시간 가는 줄 모르고 논다.

즐거운 놀이로 아가들의 시간은 흘러가고 어른들은 만일의 사태에 대비해 쳐다보고 대기 상태다. 할아버지는 소파에서 조용히 이 상황을 눈을 감았다 떴다 하며 지켜보시고 느끼신다.

이렇게 사는 것 같은 시간들은 기억을 남기고 흐른다. 한참 후 물놀이가 끝나고 재이의 그림 놀이가 이어진다. 지완이는 식탁 위까지 올라가 참견한다. 놀란 엄마가 의자에 앉힌다. 잠잘 시간이 다 되어 재우게 해도 소용없다. 아예 식탁 옆에 요를 깔아 놓고 아빠가 누워 유혹해도 잠깐 누웠다가 일어나서 누나를 방해한다. 재이는 어디서 저런 집중력이 나오는지 계속 붙이고 그림을 그린다.

쌀과자가 떨어져 과자 사러 나가자고 꼬셔 다음 단계로 나아간다. 엄마는 갈 준비를 하고 지완이는 싫다고 뿌리치며 옷을 다시 벗고. 입히는 엄마에 소리 지르며 우는 지완이. 물놀이 하겠다고 소리 지르며 우는 것이 고함 수준이다.

어찌어찌해 옷을 입고 할비에게 공손히 인사하고 재이는 용돈 받고 나선다. 엘리베이터에서 내리니 엄마 손을 놓고 내 손을 잡는다. 오른쪽은 재이, 왼쪽은 지완이. 이 어인 행복인고! 마트에 들러 주차장으로 오다가 재이가 미끄럼 잠깐, 그네 잠깐 탄다. 지완이가 하고 싶었던 모양인데 아빠가 안고 자동차로 간다. 나는 재이와 함께 자동차로 간 순간 지완이가 갑자기 뛰기 시작한다. 초고속으로! 얼떨결에 나도 뛰어 쫓아간다. 상황 파악한 아빠가 쫓아와 잡는다. 휴! '넘어지면 어쩌지.'가 나를 뛰게 했는데 순간 중심이 흔들리는 것을 느낀다. 다행히 넘어지지 않았다.

그렇게 세 번째의 고성 운동이 시작되었다. 더 놀고 싶고 차에 타고 싶지 않은 것이다. 아빠의 힘으로 차를 타고 안전벨트하고 울음소리는 더 크게 더 크게. 아이구, 어쩐다. "지완아, 다음에 와서 놀자."는 안 통한다. 엄마가 쌀과자를 하나 준다. 결국 누나와 함께 과자 먹으면서 손 흔들며 출발한다.

이렇게 세 번의 간 떨어지는 지완이의 울음소리와 떼쓰기가 오늘의 방문 기록이다. 그 속에 담긴 행복을 느끼며 집으로 올라간다. 두 노인의 조용한 삶을 위하여!!

4

한달살이, 엘리베이터 교체

2022년 11월 22일 ~ 2022년 12월 23일

한달살이를 위해 준비되어진 일

1. 아침 식사 후 재활용봉투와 음식쓰레기 정리한다.

2. 한 달 동안 큰아들이 19층에서 젖은 기저귀가 들어 있는 20L 쓰레기 봉투를 들고 내려가는 게 무거울 것 같다. 코사마트에 들러 10L짜리 20개, 라면 한 묶음과 식용유 작은 것 한 병을 산다.

3. 영숙 씨의 전화, 한달살이를 위한 물김치를 해 주기 위해 배추를 절였단다. 그리고 근처 오렌지마트에 배추김치가 10kg에 35,000원인데 맛있어서 엄마들에게 인기란다. 나도 하나 부탁.

4. 국길숙 샘이 한달살이 화이팅을 위해 1시 30분에 도착한다고 해 점심 설거지도 못 하고 마중 나가니 건널목에서 국 샘 특유의 모습이 보인다. 양쪽 손 가득 든 국 샘과 함께 집 쪽으로 오다가 급한 마음에 의자에 앉는다. 한 봉투에는 누룽지 다섯 봉투, 또 한 봉투에는 제주 우도 땅콩이 들어 있다. 그리고 작은 상자에는 홍대역에서 산 와플이 들어 있다. 집으로 들어가자고 하니 나보고 쉬라며 엘리베이터까지 걸어오며 이야기를 나누다 떠나갔다. 국 샘의 도착 메시지, "예수님 기다리시는 한 달간의 여정입니다. 건강 챙기세요." 덕분에 들어와서 침대에서 자고 있는 남편 숨소리 들으며 한 시간 잤다.

5. 4시경 영숙 씨가 물김치와 김치 10kg을 갖고 막내딸과 방문. 딸이 만든 카스테라를 물과 함께 남편에게 먹여 드리며 병원에서 배운 '사래 안 들리고 음식 먹기'를 설명한다. 3년 동안의 힘듦으로 노년 살기의 방법들을 배운 영숙 씨가 드러누워 기도가 막혔을 때의 응급조치 훈련 시범을 보인다. 나보고 따라 하라 하면서.

6. 띵동! 나가보니 택배 두 상자가 놓여 있다. 근비가 보낸 대봉이 크고 작은 상자 가득하다. 이렇게 큰 감은 처음 본다. 영숙 씨에게 작은 상자 대봉, 누룽지와 땅콩 한 봉지씩 나눈다. 한 달이 아니라 겨울 내내 먹겠다.

7. 카스테라와 와플로 간단히 저녁 식사하고 쉬고 있는데 퇴근한 큰애 부부가 온다는 연락에 저녁을 준비한다. 밥은 되어 가고 된장찌개 데우고 영숙 씨가 사 온 김치를 썰어 보니 매우 맛있다. 오리고기와 상추, 따뜻하게 데운 부추새우전을 시장했는지 둘이 맛있게 먹는다. 후식으로 와플과 사과도 주고 남은 와플을 갖고 가라고 하니 맛있다고 들고 갔다. 아들은 내일부터 '19층 오르내리기 운동'으로 방문할 것이다. 우유 등 그때그때 필요한 것들을 사들고 올라오고 10L 쓰레기봉투를 들고 내려갈 것이다.

이렇게 여러 궁리 끝에 집에 머물기로 한 한달살이가 시작된 것이다. 19층에서의 한달살이 상황에 어떤 메시지를 주실지 기대된다. 책과 그림 준비, 먹을 준비가 끝났다. 특히 만남의 준비를 위하여 '기다림'의 준비가 잘 되어야 할 텐데. 감사의 기도로 하루를 마무리한다.

2022.11.23.

오늘부터 엘리베이터 공사로 한달살이가 시작될 예정이다. 그동안 시골에서 겨우살이 준비를 하듯 준비했다. 또 다른 길을 경험하게 해 주심에 오히려 기뻐하기까지 하며. 어제 용순이가 메시지를 보냈다. "너무 섭섭하네." 라고. 수요일마다 화실에서 만나는 기쁨이 아쉽다. 그러나 그렇게 생각하면 이 세상을 떠날 때는 어떠할까. 모든 것을 놓고 가며 조금씩 연습하게 하신 것이 아닐까?

오늘부터 시작이다. 기대되는 피정 기간이 기다려진다. 한 달 후 어떠한 마음으로 엘리베이터를 타며 아래로 내려가 다 쓸려간 낙엽 없는 거리를 걸으며 "잘 지냈다. 감사합니다."를 할 수 있도록 오히려 함께 동행해 주심을 기다린다.

"엘리베이터 공사가 우리 부부에게 함께하심을 마음속 깊이 느낄 수 있는 기회가 되게 해 주세요. 세끼 밥 먹고 오줌 누고 TV를 보고 그리고 1시간 정도 성경책 읽어 드리고 하는 소소한 똑같은 듯한 일상 속에서 그러나 가끔 방문할 아들 제외하고 우리 둘만의 세계에 아니, 저의 마음에 당신을 느끼고 기뻐할 수 있게 해 주소서."

2022.11.25.

높은 곳의 삶 첫날

엘리베이터 수리 공사가 이틀 늦어져 오늘부터 첫날을 지냈다. 엘리베이터가 정지한 것은 11시가 다 되어서인 것 같다. 큰애가 타고 올라와서 타고 내려갔다. 오전에는 새로 사온 《팡세》를 읽기 시작하고 남편과 점심을 하고 2시부터 3시까지 낮잠 자고 거실 책상에 앉았다. 저 아래 아파트 수요장이 열리고 있다. 살 것은 아무것도 없다. 한겨울을 준비하듯 미리 다 사다 놓았으니. 그래도 한 바퀴 둘러보고픈 마음은 어쩔 수 없나 보다.

샘의 메시지, "높은 곳의 삶이 시작되었습니까? 낮은 곳은 여전히 분주합니다." 19층에 갇혀 있어도 세상의 일상은 여전하다. 수요장은 매주 열리고 자동차들은 쉼 없이 분주하다. 언제일지 몰라도 내가 떠나도 세상은 변함이 없을 것이다. 세상은 이렇게 내 중심으로 움직이지 않는데도 내가 세상의 중심인 양 착각하고 살고 있다. 그 덕분에 세상을 열심히 살며 달리고 또 그래야 의미가 있다. 조금씩 내려놓으며 높은 곳에 집중하고 바라보고 느낄 수 있도록 하루하루 지내게 되기를 바랄 뿐이다.

오늘은 신명기와 욥기를 큰 소리로 또박또박 읽어 드린다. 남편과 나의 목소리를 합한 울림이 스며든다. TV '6시 내고향'에서 곶감 말리는 모습이 아름답다. 대봉 5개를 깎고 저며 널 준비를 한다. 내일부터 햇빛에 잘 말리면 연시와는 또 다른 맛이 나겠지. 시작한 김에 알밤도 9개 깎아 놓는다. 'no out, no call'이라고 메모하고 전화 거는 것도 안할 생각이다. 오는 전화는 문자로 소통할 생각이다. 잘될까? 나도 궁금하다.

2022.11.26.

태어난 이유

오랫동안 걸려 있던 대추 그림을 '나의 태어난 날' 그림으로 바꾸어 달았다. 이 그림을 그리던 어느 날 사람은 '자기가 태어난 이유'와 '살아가는 이유'를 아는 것이 가장 중요한 두 가지라고 미국 작가 마크 트웨인이 말한 것을 기록했던 기억이 난다. 그러면서 '태어난 날'을 그렸으니 어느 때에는 '살아가는 이유'를 그릴 것이라고 기록하던 기억이 떠오른다.

나는 지금 현재 여기서 그 이유들을 알고 살아가고 있는 걸까? 그러고 보니 수많은 나의 이야기를 풀어냈었다. 지나간 얘기, 지금 살아가는 이야기, 자연, 사람들, 성화들. 그러나 정작 '살아가는 이유', '살아가는 목표'를 풀어낸 적이 있는가? 그리고 그것을 그려낼 수 있을까? 죽음은 영원한 생명의 세계로 가는 또 다른 태어남이라고 머리로는 믿고 있지만 정말 영원한 세계를 향한 여정이 살아가는 이유라고 마음 깊이 믿으며 지금 이곳에서 살아가고 있는 건가? 그리고 그림으로 그려낼 수 있을까?

2022.11.28.

대림초

먹거리, 휴지 등 생활용품과 책들로 한달살이를 준비하며 다 사들였건만 막상 마음은 준비를 못 하였나 보다. 엘리베이터 공사와 대림의 '기다림'이 맞물려 즐거이 맞이하겠노라고 장담을 했지만 기다림의 외적 내적 상징인 대림초를 준비하지 못했다. 대림 첫 주간 일요일 아침에서야 생각이 났다. 향초와 초, 성냥 등이 들어 있는 장을 열어 본다. 제사 지낼 때 사용한 초와 부활초 등이 있다. 그러나 성탄을 기다리는 대림시기의 보라색, 진보라색, 분홍과 흰색의 색깔 초는 없다. 비닐봉투가 있어 열어 보니 언젠가 화실 영심 씨가 준 향초가 들어 있다. '향이 나는 초', 향내가 싫어 봉투에 넣어 꼭 막아 두었던 것이다. 열어 본다. 향이 확 풍겨온다. 그래도 이것들을 대림초로 켜야겠다싶어 진한 것부터 밝은 노랑까지 네 개를 꺼낸다. 자그마한 접시위에 놓고 보니 그럴 듯하다. 향기를 좋아하는 것은 아니지만 향이 서서히 흩어져 익숙하게 되지 않을까?

아버님이 모아 놓으셨는지 거기에 남편이 합세한 것인지 봉투에 작은 성냥이 가득 들어 있어 하나를 꺼낸다. 불을 켜 보니 안 켜진다. 너무 오래되

대림 첫 주 3S oil on canvas 2023

어서일까? 두 번째 것을 켜 보니 켜진다. 향초에 불을 붙인다. 아침 식사 자리를 이 작은 초가 향을 풍기며 환히 비춘다. "그래, 이 대림 4주간을 함께해 줄게." 하듯 해 사진을 찍는다.

너무 오랫동안 카톡 대문을 바꾸지 못했다. '고향집 풍경'과 '원두막' 그림이 나를 대신해 몇 달을 고향집을 그리워하며 머물러 있었다. 방앗간, 그네, 우물, 전봇대, 미루나무 그리고 원두막과 참외, 옥수수 등이 나와 함께 머물러 있었구나. 고맙다. 이제 '기다림'이다. 향초와 우리 부부가 촛불을 켜고 '결혼 40주년'을 축하하는 그림으로 바꾸어 넣는다. 이제 4주간의 '기다림'의 행복이 'no out, no call'의 상황과 결심과 함께할 것이다. 작은 대림초의 빛과 향기와 더불어.

2022.11.29.

'그래요, 그대'

이제 한달살이의 하루하루가 제 자리를 찾아가는 것 같습니다. 오전 10시 정도부터 점심 전까지는 거실 책상에 있습니다. 책을 읽고 하늘을 바라보기도 하며 눈을 감고 멍하니 있기도 합니다. 평화로운 시간입니다. 남편 옆에 앉아 TV로 세상 돌아가는 이야기도 보고 점심 후에는 30분 동안 '문화스케치' 등을 보기도 합니다. 다시 남편이 소파에 드러누워 눈을 감고 있거나 라디오를 크게 듣고 있으면 살아있음을 감사드리게 됩니다.

나는 그림방으로 들어가 스케치한 것에 붓질을 합니다. 떨어져 노랗게 누워 있는 모과를 그리며 남해를 생각하기도 하고 지난겨울 호박 식구들의

남해의 모과 4F oil on canvas 2023

또 다른 마무리 결실을 바라보며 웃음 짓습니다. 노란 밝음의 기운을 받고 싶으면 장미와 이야기합니다. 그러다가 남편의 바스락 소리가 들리거나 어느 때는 종이 울리기도 합니다. 함께할 손이 필요하다는 신호이지요. 급히 붓을 놓고 나오면 또 다른 시간의 흐름이 시작됩니다.

새로 시작한 일인데 '클래식 감상' 시간을 갖습니다. TV CH139를 튭니다. '라데츠키 행진곡'이 흐릅니다. 나도 모르게 청중과 함께 박수를 칩니다. 이렇게 한 시간가량 다양한 음악이 또 다른 아름다움으로 다가옵니다.

이제 소리 내어 책 읽기를 시작입니다. 밑에 쿠션을 대고 성경을 올려놓고 신명기의 3회 끝부분을 폅니다. 그리고 욥기를 읽으니 드라마틱한 주님의 말씀이 쩌렁쩌렁 울립니다. 드디어 욥이 말합니다. "저는 알았습니다. 당신께서는 모든 것을 하실 수 있음을. 이제는 제 눈이 당신을 뵈었습니다." 오늘은 이것으로 마무리하렵니다. 시편도, 복음도, 《황혼의 미학》도 슬쩍 미뤄둡니다. 내일의 시간이 있으니까요. 이렇게 오늘의 독서 낭송이 끝나고 간단한 저녁 식사와 파킨슨약이 오늘 하루의 마무리를 알려줍니다.

한상봉 작가의 말로 끝맺고 싶습니다.

그들이 청하면 들어주고

그들이 문을 두드리면 열어주고

그들이 손을 내밀면 잡아 주려고 애썼습니다.

그이들을 만나면 기쁘기도 하고 아프기도 했습니다.

그이들이 무슨 말을 하든지 '그래요, 그대!' 하며 다독여주었습니다.

_《그래요 그대》

"그래요, 젬마와 아오스딩!" 하시며 힘을 주십니다.

노란 장미 10S oil on canvas 2023

대비

밤새도록 옥상의 환풍기가 돌아갑니다. 바람이 불고 기온은 영하 20도 정도 내려간다고 계속 재난문자가 왔습니다. 우리 집은 30여 년이 되어 가는 오래된 아파트지만 남서향 햇빛이 잘 드는 곳입니다. 너무 오래되다 보니 여기저기 손볼 곳이 많고 요즘 한 달 동안은 엘리베이터 교체 공사를 한다고 외출을 못합니다. 좋은 기회다 싶어 집콕하고 있습니다.

　2020년 9월 어느 날 병원을 퇴원한 남편이 휠체어를 타게 되었습니다. 오래된 집이라 여기저기 턱이 있어 불편하고 위험하기까지 합니다. 화실 샘의 도움으로 현관과 안방 화장실에 나무로 경사지게 만들어 여간 편하지 않습니다. 그런데 이렇게 눈에 띄고 크게 힘든 곳은 대비할 수 있는데 사실은 보이지 않던 사소한 곳이 더 힘이 듭니다. 그냥 견디지 하며 3년이 되어 갑니다.

　안방에서 화장실로 들어가는 높이 1.5㎝의 턱이 문제입니다. 어깨에 힘을 주고 휠체어 손잡이를 눌러 줘야 하는데 거기에 남편은 도와준다고 몸을 앞으로 숙여 위험하기까지 했습니다. 2주 전쯤 샘에게 얘기하니 바로 그날 저녁 집 앞이라고 전화를 하며 왔습니다. 강력접착제까지 붙이고 구석에 사인까지 하며 밀고 들어갈 때 부드럽게 넘어가도록 화장실 문턱을 해결해 주었습니다. 그러고 보니 더 사소한 불편함도 눈에 띄고 해결해야 할 것 같은 생각이 듭니다. 거실에서 안방으로 들어가는 곳은 1㎝ 정도, 안방에서 거실로 오는 곳은 1.5㎝ 높이쯤이라 휠체어가 매일 드나들기 힘든 곳입니다. 그런데 엘리베이터 공사로 'no out, no call'인지라 샘께 또 부탁할 수도 없어 바라보다가 아들에게 얘기했습니다. 주중 매일 아침 19층을 오르내리며 "운동 되네."라며 쓰레기봉투에 재활용을 들고 나갑니다. 어느 때는 우유 등 필요한 간단한 것을 사들고 올라옵니다.

아들이 안방에서 거실로 나오는 문제를 해결해 주었습니다. 한 4㎝ 되는 베니다판을 본드로 붙여 주었습니다. 갈수록 양양이라고 내가 며칠 후 종이상자를 오려 안방으로 들어가는 곳에 붙여 보니 양쪽이 다 편해졌습니다. 샘과 아들, 나의 손이 합쳐져 오래된 아파트의 방턱 문제가 해결된 것입니다.

휠체어를 밀기 전에는 눈에는 보이지 않고 불편하지 않던 곳이 매 순간 힘듦으로 다가왔던 것입니다. 그러나 한편 생각해 보면 그런 어려움이 있었기에 도움을 구하고 해결해 감사하고 또 다른 삶의 여정으로 들어갈 수 있나 싶습니다. 바람은 잦아들었지만 매우 차가운 모양입니다. 그러나 남서향 쪽의 거실에는 햇빛이 따스하게 들어옵니다. 오늘 또 어떤 사소한 일들이 일어날지 모르지만 그 순간 도움을 주시리라 믿습니다. 오늘 하루 파이팅!

달콤한 맛

늦은 점심을 먹으려고 앉았다. 옆에 놓여 있는 핸드폰을 열어 본다. 12시 45분 주영 씨의 카톡이 떴다. "햇김이 참 맛있길래 드셔 보시면 입맛이 더 좋아지실까 싶어서 아침에 조금 구워서 가져왔어요. 19층까지 즐겁게 다녀왔어요."

나가보니 누런 봉투가 놓여 있다. 구운 고구마, 귤, 구운 김이 들어 있다.

점심하기 전에 고구마를 먹어 본다. 달콤하고 부드러운 맛이 입에 녹는다. 연시와 함께 노인의 친구가 될 만하다. 점심 후에는 귤의 향기가 입에 맴돈다. "인연은 아름답고 소중한 것ꕁ. 오늘 그릴 그림인 '사과밭에서' 행복하기를." 화실 가서 만나는 대신 나도 집에서 대림초 스케치를 한다. 마음으로 만나고 기다리며.

2022.12.1.

책

거실의 책상과 방의 책상 위에 읽은 책들이 겹겹이 쌓여 있다. 부자가 된 느낌이다. 행복하다. 외출 못 한다고 사다 놓은 책을 보며(《바흐의 무반주 첼로 모음곡을 찾아서》, 《팡세》) 새로운 세계 또는 과거의 세계 그리고 지금 바로 현재의 세계를 넘나들며 빠져 있다.

《그래요 그대》를 다 읽고 만일 나 젬마도 예수님을 만난 한 사람으로 한상봉 작가가 쓴다면 어떻게 썼을까 생각해 보기도 한다. 틈틈이 읽었던 최 신부님의 《당신이 내게 말하려 했던 것들》을 두세 칼럼씩 읽고 묵상하는 것도 즐거움이다. 더구나 얼마 전에 신부님으로부터 받았던 《우리는 봄을 믿어야 해요》도 있다. 이 책은 신부님께서 우리 정발산 본당에서 사목하던 시절 1년 동안 '매일미사' 복음 묵상을 쓰신 것을 정리하신 것이다. 매일 읽으며 '우리 신자들' 복도 많다고 생각했던 시절을 떠올린다.

어제 아침 큰아들이 와서 "오늘 저녁 6시 최 신부님이 루멘에 오세요. 전 승규 신부님의 유품을 찍어 달라고 하신 것 다 되었거든요." 한다. 신학교로 가시고 나서도 계속 연락이 되고 만나는 것에 고맙다. 그 이튿날 아들이 숨을 몰아쉬며 올라와서 책 두 권을 내민다. "어제 신부님이 주셨어요." 한다. 책 선물같이 반가운 것이 어디 있으랴.

자그마한 책은 김금희 작가의 《크리스마스 타일》이고 다른 책은 큰 필체로 《권진규》라고 씌어 있다. 승질 급한 나, 하루 종일 틈틈이 두 책을 훑어본다. 나의 책 읽는 방식이다. 읽기 전에 무슨 책인가 들어가기, 나가기, 추천글 읽어 보며 파악하기이다. 그리고 오후 시간에는 조소 작가 권진규에 빠졌다. 조카인 작가가 외삼촌의 일대기를 기록한 책이다. 어느 예술가의 길에 함께한다는 것은 새롭고 나를 깨우게 하는 방식이다.

어떻게 하다 그림 취미생이 된 지 15년, 자연과학도에서 슬쩍 새로운 길을 가는 동안 많은 책들을 빌리고 사서 읽었다. 읽은 책들이 거름이 되어 조금씩 나의 삶을 기록하게 하고 나의 그림 이야기책이 나오게 되지 않았나 싶다. 읽을 책이 있다는 것은 행복하다. 어찌 보면 붓질보다 더 익숙한 나의 삶의 일부인지도 모르겠다.

"보내 주신 책 읽기에 빠졌습니다. 그림 그리는 시간도 잊은 채. 감사합니다. 신부님!" 감사의 마음을 전하는 이 시간, 어지러이 놓여 있는 다양한 책들이 함께한다.

2022.12.6.

오늘의 사랑

우리 두 식구가 19층에 떠서 하늘을 바라보며 한 달 사는 것을 아시겠지?

"알지." 하시며 미소 지으시는 모습이 보이는 듯하다. 나도 "네, 잘 지내고 있어요." 하며 바라본다. 하느님의 사랑, 이웃의 사랑, 나의 관심, 나의 믿음으로 '지금, 여기'서 산다.

돌체 식구인 삼촌이 전화, 우리에게 무엇이 도움이 될지 고민하는 모습이 보인다. 며칠 내로 한번 올라오겠단다. 나눈 대답, "삼촌은 이제 60대에요. 청년이 아니라고. 잘 먹고 지내고 있으니 걱정 말아요." 그것은 내 마음일 뿐 아마도 벌써 헐떡이며 올라오는 모습이 보이는 듯하다.

저녁 무렵 띵똥 소리가 들린다. 나가 보니 귤 상자가 보이고 앞집 엄마가 서 있다. "어제부터 우편함 밑에 있었대요. 남편이 오늘 갖고 올라 왔어요.", "세상에 이 무거운 것을. 나누어 먹읍시다." 며칠 전 친구 용순이가 보낸다고 하기에 엘리베이터 공사 중인 것을 아는데도 "그래, 고마워." 하였는데 이렇게 또 다른 이웃사랑을 느끼라는 의미가 있었네. 감사! 두 개를 까먹으며 태극전사들과 함께 웃으며 운다. 하나임을 느끼며!

2022.12.7.

목욕

오랜만에 목욕을 하고 소파에 누워 주무신다. 그동안 "목욕할까?" 하면 고개를 흔들곤 하셨다. 너무 힘에 부쳐서 그럴까? 가만히 목욕 휠체어에 앉아 있는 것도 이제는 버거운 것일까? 그래서 10여 일을 물수건으로 닦아 드리곤 하였다. 오늘은 과감히 화장실에 대변을 시도하러 들어간 김에 면도와 목욕을 하였다. 모든 찌꺼기를 다 떼어 버린 것 같은 시원함에 따뜻한 물이 고맙다.

　얼굴의 볼은 움푹 패인 것 같고 팔은 가늘어지고 조금 불룩하던 배는 들어갔다. 요즘은 식사가 부쩍 줄었다. 부드러운 것을 드리다 보니 단백질은 콩과 두부, 죽 쑨 것뿐이다. 오늘은 동태전과 호박전을 드렸더니 조금 드신다. 식사하는데 힘들어하고 특히 아침 식사 후 누우려고 하신다. 앉아 있을 때는 눈을 감고 의자에 기대신다. 나는 그냥 바라본다.

　오늘도 목욕 후 거실 책상에 앉아 주무시는 것을 바라보며 앉아 있다. 멀리 정발산이 보인다. 창밖으로 이름 모를 새가 사선으로 날아간다. 고요하다.

　지나침과 부족함이 어떤 느낌인지 조금 느끼게 된 저녁이다. 주영 씨가 5시경 문밖에 놓아둔 부드러운 군고구마와 쑥떡으로 간단한 저녁을 하고 "하루가 끝났네." 하며 서로 손을 붙잡고 앉아 있는 저녁시간이 흘러가는 중 띵똥 하고 울린다. 삼촌이 배낭을 메고 양쪽 손에 무언가를 들고 문밖에 서 있다. 숨을 헐떡이며. 순식간에 식탁 위에 먹을 것이 쌓인다. 일일이 말할 수 없을 정도로 그리고 그러한 음식이 있었다는 것조차 모르고 있던 부드러운 음식들. 익숙한 것은 귤 두 팩 뿐이다. 순간 "이것을 어제 다 먹나?" 숨이 막힌다.

　그런데 삼촌이 다시 내려갔다 와야 한다고 내려간다. 한 번도 힘든 오르내림을. 못 말리는 삼촌! 또 들고 올라온 것은 코스트코에서 사온 치즈케이크이다. 소분해 냉동실에 넣으란다. 물 한 잔 마시고 숨을 고르고 안녕을 한다. 마음이 짠하다. 감사하고 또 감사하다. 바라보다 정리를 시작한다. 이렇게 많은 음식을 사 보지도 않았고 냉장고가 가득한 적도 없다. 엘리베이터 공사 중 한 달이 아니라 일 년을 먹을 수 있는 음식이 선물로 주어지게 된 것이다.

당장 먹을 수 있게 귤 한 봉지와 케이크 두 쪽, 콩 간 것만 딤채에 넣어두고 다 냉동실행. 하루를 마무리하며 앉아 있다. 지나침과 부족함에 대하여 생각한다. 양쪽 다 경험하지는 못했지만 너무 많이 가진 자와 너무 부족한 사람의 마음 편치 못함이 느껴진다. 지금 나의 마음은 너무 많다 보니 자유롭지 못함이랄까?

2022.12.8.

함께 그리고 따로

세끼 식사를 함께한다. 한 사람은 준비하고 한 사람은 씹는 것이 불편하지만 맛있게 잘 먹고. 한 사람이 "또 먹어." 하며 먹여 주면 한 사람은 억지로 부드러운 것을 먹는다. 맛있어서가 아니라 필사의 노력으로. 어느 때는 찡그리며 간신히 입으로 숟가락을 받아들이고 흘리기도 한다. 그래도 먹는 것이 고맙다.

한 사람은 입을 벌리고 있고 한 사람은 양치질을 해 준다. 헹굴 때는 물을 흘려서 바라보다 입에 물을 대 주며 도와준다. 물에 적신 수건으로 얼굴을 닦아 주면 머리를 뒤로 젖히고 있다.

한 사람은 작은 노란 플라스틱 컵을 대 주고 한 손에는 휴지를 들고 있다. 한 사람은 간신히 두 손을 철봉에 대고 서 있다. 한동안 오줌이 맑더니 다시 붉어졌다.

한 사람은 눈을 감고 소파에 앉아 있다. 한 사람은 밖이 내다보이는 책상에 앉아 눈을 감다가 책을 보다가 하늘을 바라본다. 함께와 따로의 세계를 넘나든다.

한 사람이 옆으로 가 그 사람의 손을 잡고 앉는다. 함께의 시간이다. '스트라디바리우스에 빠지다' 바이올린의 선율이 가슴에 파고든다. 무엇에 저렇게 몰입해 '환희'의 미소를 띨 수 있을까? 피아니스트와 함께함이 절정이다.

한 사람의 움직이는 입이 보인다. 소리가 없어 귀에 울리지 못하는 목소리. 그러다 보니 그 소리의 주위를 맴돌다 멀리 가버리는 한 사람의 마음은 항상 고해성사감이다. 함께하지만 따로인 소통의 벽.

오전 오후 1시간 반 정도 소파에 누워 자는 한 사람, 또 다른 사람은 그림방으로 가는 절호의 기회. 진정한 따로의 시간이다.

새벽 유튜브의 미사 시간은 함께의 시간이다. '성경과 책 읽기' 또한 함께의 시간이다.

TV 드라마 시간, 함께하되 따로의 시간이다. 한 사람은 몰입하고 한 사람은 소리 없이 입을 움직이거나 그렇지 않으면 눈 감고 있고.

이 외에도 하루하루의 일상 안에 수많은 '함께, 따로'가 존재한다. 그럼에도 좋아하는 《예언자》의 글 '결혼에 대하여'에 나오는 아름다운 언어들을 살고 있는가? 공감하다가 멀리 갔다가를 하루에도 수십 번씩 반복하는 순간들이다.

이렇게 함께함과 따로가 있기에 하루하루가 가능하지 않은가? 결국 함께도 따로도 모두 흐르는 사랑이다.

칼릴 지브란의 사랑의 구절이다.

"그대들은 함께 태어났으니, 영원과 함께하리라."

"하늘바람이 그대들 사이에서 춤추게 하라."

"날개 달린 가슴으로 새벽에 일어나 또 하루 사랑의 날을 보내게 되었음을 감사하게 되기를."

오늘 하루도 날이 밝고 하루가 시작되었음을 알리는 이 시간, 소중한 반성과 다짐의 시간이다.

2022.12.9.

인연의 향기

오늘은 구수한 향기로 시작한다. "띵똥! 서프라이즈 방문. 계단으로 하산 중입니다." 샘의 문자다. 나가보니 후앙빵집의 빵이 놓여 있다. 갓 구운 식빵의 겉껍질을 떼어 입에 넣는다. 그 맛과 향기가 입 속에 감돌고 몸과 거실로 퍼져 나간다.

거실 화장실에서 샤워 소리가 울린다. 큰애다. 덩치 큰 맨몸이 눈앞에 지나간다. 뛰어다니는 어린 두 아들의 쿵쾅 소리와 웃음소리가 겹친다. 누워 계시는 아빠의 손을 잡고 인사를 하고 '루멘'으로 향한다. 그 공간에 감사하다.

거실 책상에 앉는다. 《우리는 봄을 믿어야 해요》를 읽으며 나에게 "봄을 믿어야 해."라고 말해 본다. 전화벨이 울린다. '말씀의 집'에서 계시는 박 신부님과 말씀을 어떻게 살아야 하는지에 대해, 19층에서의 피정에 대해 소통하는 시간이다. 각자의 길에서 함께하시는 분, 가끔은 아니 자주 '기다림'의 애정을 주신다. 그 산을 넘어야 한다. 내년을 기다리며 안녕을 한다.

충미 씨가 전화를 한다. "선배님 저 집에 왔어요." 반갑다. 남해에서 짝꿍과 함께 지내는 모습이 보인다. 또 다른 길을 가는 우리 하나하나가 아름답다. 전화를 끊다가 잘못 눌러 '이종현 교수'와 연결이 된다. 반가운 목소리가 들린다. 내가 퇴직할 때 막내이다. 수원 성균관대 근처에 산단다. 딸이 '수원여고' 후배라고 이번 졸업하고 제빵에 관심이 있어서 일본으로 배우러 간단다. 벌써 그렇게 큰 딸이 있구나. 축하하며 다른 교수들 안부 묻고 언젠가 볼 수 있는 날에 만나기로 하고 전화를 끊는다. 잘못 누른 전화가 인연의 고마움을 느끼게 해 준다.

삼촌이 또 19층 계단 등산을 왔다. 이번에는 쇠고기분말, 닭가슴살, 양파, 감자분말 네 가지의 간편 분말을 들고. 아참, 전화로 무엇 필요한 것 없냐고 묻기에 사과를 부탁했더니 커다란 사과 봉지까지 들고. 남궁 샘이 언젠가 말씀하신 것이 생각난다. "삼촌 같은 사람은 없을 거예요. 올바로 사는 표본 같은 사람, 항상 챙겨 주고 옆에 있으면 무엇인가 다 해결해 주는 사람이에요. 고마운 사람이네요."

90세 넘는 어머니와 30년 가까이 함께 지낸 얘기로, 어떻게 돌봐야 하는지 터득해 나간 것 같다. 휠체어로 식탁에 함께 앉은 남편은 말한다. "고마워요." 그러고 보니 탁구 연습기와 철봉도 해 주어 잘 쓰고 있다. 이런 인연을 이어 가게 해 주시니 감사하다.

오늘의 마무리이다. 고대 분석실모임의 총무 허원도 씨와도 전화. 회원들의 근황과 1월초 사과 선물로 모임을 대신하겠다고 한다. 코로나 3년 동안 못 만나고 나이 들어간 회원들, 다 70, 80대이다. 이렇게 세월이 흘러 1974년에 시작한 고대 분석실의 흰 가운의 모습들이 이제 머리가 흰 노년을 살고 있다. 그러고 보니 50여 년의 세월에 인연을 이어 가고 있다는 것이 기적이다. 오늘 하루도 그동안 맺어진 인연의 향기로 산다.

2022.12.10.

재이와 지완이 그림

오늘은 나만의 시간이 많다. 오전, 오후 중간 두 시간 정도씩 그림을 그린다. 그리고 있던 노란 장미, 모과, 호박이 아니라 새로운 4F 캔버스를 놓고 바라본다. 지난겨울 재이네가 왔을 때 아마 2월 3일 돌 지났을 때인 것 같다. 케이크에 촛불 켜고 축하하는 장면이니까. 그런데 이 장면이 모두 흑백으로 펼쳐져 있다. 큰아들이 흑백으로 처리해 보내준 것이다. 칼라가 없던 시절의 모습들이 떠오른다. TV도 사진도 모두 흑백시대였다.

바라본다. 지완이와 재이가 케이크초에 불을 붙이고 가만히 바라보는 사진을 그릴까 아니면 촛불을 끄고 웃으며 손을 잡고 기뻐하는 모습이 좋을까. 선택이 어렵다. 어린이다움을 표현하려면 웃는 모습이 더 좋은데 촛불은? 그래, 그냥 촛불을 켜고 기뻐하는 모습으로 하자. 정말 오랜만 아니, 처음이지 싶다. 작은 캔버스에 모습을 잡아간다. 자꾸자꾸 수정해가며 그리다 보니 시간 가는 줄 모른다. 남편이 도움을 청하며 종을 울릴 때까지. 어떻게 이 그림이 진행되어 완성될지 궁금하다. 아니, 이 기다림이, 이 붓의 놀림이 행복이다.

재이와 지완이 4F oil on canvas 2023

함께 '호' 해요 3S oil on canvas 2023

기다림의 시간

카톡 대문의 네 개 촛불 가운데 하나가 커지며 '기다림'이 시작되었다. 대림 첫 주가 2022년 11월 27일에 시작되어 지금은 세 개의 촛불이 밝혀 있다. 그리고 올해에는 또 다른 '기다림'이 있다. 11월 25일에 시작되어 12월 23일에 끝나는 엘리베이터 교체 공사이다.

오늘이 12월 12일이니 10여 일 정도 남았다. 아! 예수님을 기다리는 이 시기에 좋은 기회라고 호기롭게 'no out, no call'을 선언하며 우리 두 식구 19층에서의 피정 기간을 시작한지 20일이 가까워온다. 지인들이 "속세를 벗어난 삶은 어떠신지요?" 하고 안부를 물으며 엘리야 예언자가 동굴에 숨어 지낼 때처럼 먹을 것을 날라다 준 덕분에 보통 때보다 더 먹을 것이 충분한 하루하루를 지내고 있다. 인연에 감사하는 나날이다.

그러나 피정의 의미는 살리며 살고 있는지 반성하게 된다. 새벽에 유튜브 미사하고 세끼 밥 해 먹고 주중에 매일 올라오는 큰아들 밥 차려 주고 좋아하는 책 읽고 남편 쉬는 동안 그림 그리고, 오줌 뉘고 옆에 앉아 성경 읽어 드리고 TV 보고 이전 일상과 똑같은 삶을 살고 있다. 지루할 틈이 없고 행복하기까지 하다. 피정의 첫날부터 바랐던 좀 더 고요하고 침묵하며 기도하고 묵상하며 내 안에의 현존을 느끼고 사랑할 수 있는 그분에게 조금 한 발짝 다가간 것 같기도 하다. 사실은 이렇게 조금씩 조금씩 우리 일상 안에 들어오시는 것만으로 감사하다. 이러다 보면 직접 뵈러갈 때 자유로울 수 있지 않을까. 기다림의 시간들은 계속된다.

2022.12.14.

삶은 이어진다

큰애가 올라와 아침을 먹고 내 침대에 누워 축구를 보다가 잠들어 있다. 오늘 오전에는 예약이 없는 모양, 자게 놔둔다. 씻고 재활용을 들고 빠이빠이하며 계단을 내려간다. 바라보며 "조심해." 하며 응원을 보낸다.

영상통화 하니 재이는 영어로 열두 달을 노래하고 지완이는 옆에서 춤을 춘다. 둘이어서 감사하다. 함께함은 좋다. 재이가 말한다. "지완이는 뭐든지 나 따라 해요." 할머니가 대답한다. "재이가 지완이의 선생님이네. 그렇지?" 함께 노는 모습이 아름답다. 바라보는 든든한 아빠와 엄마가 대견하고 감사하다.

옛날 뛰어놀던 두 아들들의 모습이 보인다. 바라보던 젊은 우리 부부도 있다. 옆에서 챙겨 주시는 영종 부모님들의 모습이 할미 할비가 된 우리의 지금과 겹쳐진다. 지완이를 바라보고 있는 휠체어 탄 할아버지의 모습을 그림으로 그린다. 세대가 이어지는 우리들의 삶을 표현하고 싶다. 이렇게 삶의 역사가 이어진다.

하루 일과

시므온은 그 아기를 두 팔에 받아 안고 하느님을 찬양하였다.

"주여, 이제는 말씀하신 대로 이 종은 편안히 눈감게 되었습니다. 주님의 구원을
제 눈으로 보았습니다. 주의 길을 밝히는 빛이 되고 이스라엘에게는 영광이 됩니
다." (루가 2,29-32)

'할아버지와 지완이 그림'의 지완이를 바라보며 기도한다. "주님, 감사합
니다. 이제는 모든 것을 이루고 주님께 갈 수 있습니다. 이 아이가 작은 빛
이 되어 살아갈 수 있도록 보살펴 주십시오."

그림의 검은색 가운을 짙은 보라색으로 바꾸어 본다. 뒤에 있기도 하니
까 얼굴은 흐릿하게 처리해 조금은 이 세상에서 물러난 느낌으로.

낮에 소파에 누워 계시는 시간이 길어지고 방으로 들어가 침대에 눕는
시간도 점점 저녁 10시에서 9시로 8시로 6시로 일러진다. 오늘은 6시에 침
대에 누우시고 나도 함께 들어와 책상에 앉는다. 오줌 눌 때 괴로워 얼굴을
찡그리신다.

요사이 나는 감기를 앓느라고 성경 읽기는 쉬는 중이다. 목요일 시작해
나흘째 감기를 앓았다. 끝 증상이지만 가래가 더 늘고 가끔 기침도 나오고
밥맛도 없다. 며칠 새 몸무게도 1kg 감소했다.

남편 몸에 근육이 전혀 없다. 몸무게를 재볼 수 없지만 많이 말랐다. 어느
자매의 남편이 3년 병상에 누워 돌아가실 때 앙상하게 뼈만 남았단다. 십자

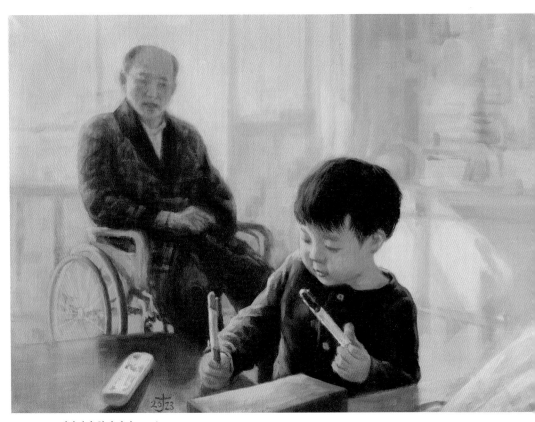

지완이와 할아버지 8P oil on canvas 2023

가상 예수님과 마찬가지로. 바라보면 눈물이 난단다. "이제 주님 뜻대로 하소서."에 선종기도를 해야 하지 않을까 생각한다. 처음으로 어젯밤 누워서 묵주기도하며 선종지향을 말씀드렸다. 꿈에 많은 사람이 모였다. 무슨 의미일까? 즐거이 예수님 곁으로 간다는 생각을 하며 눈을 감을 수 있을까? 나는 어떨까?

핸드폰을 금요일부터 서랍에 넣어 버렸다. 공연히 핸드폰을 켜 보고 답장하기는 당분간 끝이다. 번거로운 하나가 없어져 버리니 마음이 가볍다. 그리고 침대로 일찍 들어오니 그 후로 TV도 안 보고. 넷째가 연락이 안 되어 걱정되었는지 둘째 아들에게 전화, 아무 일 없다고 했단다. 사실은 몸살 앓이 중이다. 감기가 가져다 준 하나의 좋은 결과이다. 단순하게 살자. 아들들은 집 전화로 안부 묻는다. 그것만으로 OK. 3시 30분경 점심 겸 저녁을 하니 세끼를 꼬박 챙겨 먹을 필요가 있을까? 소화도 안 되고 운동도 못하는데.

2022.12.19.

오늘 하루

아침에

엘리베이터 공사도 마지막 주, 대림도 마지막 주이다. 또 다른 무엇이 마지막 주일지 모르는 월요일 아침, 정환이가 아침에 오는 월요일이다. 콩잡곡밥을 준비해 놓는다. 썰어 놓은 남은 묵은지 씻어 들기름에 볶고 몇 쪽 남은 LA갈비에 야채와 간장 넣고 푹푹 끓인다. 양상추와 파프리카도 담아 놓고 간장 양념과 고추장 양념도 만들어 놓는다. 그리고 우리 부부의 아침 식사로 '메쉬포테토 감자가루'에 뜨거운 물 붓고 야채를 썰어 넣어 부쳐 볼까 한다. 그리고 수수부꾸미 2장. 우유는 떨어지고 두유만 3봉지 남아 있다. 시작이 있으면 끝이 있고 기다림이 있으면 만남이 있다. 시작과 기다림, 만남과 끝. 이제는 두 양 끝의 무엇이 더 좋은지 모르겠다!

이렇게 음식을 준비하니 나의 감기 상태가 나아지고 입맛이 돌아왔다는 표시일까? 기다림의 마지막 주, 마무리 잘하자. 힘내자, 젬마! 갑자기 엘리베이터 공사 끝날 때까지 정환이를 오지 말라고 할까 하는 생각이 든다. 우리 둘만이 '기다림' 없는 '기다림의 마지막 시기'를 지내는 것도 의미 있는 노력이 아닐까?

낮에

대변, 면도, 목욕 후 침대에서 쉬고 계시다. 나도 목욕하고 책상에 앉았다. 이제 혼자서는 목욕시켜 드리기가 위험해서 안 되겠다 싶다. 지금까지 한 것만도 감사하다. 많이 마르셨고 혼자 짚고 잠깐 서기도 버거운 모양이시다. 이제 바라보고 기다리고 믿고 사랑하며 지낼 수밖에 없다. 가끔 소통의 벽에 부딪혀 "내 탓이오."라고 하지만.

유튜브 강의 듣다가 무어라고 말하시기에 이불을 들치고 기저귀와 바지를 보니 푹 젖었다. 대변보고 목욕 후 누운 후 1시간 조금 지났다. 묽은 똥, 그동안 못다 눈 모든 변이 다 나온 것 같다. 다 정리한다. 무슨 의미일까?

저녁에

소파에서 다시 한번 물똥잔치, 왜일까? 4시경 누룽지 푹 끓인 것만 조금 드셨을 뿐인데! 휠체어 옮겨 타고 내리는 것도 힘들다. 거실에서 방까지 오는데도 걱정이고 조심스럽다. 바라봄뿐이다.

　침대로 이동하시고 나는 하루 일과 마치고 책상에 멍하니 앉아 있다. 책을 읽을 수 있을까? 마무리하고 자야겠다.

2022.12.20.

"아직은 아니지요?"

세 번 오줌 누다 설사하고 그리고 쭉 까불어져 누워 계신다. 단순하게 흰죽으로 5시경 점심 조금 드시고 나서 지금 저녁 7시 소파에 눈 감고 있다가 몸을 흔들며 이상해서 보니 설사를 하셨다. 저녁에 정로환 두 알 드셨는데.

　정리하고 남편은 침대로, 나는 책상에 앉았다. 이제 어떻게 해야 하나? 이렇게 기다림이 마무리되나? 선종을 준비해야 하나? 아직 아니겠지?

　"주님, 아직은 아니지요? 아니겠지요?"

다시 켠 핸드폰

한집 안에 함께 있으면서 처음으로 아침 식사를 혼자 하였다. 이것 또한 억지로 일찍 일어나게 해 간단한 식사 후 소파에서 졸고 계시게 하는 것보다 편히 누워 계시는 것이 좋을 것 같아서 연습하는 마음으로 해 본다. 아침 8시 20분이다.

핸드폰을 꺼낸다. 일주일 정도 서랍 속에서 편히 쉬고 있었다. 빨간 숫자가 어지러이 보인다. 하나하나 삭제하며 정말 중요한 것이 무엇인지 다시 생각하게 된다. 국 샘에게 전화해 그동안 일을 보고하고 일주일간의 몸살 얘기, 설사 얘기 등을 한다. 몸살이 아닐 수도 있다는 얘기는 생각도 못했다. 코로나와 감기 양쪽의 증세가 비슷하단다. 그러나 다시 회복 중이니 다행이다.

리북 실장님이 교보문고에 책 소개 보낸 것을 나에게도 보내 주었다. 주위 사람들과 나누려고 한 일인데 좀 익숙하지 않다. 충미 씨, 신옥 씨와도 통화하고 다음 주 수요일에 묵은쌀로 떡 해 나누기로 약속한다.

전화기야, 너도 쉴 때가 좋았지? 핸드폰을 다시 켜니 나도 좀 정신이 산만해지기는 한데 그래도 우리는 삶의 구성원들과 소통하며 살아야 하니까 네 힘이 필요하단다. 열심히 지내다가 어느 땐가 또 쉼이 필요해지면 그때 잠시 또 따로 지내자. 파이팅!

유튜브 미사 끝나니 7시 30분이다. 영숙 씨가 엘리베이터 가동 기념으로 벌써 우리 내외 줄 물김치 담그고 있단다. 감사하다. 기다림이 마무리되고 있다. 엘리베이터, 책, 아기 예수님과 인생 여정. 그러나 기다림은 계속 될 것이다.

2022.12.23.

《그림, 삶이 되다》 출간

그동안 책 《그림, 삶이 되다》를 만드느라 수고한 리북 실장님이 교보와 알라딘에 내 책을 소개한 글을 보내 주었다. 훑어보니 기분이 이상하다. 내 삶이 담긴 내 책이 모르는 다른 사람들과 공유되었다는 낯섦이랄까. 그러나 한편으로는 애쓰신 것을 생각하니 조금이라도 주문해 주는 독자들이 있으면 좋겠다 싶기도 하다.

제일 먼저 생각나는 사람이 성심도서관의 전대이 씨였다. 책 찍은 사진을 보내며 소식을 전했다. 전화로 통화가 되니 즐거이 주문하겠다고.

그림 이야기, 아들 공무원 시험 합격한 얘기 등 이렇게 책을 통해 인연이 연결된다. 춘천 시절 제자인 대전 화학연구소의 신승림에게도 연락, 통화후 조금 있으니 책 주문했다고 메시지가 도착한다. "예스24에서 주문했습니다. 즐거운 마음으로 기다리겠습니다.", "첫 주문자네. 고마워라."

이렇게 은근히 책 선전하는 사람이 되니 또 다른 나를 바라보는 듯하다. 내친김에 남편 제자인 건대 부총장 문상호 교수에게도 남편 근황과 함께 소식을 전한다. 교보문고에서 주문하겠다고 하신다. 이렇게 오늘의 임무를 잘 수행했다. 이제 한번 모여 나누는 일이 기다리고 있다. 책방에 내 책이 소개되는 놀라운 경험!

8시경 한 달 동안 교체 공사를 한 엘리베이터가 개통됐다. 첫 손님은 삼촌과 영숙 씨다. 둘이서 함께 저녁하고 음악 감상하며 머물다가 엘리베이터가 개통하여 올라올 수 있는 시간을 기다린 듯하다. 물김치 가득한 큰 통을 들고서. 29일 제주도에 가서 강 선생 만난다고 한다. 책에 사인하여 보낸다. '오래된 인연에 감사하며!'라고 썼다. 첫 나눔이네!

5

마무리 여정

2022년 12월 27일 ~ 2023년 1월 15일

2022.12.27.

특별한 보속

본당 신부님께서 병자성사 주러 오시어 간단히 고해성사를 한다. 정환이 방에서 서 있는 채로 두서없이. 그런데 보속이 특별하다. 시편 23장을 소리 내서 읽고 반복하기 그리고 이 시편과 관계된 성가를 크게 부르는 것이다. 저녁에 미음을 드리고 시편을 큰 소리 내서 읽는다.

"주님은 나의 목자. 나는 아쉬운 것 없어라. 푸른 풀밭에 나를 쉬게 하시고 잔잔한 물가로 나를 이끄시어 내 영혼에 생기를 돋우어 주시고 바른 길로 나를 끌어 주시니 당신의 이름 때문이어라. 제가 비록 어둠의 골짜기를 간다 하여도 재앙을 두려워하지 않으리니 당신께서 저와 함께 계시기 때문입니다. … 저는 일생토록 주님의 집에 사오리다."

특별한 의미로 다가온다. 평소에 무심코 눈으로 읽던 구절들이 살아 움직인다. '쉬게 하시고', '이끄시어', '생기 돋우어 주시고'…. 성가를 찾아본다. 50번 '주님은 나의 목자', 51번 '주 나의 목자 되시니'를 큰 소리로 부른다.

옆에서 함께 부르면 얼마나 좋을까? 남편은 가만히 듣는다. 그러다 힘들면 몸을 움직이며 찡그린다. 그래도 익숙한 노래니까 아득히 들려도 위로가 될 것 같다. 내친김에 59번 '주께선 나의 피난처'까지 부르고 다시 시편을 소리 내어 읽는다. 워낙 외우는 것을 못해 그동안 즐겨 읽었지만 외워지지는 않는다. 이 특별한 보속 덕분에 하루의 마무리가 더욱 의미가 있다.

종부성사를 받아야 하나 하는 생각에 김영남 신부님과 오전에 통화를 한다. 3시에 고해성사와 병자성사, 책 선물 주고받기, 보속하기 그리고 침대로 이동해 마무리한 하루이다.

2022.12.28.

새벽에

새벽 2시 30분경 기저귀를 갈까 하고 보니 똥을 싸셨다. 한바탕 일을 치르고 나서 내 침대에서 멍하니 앉아 있다. 그냥 바라본다. 선종기도를 해야 할까? 다시 잠이 들고 깨어 보니 새벽 5시 30분이다. 이런 때에도 잘 수 있다니, 무딘 내가 한편 고맙기도 하다.

이 새로운 또 하루를 살게 하심에 무슨 의미가 있겠지. 무슨 일이 일어날지 모르지만 그냥 받아들이며 의탁하고 그 안에서 어떻게 살지 알려주시며 우리를 바라보시겠지. 그래서 힘을 얻고 하루를 시작한다.

2022.12.29.

미음

오늘은 새로 빻아온 흰 쌀가루에다 바나나, 사과, 소고기가루, 소금 조금 넣고 미음을 쑤어 9시경, 3시경 두 번 드렸다. 약을 따뜻한 물에 담가 놓으니 풀어진다. 다 드리고 거기에 가래약 액체를 넣어서 드시게 했다. 한두 번 사래는 들었지만 흘리거나 못 삼키지는 않으셨다.

누워 계실 때는 편안한데 앉아 있을 때는 불안하다. 기울어지고 미끄러질까봐 옆에서 손을 잡고 함께 앉아 있어야 한다. 가끔 눈을 치뜨고 무얼 만지려고 할 때는 겁이 난다.

2022.12.30.

형제들의 모임

몇 년 만의 일이던가! 이렇게 모여 맛난 음식을 같이 하는 일이! 남편이 많이 안 좋아져 미음을 드시다가 흘리기도 한다고 넷째 동생에게 전화로 이야기한 것을 모든 제부와 동생들에게 전달돼 의견이 모아진 모양이다. "가서 뵙자. 더 늦기 전에." 하며 막내가 "언니, 금요일 가기로 했는데." 하며 전화가 왔다. "그래, 알았어." 하며 기다린다.

1시 20분경 두 차로 세 자매 부부가 도착한다. 무슨 이삿짐 싸서 들고 오듯 현관이 가득하다. 김장김치, 배추, 청계백숙 등등. 남자들은 손을 씻고 휠체어에 비스듬히 앉아 눈을 감고 있는 남편 주위에 앉는다. 남편은 손을 잡고 실눈을 하고 바라보다가 입이 움직인다. 움직임은 말이 되어 나오지 않고 스며든다.

넷째와 다섯째는 정리하고 점심 준비하느라 주방에서 바쁘다. 나는 쌀에 콩을 넣어 씻고 취사를 눌러 놓은 상태. 그리고 어제 삼촌이 가져온 대구매운탕거리를 내놓는다.

다시 거실로 와서 바라본다. 인사는 끝나가고 넷째 제부가 손을 잡고 있다. 나보다 한 살 더 많으니 79세, 구부정하다. 두 제부는 상대적으로 청년 같다. 여섯 자매의 여섯 남자들이 어울려 술 먹으러 다닐 때가 언제였는가? 우리가 제일아파트에 살 때니까 80년대 초이다. 샘내 고향집에서의 모임은 끝도 없었다. 엄마가 살아계실 때 까지는. 그리고 5년 전쯤인가 일산 음식점에서 모여 식사한 것이 마지막 모임이었다. 이제 하늘나라에 가면 다시 만남을 주선하겠지!

남편을 방 침대로 다섯째 제부의 도움을 받아 옮긴다. 맛있는 매운탕이 완성된다. 각자 가져온 반찬으로 점심상을 차리니 다섯째네 김치와 배추쌈, 넷째와 다섯째네 도토리묵, 오랜만에 함께 먹는 음식이 달다. 많이 먹었다. 수시로 방으로 와서 남편의 상태를 확인한다. 딸기와 귤로 후식을 한다.

제부들은 겨울 햇빛이 가득한 거실에 앉아 평상시의 대화를 한다. 막내에게 수요일에 한 흰떡 상자를 갖다 놓는다. 병원 때문에 못 온 언니까지 자매들 몫을 나누고 귤도 나눈다. 넷째에게는 쌀 한 포대도 주고 책도 필요한 만큼 가져가게 한다. 이제 갈 시간 4시가 되어 가니 각자 방으로 들어가 인사를 하고 떠나갔다.

7시경 지나 도착했다고 전해 준다. 많이 막힌 모양이다. 이렇게 오늘의 번개모임은 끝이 나고 다시 둘만의 소중한 시간이다.

2023.1.1.

새해 목욕

큰며느리가 감기 기운 때문에 쉬고 점심에 다 모였다. 청계백숙 국물로 떡국을 한다. 주환이는 아빠의 손톱과 발톱을 깎아 드린 후 면도와 목욕을 시도한다. 목욕 휠체어에 목받침 달고 뉘이다 힘드신지 중간에 똥을 싸셨다. 이제 나 혼자서는 도저히 아무것도 못한다.

힘이 드신지 아이들 가는 것도 모르고 4시에 침대에서 주무신다. 쌀가루 스프 두 숟갈 정도 드시다가 7시 20분에 다시 침대로 가시고 나는 책상에!

2023.1.2.

자비의 기도

새벽에 잠자리에서 숨소리를 듣다 누워서 자비의 기도를 드린다. 그러다 일어나 외우지 못한 끝부분을 책을 보며 외우기 연습을 한다.

"오, 저희를 위한 자비의 샘이신 예수 성심에서 세차게 흘러나온 거룩한 피와 물이시여, 저희는 당신께 의탁하나이다."

"이 모든 기도를 예수 그리스도를 통하여 비나이다. 아멘."

성호경을 긋는다.

자비의 예수상을 바라보다 얼굴 부분이 흡족하지 못해 여러 번 그림을 수정, 그대로 사랑하기로 한다. 예수님도 나를 바라보신다. "그래, 부족하면 부족한 대로 사랑하자. 완전하고 확실한 것은 이 세상에 없다. 그리고 함께 나아가는 각자의 발걸음이 있을 뿐이니 나를 향한 모든 길을 사랑한단다." 나의 하루의 시작이다.

오전 10시경 미음도 못 드신다. 약 탄 것도 조금 드리지만 억지로 사래 들리게 해 뱉게 할 필요는 없을 것 같다. 4시경 다시 시도하지만 실패이다. 바나나와 애플망고를 작은 숟갈로 긁어 떠드리니 조금 드신다. 입 축이기 위해 물도 조금 드리고.

밤새도록 기저귀가 예전 같이 푹 젖지 않는다. 나올 오줌이 없는 것일까? 이렇게 집에서 서서히 가시는 모습을 보는 것이 잘하는 것일까? 병원 가서 조치를 취하면 조금 더 사시지 않을까? 그러나 둘이 약속했었다. 2020년 9월 퇴원했을 때 이것으로 병원 치료는 끝이라고, 집에서 조용히 지내다 가신다고, 그래서 잘도 버티셨다. 함께 밥 먹을 수 있어 좋았다. 이제 보름 전부터 나 혼자 먹는다. 내가 힘이 있어야 한다고 다짐하며 먹지만 어쩔 때에는 혼자 웃는다. 이런 상황에 꾸역꾸역 먹고 있는 나 자신이 우스워 헛웃음이 흘러나온다. 게다가 맛도 있으니 하느님이 주신 생물적인 본능이 나를 먹게 하는 것이다.

2023.1.3.

숨소리

휠체어 타고 공원 산책하고 책 읽어 드리고(성경은 시편, 루가복음, 사도행전) 음악 함께 듣고 TV 보고 무언가 얘기하려 노력하고 소통이 안 되면 종이에 써 보기도 하고 무엇이 입맛에 맞을까 음식을 하고 소파에 앉아 손잡고 옛날이야기하고 가끔 핸드폰 켜서 "누가 돌아가셨네." 하고 알려 주는 친구 형화 씨에게 전화해서 "나야, 순창이."라며 쬐끔 이야기도 하고 재이와 지완이 오면 노는 것 바라보고 했던 모든 것이 이제 다 옛이야기이다.

　이제는 소파에 누워서 눈만 간신히 뜨신다. 언젠가는 침대에서 맞이하게 될 그날의 과정들이다.

미음을 흘리고
물을 사래로 날리고
나올 오줌은 없어
기저귀는 뽀송뽀송

잠시 일어나 앉았다가
다시 소파에 누워
가끔 실눈으로 바라본다

그래도 잡은 손에 힘을 준다
언뜻 작은 실눈 속에 눈물이 고인다

성수로 이마에 십자성호를 긋는다
선종기도를 해 보지만
멀리 흩어지고 와닿지 않는다

수많은 기다림 중에
기약할 수 없는 기다림
"가자하면 따라 가세요" 해 보지만
그조차 산산이 흩어진다.

그래도 온 힘을 다해
방 침대 누운 것에 감사하는 하루
언뜻 일어나 숨소리 확인하고
다시 잠든다

2023.1.4.

병자성사

9시 40분

계속 잠만 주무신다. 침대에서 이 시간까지 거실에 나가지 않은 것은 처음이다. 옆에 앉아서 욥기를 읽어 드린다. 그런데 10시경 나가자는 신호를 보내신다. 간신히 휠체어에 옮겨 거실로 나갔는데 꼼짝도 않으신다. 왼쪽으로 굳어진 채 숨도 약하고 차가워지는 느낌이 들어 뒤에서 껴안고 머리를 비벼도 정신을 놓으시고 몸의 움직임이 없으시다.

  황급히 전화로 119를 불렀다. 응급대원이 혈압을 재보더니 심장 박동이 있다고 한다. 응급실에 가 생명연장 응급 시술을 받으실 거냐고 묻기에 아니라고 고개를 저어 응답하니 그러면 돌아가시고 나서 연락하라고 하고는 침대로 옮겨 주고 떠나갔다.

  침대에서 눈을 뜨시고 숨을 가쁘게 몰아쉬신다. 정신을 놓으신 것 같다. 손을 잡아도, 물어봐도 반응이 없으시다. 가끔 입을 가제수건으로 적셔드린다. 또 다른 단계로 넘어가신 듯하다.

3시

박종인 신부님께서 전화하니 이미 매자 언니에게서 소식을 들으셔서 바로 오시겠단다.

4시에서 6시

아오스딩과 라이문도 신부님의 오랜 인연의 시간이 흐른다. 평안한 마음으로 "엄마!" 부르며 가실 수 있게 도와 드리라고 하신다. 성체 대신 성혈 방울들을 입에 넣어 드린다.

신부님은 가시고 저녁 식사 후 주환이는 노트북 가지러 집으로 가고 5, 6일에 재택근무를 신청한 큰애 부부가 와서 자고 있다.

2023.1.5.

돌아가심

새벽 3시

새벽 3시경 일어나서 귀에 대고 "엄마!" 하며 잘 따라가시라고 '주님은 나의 목자' 성가를 불러드리고 4시경 다시 잠이 든다.

새벽 5시

5시 40분 얕은 숨소리를 들으며 곁에 앉아 있다. 나의 숨소리를 겹쳐 본다. 숨은 가쁜데 손은 따스하다.

어젯밤에 이어 검은색 똥을 누우셨다. 치우다 보니 피가 섞여 있다. 어제부터 새로운 단계로 접어들으셨다. 어쩌면 이 세상의 우리 여정과는 다른 길로 들어서신 것 같다. 이제는 정말 다 놓으신 걸까? 나의 동행이 닿을 수 없는 또 다른 길에 들어서신 걸까? 남편의 의지와 공감 없이 그냥 돌보는 단계, 그래도 나의 손길을 느끼고 목소리는 들으실까? 함께할 수 없는 이 길, '하늘 엄마, 하늘 아빠'를 만나러 가는 길, 얕은 숨을 몰아쉬는 모습을 계속 바라볼 뿐인 이 동행할 수 없는 길!

오후 3시 30분 자비의 기도 중 돌아가시다

입을 맞추고 성수로 이마에 십자성호를 긋고 "잘 가세요." 인사한다. 주환이와 함께! 정환이 부부가 온다. 동국대병원 3호실 빈소로 이동해 드린다.
　늦은 밤 집에 와서 남편 침대에 누워 잠을 청한다. "당신이 2년 반을 누운 자리에 내가 누웠습니다. 처음 누웠습니다. 눈물은 흐르지만 함께함의 평화가 흐릅니다. 이제 이렇게 혼자 그리고 함께 지내야 합니다. 영종에서의 우리들의 사진을 바라보고 체취를 느끼며 지낼 것입니다."

2023.1.6.

입관과 미사

"너는 내가 사랑하는 아들, 내 마음에 드는 아들이다."(마르 1,11)
"노순창 아오스딩, 잘 왔다. 이제 너는 나와 함께 영원한 생명을 누릴 것이다."

　오늘 하루 마지막 인사를 하러 많이들 오셨다. 계속 뛰어 다니는 지완이와 위령기도에 함께하는 재이를 보시며 영정 그림 속 할아버지가 웃으신다. 휠체어 타고 집에서 아이들 노는 모습 보고 있을 때처럼.

4시 입관을 갈멜 신부님이 함께하셨다. 차디차지만 평화로운 모습으로 나의 마지막 입맞춤을 받으신다. 이마에 십자가로 영원한 안식을 기도해 드린다. 입관과 미사는 빈소에서 박 신부님께서 나인구 신부님과 함께 주례하신다. 김영남 신부님과 최대환 신부님도 오셨다. 돌아가신 분이 인연들을 모아들이신다. 돌체 식구, ME 식구, 제주도 강 선생도.

필름 속 화면에 옛일이 스쳐지나가듯 지금 이 순간도 나의 기억에 머물 것이다.

2023.1.7.

이별과 생일

아오스딩의 생일
아오스딩의 발인
박종인 라이문도 신부님 축일

우리 네 자매, 재이와 지완이, 재이 엄마는 집에서 자고 5시에 깨서 준비를 한다. 빈소에 도착해 '이별 예식'을 하고 끝부분에 '생일 축하' 노래를 부른다. 다시 흙으로 돌아가는 날이 태어난 날이다. 정발산성당에서 장례미사 후 벽제에서 한 줌 가루로 유골함에 담기신다. 아들들이 마련한 청아공원 봉안당으로 모셔가 영면하실 자리를 마련해 드린다.

자매들 모두 떠나고 우리 식구들만 집으로 온다. 저녁 식사 후 '초우'기도를 바치고 재이네는 9시경 집으로 갔다. 큰애 부부가 머문다.

이틀을 남편 침대에서 잤다. 오늘은 내 침대에서 잤다. 텅 빈 옆 침대를 느끼며.

2023.1.8.

첫날

6시 미사 함께 참례하고 아침 먹고 큰애 부부는 갔다. 9시경에 나는 침대에 누워 눈을 감는다. 생각의 필름이 돌아가는 가운데 깨어 보니 11시경, 일어난다. 모든 문을 열어 환기를 시키고 음식물쓰레기를 들고 내려간다. 쓰레기를 버리고 공원길로 들어선다.

"휠체어를 밀며 걸어간다. 운동기구가 보인다. 휠체어를 세우고 봉을 손으로 붙들고 일어서게 도와 드린다. 바로 옆에서 나도 운동을 시작한다. 손으로는 봉을 붙들고 다리를 교대로 앞으로 뒤로 움직이며 옆에서 조금 다리를 구부리고 펴는 모습을 바라보며, 조심스럽게 앉는다.

나는 운동기구에서 내려와 휠체어 받침에 남편 발을 올려놓게 하고 밀며 움직인다. 신일중학교 앞을 지나간다. 아이들이 운동장에서 야구 연습을 한다. 자동차가 달리는 도로가 보이는 공원 끝에서 다시 돌아온다. 아이들 놀이터를 지나 우리 아파트 공원을 지나 건널목까지 간다. 여기가 유턴 지점이다.

어느 때는 우리은행으로 가 휠체어를 세우고 현금을 찾는다. 다시 밀고 아파트 앞길을 지나 두배로마트를 간다. 길가 큰길이 보이는 곳에 휠체어를 세우고 나는 마트로 들어가 우유, 두부, 사골국물을 산다. 나와서는 휠체어 손잡이에 건다. 손으로 들지 않아서 편하다. 다시 아파트 안쪽 길로 들어서 우리 동 19층으로 올라온다. 산책 겸 쇼핑을 끝낸 것이다. 들어와서는 손을 씻기고 남편을 소파에서 편히 쉬게 한다."

오늘은 홀로 그냥 걷는다. 공원코스를 걸어 은행가서 현금을 찾고 우유를 사고 걸어둘 휠체어 손잡이가 없어 손에 들고 걸어온다. 다리는 공중에서 노는 것 같고 생각은 필름 돌아가는 것을 보듯 며칠의 일들이 흘러간다. 들어와서는 "손 씻어야지."가 아니라 "다녀왔습니다." 하며 현관문을 닫고 손을 씻고 책상에 앉는다. 나의 쓰기 버릇에 시간 가는 줄 모른다. 적막하다.

귀에서 윙 소리가 들린다. "익숙해져야 한다."고 말하는 듯하다. 베란다에서는 겨울 햇빛이 따스하게 비친다. 이렇게 첫날을 산다.

2023.1.10.

그의 향기와 함께

새벽에 깨어 귀를 기울여 보아도
아무 소리도 들리지 않는다
내 오른쪽 귀에서 파리들의
날갯짓 소리만 윙윙 멀리서 들릴 뿐

그래, 이제 너무 멀리 가셔서
숨소리가 공중으로 흩어져
여기 나한테까지 오지 못하는 것이다
이제 그의 향기로 살아내야 한다
너무 강해서 울어 버릴 것은 함께 가져가소서
은은한 좋은 기억만 남기소서

남편의 마지막 얼굴을 기억하고자 사진을 찍어 놓았다가 한 번 보고는 울어 버렸다. 다시 켜기가 두렵기도 하다. 어쩌면 그 순간을 붙들어 두고 싶기도 했다. 언뜻 핸드폰을 열어 보았지만 슬쩍 바라보는 것만으로도 세상이 흔들렸다. "아무리 괜찮다, 잘 가셨다, 더 이상 고생하지 않으셔도 되고." 하지만 아직 혼자의 이 여정에 마음 준비가 덜 된 모양이다. 큰애에게 얘기한다. 열어 보고 한참 바라보더니 "엄마, 지울게." 한다. 이렇게 또 한 번 당신을 떠나보냈다.

두 아들과 함께 삼우미사 참례하고 남편 닮은 큰 항아리에 집을 마련한 '청아'에 갔다. 높은 곳에 계속 살다가 이제 맨 아래층에 자리를 잡고 반기신다. 만져 보지만 뜨겁지도 차지도 않은 평상 온도로 고요히 머물러 계신다. 시편 23장을 펴서 맨 아래에 성경을 놓고 그 위에 손에 쥘 수 있는 목각 십자가를 올린다.

"'천상 엄마' 만나러 가기 일주일 전부터 '주님은 나의 목자'를 읽어 드리고 성가 50번을 함께, 아니, 내가 노래 부르는 동안 비스듬히 소파에 누워 눈을 감고 듣고 계셨지요. '푸른 풀밭', '잔잔한 물가'를 지나 '어둠의 골짜기를 간다 하여도 두려워하지 않으리라.' 다짐하고 계신 듯 했지요. 그리고 이제 '주님의 집'에 가실 준비를 마음으로 하고 계셨지요? 나는 철없이 아직 더 머물러 계실 줄 알고 옆에 앉아 손을 잡으며 내 손을 꼭 잡아 주시는 '그 힘'을 느끼며 '아직 괜찮아.' 하며 작은 스푼으로 입에 물을 떠 얹어 드리곤 했지요. 입안에 한참을 머금다가 간신히 넘기시는 모습에 '좋아, 좋아.' 하며 한술 더 넣어 드리면 재채기를 하여 물방울은 사방으로 흩어져 버렸지요. 그러면 '그것도 운동이야.' 하며 입 주변을 닦아 드리고 탁자 위를 닦아내고. 이렇게 며칠 동안의 일들이 흘러갔지요.

결국 119 구급대원들이 왔다가 그냥 돌아가고 갈멜 신부님이 오시고 당신은 편안히 '엄마, 아빠.' 부르며 떠나셨지요. 우리를 남기고. 그 후 '이별의 식'이 진행되는 동안 당신은 당신만의 특유의 미소로 우리를 바라보며 작별을 고하셨어요. 오랜 준비 기간 동안 그린 당신의 80대의 초상화가 내가 그림 그리는 이유를 다시 한번 알게 해 준 고마운 시간, 사랑의 시간들이 되었습니다."

어제 새벽에 일어나 삼우미사 끝나고 청아에서 남편 만나고 아들들과 하루를 어떻게 지내야 할까 하다 답이 나왔다. "영종 한 바퀴를 하고 오자. 몇 년 동안을 가보고 싶어 했던 곳이었으니까."

호수공원을 지나 고속도로로 들어서고 영종대교를 넘어서니 그다음부터는 변한 모습에 어딘지 모르게 되었다. 도착한 곳은 '구읍뱃터' 부근의 해물칼국수집. 오랜만의 외식, 그것도 영종에서의 음식은 맛있었다.

바다가 보인다. 저 멀리서 큰 배가 오고 있고 배에 탈 자동차들이 줄지어 서 있다. 영종대교가 생기기 전 우리의 주말이나 방학 때 월미도에서 자동차를 싣고 영종 집에 가는 일상적 모습 그대로이다.

바닷바람이 차다. 그리고 어시장에 들르니 기억이 옛날로 날아간다. 다시 큰애는 차를 몰고 작은애는 옆에 앉고 나는 뒷좌석에 앉아 옛날 면 소재지 읍내로 달린다. 멀리 우뚝 솟은 성당이 보인다. 여기는 변하지 않았다. 그 주변은 정리되지 않은 개발 상태로 다른 곳 같았는데 영종도의 중심은 그대로여서 반갑고 고맙다.

그러나 그곳을 지나니 예전 우리 집이 있던 곳이 어디인지 모르겠다. 그런데도 이곳이 정겹다. 아직 아파트도 개인 주택도 지어지지 않아 풀만 무성한 공간이 펼쳐진다. 언젠가는 이곳도 정신없어지겠지. 백운산과 절 가는 길은 어디인지 모른 채 마음속으로 다음을 기약하며 해변도로를 달린다. 영종 개발의 시작점인 공항이 펼쳐진다. 을왕리 가는 소나무 숲길 입구는 그 모습 그대로이다. 반갑다. 좁은 길을 지나가니 여기저기 숲이 없어진 곳에 바다가 보이고 건물들이 들어서고 있다.

그전엔 바닷가 소나무 숲속에 조개구이집만 있던 을왕리 해수욕장으로 들어선다. 변하지 않은 모습 중의 하나, 음식점 앞에서 광대같이 꾸민 사람이 손님들을 부르는 모습이 정겹다. 왼쪽에서는 파도 소리가 들리고 사람들이 바닷가를 거닐고 있다. 해는 낙조를 준비하며 떠 있다. '낙조'로 한 바퀴 돌고 내려와 왕산으로 갔지만 옛 추억은 산산이 부서진다. 간신히 바닷가로 가니 그대로 탁 트인 바다와 파도가 반긴다. 찬 바람이 오늘은 집에 가라고 재촉한다. "삼목 쪽으로 가자."고 부탁한다. 그 해안길은 그대로, 오른쪽 산책 코스도 그대로이다.

이렇게 '영종 한 바퀴'를 마치고 다시 정겨운 일산으로 들어선다. 5시 30분경 6시 예약을 위해 큰애는 루멘으로 가고 작은아들과 함께 집으로 올라온다. 남편의 모습이 반긴다. "그래, 영종은 잘 다녀왔어? 이제 다니고 싶은 곳에 가고 그래. 수원 고향집에도 가고.", "네!" 나도 웃으며 대답한다.

씻고 둘이서 삼우제기도를 드리고 쉰다. 일을 끝내고 큰애 부부가 한잔

할 준비를 해 가지고 왔다. 작은애는 소주 한 병을 마시며 낙지볶음과 해물 부침개를 안주 삼는다. 큰애는 음료수로 대신하고 나는 점심에 칼국수 그리고 빵 카페에서 먹은 빵이 아직 가득해 먹지 않는다. 그냥 함께하는 것이 감사할 뿐이다. 9시 큰애 부부는 떠나가고 작은며느리와 하루 일을 전화로 나눈다. 이렇게 혼자만의 하루가 아닌 함께하는 하루가 지나간다.

"당신이 계시기에 이 든든한 두 아들, 두 며느리, 손녀, 손자가 있고 지금의 내가 있는 것이지요. 그리고 이 가슴속에는 언제라도 꺼내 볼 수 있고 툭 튀어나오는 '보물 보따리'처럼 당신과의 추억들이 있지요. 그래서 행복하게 지낼 수 있는 감사의 하루하루가 있어요.

그리고 어느 날 나도 '엄마, 아빠.' 부르며 당신 따라가겠지요. 아무도 모르는 그날이 언제일지는 오직 하느님만이 아시겠지요. 그동안 성모님께 의탁하며 잘 지낼게요. 아마도 당신은 '잘 지낼거야.' 하며 걱정도 안 하시겠지요. 나를 잘 아니까, 그렇지요?

맞아요. 이 '새로운 단계'가 어쩌면 설레기까지 하는 지도 모르겠네요. 내 인생의 소중한 마지막 단계이니까 잘 지낼게요. 응원해 줘요. 감사했고 감사하고 또 감사하며 살게요! 안녕, 안녕!♡"

2023.1.10.

홀로 잔 첫날 새벽

어제 둘째가 집으로 돌아가고 정말 혼자가 되었다. 남편이 앉았던 소파에 앉는다. 멍하니 남편 초상화와 루르드 성모상, 자비의 예수상을 바라보며 앉아 있다가 TV를 켠다. 차이코프스키의 '예브게니 오네긴' 흘러나온다. 음악이 좋다. 젊은이들의 얽힌 사랑이 먼 꿈속의 이야기 같다. 정말 오랜만에 2시간가량을 보며 앉아 있다. 함께 있을 때는 알 수 없었던 '시간의 자유'가 낯설지만 낯설어서인지 행복하기까지 하다.

점심을 둘째와 하고 서울 집에 가는 길에 성당에 내려 달라고 부탁, 아들은 떠나고 성당 사무실로 들어간다. 사무장이 홀로 있다. 명절 연미사를 신청하고 감사헌금을 봉헌한다. 성전으로 올라간다. 어느 자매가 십자가의 길 기도를 하고 있다. 미사 때 앉는 자리에 앉는다. 아무 생각이 없이 머문다. 기도도, 슬픔도 없이 그냥 바라보며 앉아 있다가 눈을 감고 고요 속에 머물다 나온다. 걷는다. 햇빛을 받으며 걷기 위해 건널목을 건넌다. 남편과 즐겨 가던 탁구장을 지나고 카센터를 바라보고 지나친다.

사거리와 도로에서 차의 물결이 흐른다. 언제나와같이 사고 나기를 기다리는 듯 렉카차가 서 있다. 신일중 앞을 지나 우리가 산책하던 길로 들어선다. 운동하던 기구도 지나친다. 할머니 두 분이 흔들의자에 앉아 해 바라기를 하고 있다. 우리 모두 언제가 될지 모르는 미래의 천국 식구들이다. 여행 끝자락에서 돌아갈 곳을 바라보고 걱정하고 조금이라도 늦게 가려고 애쓰는 모습들.

그러나 돌아갈 곳이 없는 여행은 여행이 아니다. 이 세상 여행, 천상병 시인은 '소풍'이라 했다. 여행 끝나는 날 즐겁게 집으로 돌아가는 것이 삶이다. 오늘 산책이 끝났다. 집으로 올라가서 "다녀왔습니다." 하고 보고한다. 남편의 사진이 미소로 반긴다.

쭉 걸어서 그런지 속이 허하다. 두부와 강정으로 간단히 저녁 식사를 하고 둘이 앉았던 의자에 홀로 앉는다. 잡을 손이 없다. 손에 힘을 주며 잡고 바라보던 모습이 벌써 그립다. 머리를 뒤로 기대고 눈을 감고 있는 모습이 선하다.

이렇게 홀로 사는 연습, 새로운 단계로 들어간다. 지금까지 함께하시고 힘을 주셨듯이 "젬마, 힘내라." 하신다. 오늘 하루, 새로운 하루를 시작한다. 홀로이며 함께하는 하루하루를.

2023.1.15.

혼자 그리고 함께

눈이 간간히 날린다. 지완이가 밖을 내다보며 "눈! 눈!" 하며 가리킨다. 남편이 점점 노쇠해가며 약해지는 동안 그리고 또 다른 세계로 떠나는 동안 손자 지완이는 점점 자라 뛰어다니고 누나 따라 하고 말하며 세상 속으로 뛰어든다. 우리 마음을 독차지하고 귀여움과 사랑의 세계 속으로.

얼마나 오랫동안 삶의 여정은 되풀이 될까? '천년도 당신 눈에는 지나간 어제 같고' 성가처럼 태어나고 성장하고 일하고 달리고 천천히 걸어가다 다시 못 걷고 못 먹다가 '본향'으로 되돌아가는 여정!

각 단계마다 기쁨과 사랑, 행복과 슬픔이 배어 있는 우리의 삶이다.

그 오랜 세월을 바라보시며 자비와 사랑으로 보듬어 주시는 큰 손길이, 함께 기뻐해 주시고 슬퍼해 주시는 분이 계시기에 우리는 의탁하여 살아갈 수 있는 것이다. 그리고 기쁜 일 슬픈 일에 함께하는 서로의 마음들이 있기에 위로를 받으며 또 위로하며 살고 있다.

"하느님께서 함께하시면서 '슬픔이 사랑의 표시'라는 데서
감사할 수 있는 은총을 주시리라 믿습니다." F. choi

"인삼과 죽염, 곶감입니다. 약으로 드세요." 국

"구정 지나고 저랑 식사하세요." 신

"선배님 겨울 바다 보러 남해로 오세요.
초록 시금치가 달콤해요." 충

솔직한 질문도 있다.

"박사 성님은 갑자기
할 일이 없어져서 어떻게 지내시나요?" 다섯째

이렇게 응원 속에 살고 있음이 감사하다. 두 아들 식구 든든하고 두 분의 박 수녀님들 전화해 주시고 말없이 바라보는 화실 식구들, 말없이 산책 중에 반기는 공원 식구들, 묵묵히 그대로 있는 운동기구, 소복이 쌓인 눈, 봄을 준비하는 벚꽃 봉우리, 입구에 누군가의 손길로 뿌려진 염화칼슘, 조심조심 걸을 수 있는 나의 다리와 나를 일깨워 주는 귀의 윙 소리조차 살아있다는 것을 일깨워준다. 간단히 차려 놓고 먹는 음식 속에 함께함을 느낄 수

있음에 감사하다.

"젬마, 너는 혼자가 아니야. 잘 지낼 수 있을 거야!"

오늘도 혼자 그리고 함께 지내는 연습을 마무리한다.

6

갈멜 신부님 가시다

2023년 4월 10일 ~ 2023년 4월 21일

2023.4.10.

갈멜 박종인 신부님

갈멜 수도원 박종인 신부님께서 중환자실에 입원하셨다. 대모님이 갈멜 3회원 소식함에 떴다고 알린 것이다. 매자 언니와 계속 연락한 결과 1인실로 옮기셨고 말도 못 하시는데 "가서 뵈려면 당장 가지 않으면 안 된다."는 것이다. 8시가 넘은 밤이었다. 선종기도를 드린다.

"편안히 즐거이 주님께로, 성모님께로 가시기를⋯."

국제성모병원을 검색해 보니 인천에 있는 가톨릭관동대학병원이다. 서강대학 시절부터의 인연은 일일이 말로 다 할 수 없다. 이제 정말 '하실 일 다하시고' 가시려는 것일까?

저녁에 본당신부님께서 전화를 주셨다. 국내 성지순례 다녀오셔서 벨라뎃다에게서 갈멜 신부님 소식을 들으셨다고 위로해 주신다. 그리고 젬마 축일 축하한다고. 감사한 마음으로 받아들인다.

2023.4.12.

이별 연습

새벽 미사 후 벨라뎃다와 걷는다. 집 근처까지 함께. 그냥 막연히 기다리는 것보다 입원하신 병원에 가 보자고 대화를 나눈다. 10시쯤 밤가시마을 9단지까지 아들이 데려다 주고 택시를 부른다. 계양에서 빠져서 갈멜 수도원 올라가는 길을 지나고 굴다리 차도를 지나 달린다. 좌회전 후 또 달린다. 작은 산 쪽에 큰 병원이 보인다. 가톨릭관동대학교 국제성모병원이다. 산자락 위에는 마리스텔라요양원이 자리 잡고 있다.

열 분의 신부님이 병실에서 대기하고 계신다고 한다. 면회 불가. 라이문도 신부님은 어떤 상태이실까? 그리고 기다리시는 신부님들은 무엇을 기다리고 계신 것일까? 벨라뎃다와 나는 안내센터 근처에 앉아 무엇을 기다리고 있는 걸까? 그냥 하느님 나라에 가시기 전에 한번 뵐 수 있으면 했을 뿐이데.

다시 돌아오는 택시 안, 남편 아오스딩 하늘나라 가는 것을 돕기 위해 오셨을 때 뵙고 그리고 더 감사한 것은 올 3월 28일 갤러리 '뜰' 전시에 오셔서 개막미사하시고 머물며 '아베 마리아' 같이 부르시고 함께하신 것으로, 그것이 마지막이었을까 하는 생각에 흘러가는 차창 밖을 바라본다.

집으로 돌아와 씻고 소파에 앉아 눈을 감는다. 매자 언니가 전화로 박 신부님의 상태가 '변화 없음'을 알려준다. 기다리자, 의탁하자. 주님은 가장 사랑하시는 당신의 아들을 위해 최선의 방법을 찾으실 것이다. 우리는 바라보자. 그리고 보내 드리는 과정에 함께하자. 그동안 오랜 세월 함께할 수 있었음에 감사하며. 그래도 눈물이 흐른다. 감사의 눈물, 이별의 눈물. 그토록 사랑하시던 엄마, 성모 마리아께 안기어 당신의 여행을 조곤조곤 이야기하시는 모습이 보인다.

"이제 안녕, 신부님! 사랑합니다!"

2023.4.13.

새벽 성무일도에서

오늘 성무일도 독서의 응송에 쓰인 말씀이다.

"나는 훌륭하게 싸웠고 달릴 길을 다 달렸으며 믿음도 지켰도다. 이제는 정의의 월계관이 나를 기다리고 있을 뿐이다."(2디모 4,7-8)

이 말씀이 박종인 신부님의 고백으로 들린다. 각자 조금씩 또는 많이 다른 길을 걷고 달리고 머물고 또 가는 여정의 끝에 바오로 사도의 고백이 나의 고백, 우리의 고백이 되었으면….

'아베 마리아'

'아베 마리아'를 들으며 전시 시작 날 갤러리 뜰에서 온 정성을 다해 아베 마리아를 부르시던 신부님을 추억한다. 영숙 씨와 긴 시간 면담하시며 귀기울여 들으시고 성당 자매와 이야기하시다가 약간 고개를 드시고 '마리아'를 외쳐 부르시던 신부님. 엄마, 성모님을 만나러 가신 것일까? 아니면 고요히 만남을 기다리고 계신 상황일까? 신부님을 추억하는 나는 또 어디쯤 있는 것일까?

2023.4.14.

기다림

오늘도 별다른 소식이 없다. 갑자기 청아공원에 버스 타고 다녀올까 하는 생각이 든다. 영숙 씨가 남편의 봉안당 옮기는 문제 때문에 가보아야 한다고 한 말이 생각나 함께 갈까 전화한다. 그런데 호수공원에서 성심 동창들과 산책 중이란다.

12시경 주차장에서 만난다. 강 선생, 화학과 졸업생 점순 씨, 가정과 졸업생 연화 씨, 영숙 씨와 나 다섯이서 음식점 '다람쥐마을'에서 점심을 한다. 연화 씨는 만난 지 몇 십 년은 된 것 같다. 예기치 못한 만남이 청아공원 가는 생각을 대신한다.

점심 후 갤러리 뜰로 이동해 얘기는 계속된다. 갤러리 주인이신 로사 자매님과 지형 씨가 반긴다. 그리고 지금 전시 중인 민들레 작가와 그 친구들을 만난다. 이야기가 오고가고 시간이 흐른다. 민들레 작가팀에서 잠깐 만나자고 한다. 잠시 후 갤러리 뜰에 남겨 두었던 책《그림, 삶이 되다》를 하나씩 들고 있다. 깜짝 북콘서트인가? 순식간에 작가와 독자의 만남으로 화학 교수에서 그림책을 낸 놀라운 인물이 된다. 그림 아마추어로서 화실 샘의 레슨과 도움, 일기를 쓰게 된 연유, 시골 사람의 추억에 간직된 보물 창고 같은 고향 이야기, 솔직담백하게 간단하게 쓰는 글들, 아들의 출판과 사진 도움 등을 독자에게 말하는 또 다른 경험의 시간이다.

집으로 이동해 연화 씨에게 1권, 영숙 씨가 나눈다고 해서 5권, 이렇게 또 책을 나눈다. 모두 떠나간다. 5시가 다 되었다. 씻고 앉아 눈을 감는다. 이렇게 같은 듯 다른 하루를 산다. 경희 언니에게 전화를 한다.

아무 소식이 없다는 것은 어떤 의미일까? 아직 우리 곁에? 멀리 여행 준비 중이실까? 우리도 기다리고 천국에서도 기다리시는, 떠나보내고 맞아들이는 서로 다른 기다림. 결국 같은 기다림이 아닐까?

2023.4.15.

선종

막 메시지가 도착했다.

"✝평화! 가르멜 수도회 박종인 라이문도 신부님께서 오늘 새벽 5시 40분 선종하셨습니다. 기도 부탁드립니다."

모든 기다림이 끝났다. "이제 하느님 품에서 편히 쉬십시오. 신부님, 신부님! 우리들의 신부님, 나의 신부님!"

어느새 '기다림'이 '그리움'이 되어 눈물이 난다. 이렇게 또 다른 단계가 시작된다. "주님, 당신께 의탁하오니 라이문도 신부님에게 자비를 베푸소서."

장례 일정

어디로 가서 마지막을 뵈어야 할지 매자 언니 소식을 기다린다. 병원 장례식장? 갈멜 수도원의 장례미사? 소식이 왔다.

"4월 16일 3시 병원에서 입관(빈소 지하 3층 16호실), 17일 8시 발인, 17일 9시 수도원에서 장례미사. 장지는 전남 나주시 가르멜 학생 수도원."

영숙 씨 딸이 운전하고 함께 16일 1시 출발, 병원 빈소로 가고 17일에는 벨라뎃다와 함께 장례미사에 참례할 예정이다.

박종인 라이문도 신부님을 보내며

박종인 라이문도 신부님을 보내며 지난날을, 생생한 날들을 돌아본다. 60년대 중반 서강대에 입학한 20대 초반부터 2023년 3월 28일 마지막 주 화요일, 책《그림, 삶이 되다》출간 기념전시 때 개막미사를 하시던 때까지 60여 년이 다 되어 가는 인연의 시간이다.

그 인연은 서강대학 본관 복도에 작은 책상과 의자를 놓아 만든 미니 도서관에서 시작된다. 학교 앞에서 동생과 자취하던 시절, 으레 그곳에서 공부하곤 하였다. 그때 물리과 1년 선배인 순례 언니가 와서 말을 시킨 것이 62학번 경영학과 박종인 선배와의 만남으로 이어졌다. 그때부터 학교 앞에서 살던 경희 언니, 자취하던 순례 언니, 매자 언니와 함께 다 같이 박종인 선배와 어울리게 되었다.

어느 때부터인지 모르지만 박종인 선배와 서울 근처 산에 등산을 다니기 시작했다. 가끔 헙스트 신부님도 함께 가시기는 했지만 주로 우리 넷과 박 선배, 이렇게 다섯이었다. 박 선배는 졸업 후 명동 근처 은행에 다니시고 우리는 아직 학생. 명동 성당에서 일요미사를 드리고 산을 오르던 기억, 코펠과 점심 준비를 해 오셔서 맛있게 해 주시던 생각이 난다.

우리는 아무 준비도 없이 졸랑졸랑 쫓아다녔고 거기에 신부님들보다 더 마음에 와닿는 말씀까지 해 주셨다. 산길을 걸으며 시원한 바람과 함께, 새싹이 나면 새싹과 함께, 찔레꽃 피면 새순 꺾어 먹고, 들꽃이 피면 꽃들과 함께, 열매가 열리면 산딸기 따먹고 밤을 따다가 벌집을 건드려 벌들의 공격을 받기도 하고 천마산 어느 곳에서 불을 피우며 야영도 했었다.

　그리고 눈이 많이 쌓인 산을 걷다가 부실한 운동화 때문에 새끼줄을 신발에 동여매고 산길을 갔던 기억도 남아 있다. 이렇게 서울 근교의 산을 다녔다. 돌이켜 보니 다른 곳은 함께 간 기억이 없다. 그리고 등산 끝나고 식당이나 찻집에 간 기억도 없다. 미사, 등산, 집. 이것이 전부다. 어느 날 은행에 들르게 되었는데 근처 빵집에서 빵 사준게 다이다.

　졸업 후 춘천 성심대 연구조교 시절 부활절 방학 때 부산 여행을 갔었다. 사회사업학과 조교 이문자 언니와 함께 박 선배가 부산에 근무하신다는 생각에 찾아뵈었다. 그런데 보자마자 사순시기에 여행 다니는 사람이 어디 있냐며 야단치고는 근처 수녀원 미사에 우리를 데려다 주신 기억이 있다. 그 이후로는 절대로 부활절 방학 때는 여행을 다니지 않고 수난주간도 철저히 지키는 착한 신자가 되었다.

　어느 때인가 결핵 치료를 위해 은행을 접으시고 어디론가 가셨다. 그때 아마 길게 못 뵌 것 같다. 그 후 갈멜 수도원에 입회하셨다. 이때부터 갈멜과의 우리의 인연이 시작된 것이다. 그사이 나는 결혼하고(1980.4.26.) 둘째 아이 임신 중인 1982년 어느 날 사제서품을 받는 미사가 부평 갈멜에서 있었다. 임신복을 입고 대모와 함께 찍은 사진이 남아 있다. 신부님의 활짝 웃는 모습이 좋다. 며칠 후 불광동에서 첫 미사를 드리시고 누님 댁에서 성대한 축하파티가 열렸던 기억도 생생하다.

　그 후 일 년에 몇 번씩 부평 갈멜에, 마산 진동 갈멜에, 신부님이 가시는 곳마다 매해 순례하듯 피정하듯 가서 만나 보고 함께 놀고 미사하고 면담하고 머물곤 하였다. 나와 대모인 순례 언니는 80이 다 되어 가는 나이, 지금도 그때를 생각하면 행복하다.

우리 아이들이 어느 정도 걸을 수 있게 되었을 때는 시아버님과 남편 아오스딩도 함께 부평 갈멜에 가서 뒷산 바위에 앉아 이야기하던 생각도 난다. 뒷밭에서 기른 채소를 따 주시기도 하셨다. 그렇게 하여 남편과도 40여 년의 인연이 시작되었다.

수많은 추억들을 넘어 아주 가까운 날들에도 많은 일이 있었다. 남편이 물도 잘 넘기지 못한다는 이야기를 선배에게서 들으시고 종부성사와 미사를 드려 주셨는데 그다음 날 남편은 평화로이 세상을 떠났다.(2023년 1월 5일) 그리고 입관날에도 오시어 주관하시고 미사를 드리시며 나의 가족들과 성당 자매들, 주위 분들에게 큰 감동을 주셨다.

남편 선종 후 마음을 추스르는 동안 동네 카페 갤러리에서 책 출판과 책 속에 담긴 그림으로 추모 전시를 할 때 개막미사를 본당 신부님과 함께 드려 주셨다. 돌아가시기 전 2주 전쯤 일이다. 이렇게 마지막 추억을 송두리째 남기시고 남편이 우리 곁을 떠난 지 100여 일 만에 떠나가셨다.

이제 두 분을 보낸 아픔과 슬픔 그리고 다시 만날 기쁨과 희망을 새기며 나머지 여정을 어떻게 살아야 할까? 이제 어디로 가야 할까? 누구에게 고백성사 면담을 해야 할까? 신부님은 '직천당'하실 수 있게 살라 하셨는데 나에게 어떤 미션을 주실까? 잘 알아들으려고 귀 기울이며 하루하루를 산다.

그러나 그렇게 신부님이 강조하시며 우리에게 넣어 주려고 하셨던 굳건한 믿음, 성모님에 대한 온전한 사랑은 아직도 머리에 머물러 있을 뿐 가슴과 행동으로 실천하기는 먼 것 같다. 그러나 실망하지 않고 희망을 갖는다.

나에게 남아 있는 여정 동안 신부님께서 그동안 나의 보물 창고에 차곡차곡 넣어 주신 보물들을 필요할 때마다 하나씩 꺼내어 실천하며 살다 보면 천국에서 "잘했다, 젬마." 하시지 않을까?

신부님, 감사했습니다. 지금도 감사합니다. 앞으로도 감사할 것입니다. 성모님 품에서 활짝 미소 지으시며 행복하소서, 라이문도 신부님!

2023.4.16.

입관

영숙 씨의 막내딸이 운전하는 차를 타고 영숙 씨와 함께 국제성모병원에 도착했다. 부평 갈멜 신부님, 수사님들이 모두 상주이시다. 인사를 드린다. 평소와 같이 웃을 듯 말듯 한 표정으로 맞이해 주신다.

빈소에서 연도기도를 하다가 입관예식에 참석한다. 창 안쪽이라 영면하신 신부님의 얼굴 윗 모습만 보인다. 그렇게라도 뵐 수 있어서 다행이다. 엘리베이터 안에서 어느 갈멜 신부님에게 강복을 청하니 손을 머리에 얹으시고 강복해 주신다. 빈소를 나오며 천상 여행 경비가 두둑이 담긴 흰 봉투에 짧은 인사글을 쓴 쪽지를 붙여서 드렸다. 라이문도 신부님이 천국에서 읽어 보시길 바라며 쓴 사랑과 감사의 편지이다.

이렇게라도 현세에서의 마지막 인사를 드리고 싶었다. 내일 다시 장례미사에서 만날 것이다. 장지 나주에서는 순례 언니가 맞이할 것이고.

2023.4.17.

장례미사

'아베 마리아'를 듣는다
눈물이 흐른다
가슴 깊이 솟아나는 눈물이다
언제까지 울게 하실까?
울면서도 행복한 이유는 무엇일까?
성모님의 안아주심일까?
두 분의 사랑일까?
이제 이 눈물로서, 이 사랑으로서
살아야 한다, 살 것이다
성모님이 나도 안아 주실 때까지

_ 부평 갈멜 수도원 박종인 라이문도 신부님 장례미사에 갈 준비를 하며

아침 7시에 택시를 타고 벨라뎃다와 함께 수도원으로 향한다. 들어가는 길이 정겹다. 정말 오랜만이다. 숲속의 성모님과 아기 예수님께 가서 머문다. 숲의 향기가 우리를 위로하듯 가득하다. 그렇게 자주 와서 신부님, 대모님과 함께 거닐던 곳. 이제 이곳도 마음속에만 남아 있는 장소가 될까? 뵈러 올 분이 하늘나라로 가셨으니 하늘을 품고 살아야 할까? 몸소 가꾸셨던 수도원 옆 밭을 바라본다. 씨앗을 심으려는 듯 정리되어 있다. 기도하다 일하는 갈색 수도복의 수도자들의 모습이 보인다.

수도원 1층에는 큰 TV가 준비되어 있고 갈멜 3회원과 미처 성당으로 못

올라간 분들의 자리가 마련되어 있다. 우리는 2층 성당으로 올라간다. 아직 8시가 안되었다. 몇 분이 뒤편에 앉아 있다. 수사님들과 수녀님들 그리고 가족들이 앉을 자리를 비워놓고 성당이 채워져 간다.

신부님들은 미사를 준비하시느라 분주히 움직이신다. 그렇게 사랑하셨던 성모님께 묵주기도를 드린다. 이제 이 지상에서가 아니고 당신 품에 가신 라이문도 신부님을 인자로이 바라보시는 성모님을 바라본다. 눈물이 흐른다. 이제 신부님을 조금이라도 본받아 어머니를 사랑할 수 있을 것 같다.

어느덧 성당이 가득 차고 신부님을 모신 관이 들어온다. 그리고 미사가 올려지고 주례 신부님은 라이문도 신부님의 삶을 담담하게 풀어내신다.

파주 출생 1964년 영세, 10여 년의 은행생활 그리고 1982년 9월 갈멜 수도원에서 사제서품을 받으시던 이야기. 내가, 우리가 함께한 세월의 여정이기도 하다. 미사가 끝나고 신부님은 청빈하게 사신 수도자로서의 생전 모습과 어울리지 않게 장지로 가시는 마지막 날에 호사를 누리신다. 큰 검은색 운구차 리무진을 타시고 나주로 떠나셨다.

우리는 힘차게 걸어 숲으로 간다. 그리고 신부님께 안녕을 고하고 다시 걸어 번잡한 큰길까지 나온다. 문득 다른 세계인 듯 느껴진다. 그러나 이러한 세상에서 우리는 더 지내야 한다. 배고픔을 느껴 허기를 채운다. 그리고 또 걷다가 3000번 버스를 타고 백석역에서 하차, 다시 버스를 타고 집 옆 정류장에서 내린다.

텅 빈 집 안이 나를 반긴다. 따뜻한 물이 온몸에 뿌려진다. 잠옷으로 갈아입고 한숨 잔다. 소파에서 고독의 시간이 흐른다. 이제는 익숙해져야 하는 침묵의 시간, 행복의 시간이 되어야 한다. 번거롭지만 필요한 전화 대화가 방해를 하지만 어찌 보면 이 방해 벨소리가 반갑기도 하다. 이 세상에서 숨 쉬고 소통하는 방법이니까.

이렇게 일주일의 기다림과 보내드림의 여정이 끝났다. 어찌 보면 100일 동안 함께한 신부님과의 여정이다. 60여 년이 다 되어 가는 신부님과의 인연의 마무리이다. 그러나 끝난 것이 아니다. 시작인지도 모른다. 우리 곁에 계실 때 무수히 강조하신 성모님 사랑, 성녀 대 데레사의 완덕의 길, '직천당'의 길을 이제야 마음속에 되새기며 한 걸음 한 걸음 떼어야 하는 아기 걸음마를 시작해야 한다.

어찌 그렇게 '직천당'의 길을 오롯이 가실 수 있으셨을까? 아무도 흉내 낼 수 없는 길 그러나 함께했던 우리들에게 흉내라도 낼 수 있게 해 주심에 감사를 드린다. 그런 인연을 주신 주님께 감사드리며 성령께서 함께해 주시기를 정성되이 기도하며 신부님을 보내 드린다. 하느님께로.

"사랑합니다, 신부님!"

소중한 기록

"내 아들아, 너의 마음을 나에게 다오.
너의 눈이 내 길을 즐겨 바라보게 하여라."(잠언 23,26)

새벽에 일어나 책상에 앉는다. 펼쳐 있는 성경, 잠언의 '부성적 권고' 말씀이 눈에 띈다. "내 아들아, 내 딸아." 하고 부르신다. '너의 마음을 나에게 다오.'의 말씀이 마음에 울린다. 눈을 감는다. 박 라이문도 신부님의 모습이 떠오른다. 오롯이 하느님께로 향한 모습. 나중에는 '즐겨 바라보게' 하시려고 지상에서 하느님을 바라보는 눈 모습이 사시 증상처럼 약간 이상하게 보이게 하셨을까? 어떠한 노력이셨을까? 은총? 성모님의 사랑? 예수님의 동행? 성령의 이끄심? 하느님의 품에 대한 그리움? 그 모든 것을 향해 지상에서는 사랑을 나누시고 그렇게도 바라던 '직천당'하셨을까?

나는 그냥 앉아 있다. 매자 언니가 보내는 카톡 소리가 들린다. 살아있다는 소리이다. "신부님과 함께 찍은 사진 좀 보내줘." 나에게 있는 갤러리 뜰 전시 개막미사 동영상을 보내 드린다.

"서강 졸업생과 함께 찍은 사진은?", "저한테는 없어요.", "찍은 사람이 누군지 알아봐.", "네."

다행히도 우리 성당 반장, 구역장과 연락이 닿았다. 갈멜 신부님과 본당 신부님이 함께 찍은 사진이 줄줄이 도착한다. 라이문도 신부님께서 가운데 계시고 나, 대모님 그리고 경란이, 경희 언니, 매자 언니 그리고 충미 씨까지 찍은 사진을 보내 드린다. 나중에는 총구역장이 보낸 두 신부님과 찍은 단체 사진 그리고 두 분이 미사 드리는 장면까지 카톡에 올라온다.

다시 눈을 감고 앉아 있다. 소중한 기억을 나눈 후의 허전하고 쓸쓸한 시간 속에서 붙잡을 수 없는 지난 순간들이 흐른다. 어제 장례미사도 유튜브에 올려져 있다. 눈물이 날 것 같아 안 본다. 반장과 구역장, 총구역장에게 감사의 인사를 전한다. 유튜브를 보고 있는데 2시경 우리 집에 오겠단다. 흐르는 대로 놓아둔다. 무슨 뜻이 있으시겠지 하며 맡겨 드린다.

간단한 점심을 하고 쉬고 나니 두 자매가 들어온다. 위로하기 위해 나를 차에 태운다. '좋은 뜻을 좋게 받아들이면 좋은 열매를 맺겠지.' 하며 받아들인다. 파주로 향하는 자유로를 달려 헤이리로 들어간다. 찌뿌듯한 오전 날씨가 빛이 가득한 봄 날씨가 되었다. 미세먼지가 퍼져 있기는 하지만.

카페 '커피 공장'은 처음 가는 곳이다. 두 자매님은 커피, 나는 대추차 그리고 빵을 들고 3층으로 올라간다. 확 트인 시야 밖으로 멀리 통일전망대가 보인다. 셋이서 나란히 앉아 바라본다. 또 다른 헤이리의 오후가 시작된다.

전시장에서 다 함께 2023년 3월 28일

대화로 두 자매님의 신부님과의 짧은 만남과 오랫동안의 나의 인연이 얽힌
다. 그러다가 각자의 삶을 풀어낸다. 그 시간, 그 장소에서 스쳐 지나갈 때
는 미처 알지 못했던 삶의 굴곡들. 각자 다른 여정을 거쳐 지금 이 순간 이
곳에 함께 앉아 있는 것이다. 그러다 다시 흩어져 각자의 삶의 자리로 돌아
가 성실하게 사는 아름다움. 그곳에서 뿌리를 깊게 하고 자기만의 꽃을 피
우는 것이다.

어느 꽃이 더 크냐, 아름다우냐 하는 비교의 의미가 아니다. 모두가 그대
로 아름다운 꽃들이다. 이렇게 각자의 삶에 작은 보물을 넣고 출발, 집으로
향하는 길, 또 다른 길이다. 먼저 떠나가신 신부님과의 추억을 찾다가 남아
있는 우리의 길을 찾아가는 것이다. 6시가 다 되어 간다. 초봄 4월의 낮이
좀 길어진 듯하다. 남아 있는 하루를 살며 다시 혼자가 되어 사진을 바라본
다. 신부님의 눈길이 우리가 가야 할 방향을 바라보고 계시는 것은 아닐까?

2023.4.21.

청아공원

이른 점심을 간단히 하고 택시를 부른다. 아이들과 함께 가려고 자꾸 미루
게 된다. 오늘은 혼자서 가 볼 생각이다. 남편 아오스딩에게. 택시비 만 원
정도의 거리를 왜 100일이 넘노록 생각만 하고 있었을까?

청아공원 '행복관'으로 들어가 한 층 내려가서 왼쪽 끝 봉안당, 십자가의
예수님이 반기신다. 의자를 돌려놓고 앉아서 바라본다. 마냥 흐르는 눈물
을 그대로 놔두고는 아무 말도 하지 않는다. 나보다 더 잘 아실 테니까. 노

순창 아오스딩. 유골함 왼쪽에는 1938년 2월 4일 출생, 오른쪽에는 2023년 1월 5일 선종이라고 적혀 있다. 한쪽에는 손에 들고 즐겨 듣던 작은 라디오, 나를 부를 때 흔들던 워낭종 그리고 작은 조화꽃이 놓여 있다. 왼쪽에는 부활하신 예수님 성화 그리고 묵주, 아래 칸에는 읽어 드리던 성경책이 놓여 있다. 시편 23편이 펼쳐져 있고 그 위에 뭉뚝한 나무 십자가가 놓여 있다. 탁상에 큰애가 사진 몇 장을 준비했는데 가져오지 못했다.

주님은 나의 목자, 아쉬울 것 없어라.
푸른 풀밭에 나를 쉬게 하시고
잔잔한 물가로 나를 이끄시어
내 영혼 생기를 돋우어 주시고….

푸른 풀밭, 잔잔한 물가에서 목자님과 함께 잘 계시나요? 얼마 전 그곳으로 떠나신 갈멜 신부님은 만나셨나요? 당신이 본향으로 돌아갈 때 함께하여 주시고 전시 내내 머물며 미사해 주시고 '아베 마리아'를 부르시던 모습이 선한데 신부님도 그곳으로 가시고 저는 여기에 남아 있습니다. '내 영혼에 생기 돋우시는' 목자를 따라 한 발짝 한 발짝 걸으며 남아 있는 나의 여정을 생각합니다. '뜻'이 있으시겠지요? "당신은 잘 지낼 거야." 하시는 말이 들리는 듯합니다. 그렇습니다. 잘 지낼 거예요. 감사하는 마음으로, 안녕!

천천히 보슬비가 내리는 길을 따라 공원 버스를 타러 내려간다. 갈아 놓은 밭, 그 위에 뿌려진 거름, 씨앗을 심으려고 준비하는 마음이 보인다. 버스는 30여 분 달려 정발산역에 내려준다. 그냥 마냥 걷고 싶어 걷는다. 내리는 듯 마는 듯 보슬비가 내린다. 보슬비와 함께 걸어간다. 가끔 안경을 닦아가며.

옛 돌체 건물을 지나 학교 담장을 끼고 걷는다. 봄 풀꽃들이 반긴다. 정발 산성당으로 올라가 앉는다. 표정은 크게 반기지 않으시는 것 같은 주님이 "왔니?" 하며 다정하게 지친 내 모습을 바라보신다. 그렇게 편안하게 머무는 것이 좋다. 몸도, 다리도 쉰 것 같아 일어나 내려간다. 그리고 익숙한 거리를 지나 집으로 향한다.

"다녀왔습니다. 당신께 갔다가 당신께 다시 돌아왔습니다. 이 공간으로…"

다시 일상이 시작된다. 샤워를 하고 묵은 빨래를 돌리고 널고, 먹고, '성모님의 영성'도 듣고. 이제 그림을 시작하자 하며 저장된 사진도 보고 이젤에 캔버스도 올려놓고.

다음 주 고향 방문에 대해 자매들과 전화도 하고 이렇게 삶은 계속된다. 특히 "지완아, 할머니 머리하고 똑같네." 하면 '똑같네'를 반복하며 따라 하는 손자 지완이. 책 읽는다고 엄마와 방으로 들어가는 손녀 재이, 베어스타운 상속에 대한 아들의 얘기 그리고 "잘 다녀왔어?" 하고 묻는 큰아들. 이렇게 든든한 버팀목들이 나를 버티게 하고 있다. 나의 손을 잡고 이끌어 주시는 분과 함께.

자매들 웃음소리 원형 oil on canvas 2023

추운 겨울 떠나시고
어느 봄날
고향으로 간다

두 제부의 차를 타고
다섯 자매가
'물레방아'에서 점심을 하고
제부도를 간다

물 빠진 뻘을 거닌다
조개, 게, 망둥어, 짱뚱어들이
노닐다가 숨는다
우리 자매들의 웃음소리
손잡고 멀리 바다로 나간다
다섯째의 찰칵 사진 소리가 들린다

　다시 '함께 그리고 홀로 지내는' 나날이다. 매일 아침 명희 출근시키고

손잡고 가는 길 8S oil on canvas 2023

'엄마밥' 먹으러 오는 정환이가 반갑고 고맙다. 사진관 출근하고 나의 홀로의 시간이다. 책 읽기와 그림 그리기의 동행 시간이다. '자매들의 웃음소리'와 운동화 벗어 놓고 '손잡고 가는 길'이 함께한다. 그리다가 카톡으로 보고한다. 사진사 다섯째의 불평 소리. "나는 왜 없능기여?"

재이네가 오는 주말이면 '방가방가'이다. 지완이가 안 가겠다고 떼쓰는 모습에 노년의 행복이 무엇인지 알 것 같다.

이렇게 하루 또 하루를 산다. 모든 인연과 동행하며, 그리워하며, 영원히 함께할 날을 기다리며, 의탁하며!

2023년 12월 25일 아침에

동행, 그리움 되다

초판 1쇄 발행 ┃ 2024년 3월 25일

글 · 그림 ┃ 권영순
펴낸이 ┃ 이재호

책임편집 ┃ 이필태
그림촬영 ┃ 노정환
교정교열 ┃ 이충미

펴낸곳 ┃ 리북(LeeBook)
등   록 ┃ 1995년 12월 21일 제2014-000050호
주   소 ┃ 경기도 파주시 회동길 50, 4층(문발동)
전   화 ┃ 031-955-6435
팩   스 ┃ 031-955-6437
홈페이지 ┃ www.leebook.com

정   가 ┃ 20,000원
ISBN ┃ 978-89-97496-74-7